Tran wurde 1989 geboren, wuchs im finnlandschwe-
Jakobstad auf und lebt heute in Malmö/Schweden.
hte die Autorenschule in Biskops Arnö/Schweden
eitet als Psychologe. Für seinen Debütroman
och svalka« hat er in Finnland und Schweden viel
samkeit erhalten und wurde mit dem schwedischen
raturpreis 2021, dem finnischen *Runeberg Preis 2022*
Boras Tidning Debütantenpreis 2022 ausgezeichnet.
an wird derzeit in zahlreiche Sprachen übersetzt.

Donat, geboren 1983 in Wien, studierte Skandi-
in Wien und Klassisches Klavier in Wien, Oslo
lin. Er lebt als Pianist und Übersetzer aus dem
schen, Schwedischen, Dänischen und Englischen
, ausgezeichnet wurde er u. a. für seine Über-
on Hanne Ørstaviks Roman »Milano« (2020). Für
denz Verlag übersetzte er Quynh Trans Roman
und Wind« (2024) aus dem Schwedischen.

Quynh
dischen
Er besu
und ar
»Skugga
Aufmer
Yles Lite
und den
Der Ro

Andrea
navistik
und Be
Norweg
in Berli
setzung
den Res
»Schatte

Quynh Tran

Schatten und Wind

Roman

Aus dem Schwedischen
von Andreas Donat

Residenz Verlag

Die Arbeit des Übersetzers wurde vom Deutschen Übersetzerfonds gefördert.

Deutscher Übersetzerfonds

Wir danken für die Unterstützung

KULTURRÅDET

Die Originalausgabe dieses Werks erschien 2021 unter dem Titel
»Skugga och svalka« im Verlag Nordstedts, Stockholm.

Bibliografische Information der Deutschen Nationalbibliothek
Die Deutsche Nationalbibliothek verzeichnet diese Publikation in der Deutschen Nationalbibliografie; detaillierte bibliografische Daten sind im Internet über http://dnb.dnb.de abrufbar.

www.residenzverlag.com

Umschlaggestaltung: Thomas Kussin/buero 8

Typografische Gestaltung, Satz: Ekke Wolf, typic.at
Lektorat: Jessica Beer
Gesamtherstellung: Finidr, Tschechische Republik
ISBN 978 3 7017 1792 7

FSC www.fsc.org
MIX
Papier | Fördert gute Waldnutzung
FSC® C014138

NEIN DANKE, WIEDERSEHN

Seit Wochen hatte sie mich vorgewarnt: Eines Morgens würde ich mitkommen müssen. Das Einzige, was ich dabei tun sollte, das Einzige, woran ich zu denken brauchte, war dies: jämmerlich auszusehen.

Also übten wir.

Na komm schon … Schau jämmerlich aus.

Den Blick eine Spur konzentrierter, die Lippen gelöster, keinesfalls schmollend oder zusammengepresst.

So.

Má kicherte. Ich hielt den Blick gesenkt, ließ ihn dort ruhen, wo die Tapete auf den Fußboden traf, und dann entlang der Bodenleisten um die Ecke gleiten, in die Küche. Ein langsamer, sehr loser Blick.

Eines Morgens weckte sie mich mit Händen, die mir über die Schläfen strichen, über die Augen. Hieu lag noch in seinem Bett auf der anderen Zimmerseite. Wir schlichen hinaus. Es war viel zu früh und Má und ich waren auf dem Weg in die Stadt.

Vorfrühling. Bleiche, rosa Sonne.

Der Supermarkt hatte gerade geöffnet, und die Stammgäste standen bereits an den Spielautomaten. Má fragte, ob sie den Chef sprechen könne. Wir wurden von der Filialleiterin empfangen. Die wollte wissen, ob Má Finnisch beherrsche.

Wir gingen zur Fleischfabrik. Der Chef wollte wissen, ob Má kräftig sei.

Wir gingen in Richtung Zentrum. Má wollte es im Blumenladen versuchen, obwohl sie von Blumen keine Ahnung hatte. Bei der ersten Ampel, nur ein paar Steinwürfe von den belebtesten Straßen entfernt, blieben wir stehen. Hinter der Hausecke sah man die gelb gestrichene Steinfassade der Schule hervorschimmern. Wir wollten gerade die Straße überqueren, da fiel ihr ein, dass mein Schultag gleich anfangen würde. Sie schaute auf ihre Armbanduhr.

Tschüss, meine Perle.

Sagte sie.

Ich ging auf die im Schulhof spielenden Kinder zu – es war die prächtigste Schule der Stadt – und Má kehrte um, ging nach Hause.

Am nächsten Morgen weckte sie mich ebenso früh, und wir gingen schnurstracks zum Blumenladen. Das war ein feuchter Ort, die Fenster waren beschlagen. Wir wurden von einer älteren Dame empfangen, die gerne so freundlich sein wollte, ihren Chef anzurufen. Immerhin seien wir ihre ersten Besucher, sagte sie. Ich betrachtete die Blumen (Begonien, Pelargonien, Sonnenhut), während die Tante ihrem Chef am Telefon Má beschrieb: »Fröhlich, knuffig, ja, wie soll man sagen … knuffig.« Sie legte auf und wandte sich zu uns. Sie hatte gute Nachrichten, sie konnte sich vor Aufregung kaum halten.

Magnus könne sich vorstellen, Má ein Praktikum anzubieten …

Mitten im Satz wurde sie von Má unterbrochen: »Praktikum, nein danke, Wiedersehn«, und schon bewegten wir uns in Richtung Ausgang.

»Praktikum.«

»Nein danke.«

»Wiedersehn.«

Eine unmögliche Schwedin.

Ich drehte mich um, um der Tante zuzuwinken, aber sie hatte uns bereits den Rücken zugewandt und beugte sich über einen enormen Erdhaufen, der wie braunes Wasser auf ihre Füße zurann. Ihre ganze Erscheinung, so schlapp und weich.

Als Má mich am Morgen darauf weckte, hatte ich plötzlich einen unerhörten Einfall; ich hielt sie nicht aus, fast hatte ich Lust, ihr ins finstere Gesicht zu spucken. Wir gingen zur Wäscherei, die gleich um die Ecke lag, ganz in der Nähe.

Sie bekam die Stelle.

Sie würde jedes Wochenende arbeiten, Freitag bis Sonntag, Nachmittag bis Abend. Im Juni würde sie anfangen. *Sehr gut*, sagte sie, *der Sprachkurs dauert bis Mai.*

Ich rannte zur Schule.

Am Nachmittag, als ich nach Hause kam, stand sie, wie vorbereitet, auf der Schwelle zwischen Küche und Flur. Sie sagte, ich hätte gar nicht mitzukommen brauchen, sie habe mich nur zur Sicherheit mitgenommen, den Job hätte sie so oder so bekommen. Sie habe ihn nicht einmal gewollt. Ich fragte, warum, und sie sagte, wegen der vielen Vietnamesen, die dort arbeiteten.

Früher Mittag. Hieu hatte sich ans Küchenfenster gesetzt. Kleine Schweißflecken auf dem Hemd. Er stützte sich mit den Ellbogen auf den Tisch, als wollte er sich abkühlen.

UMWEG

An den Wochenenden, wenn wir alle zu Hause waren, weckte mich manchmal ein still und sanft fallender Regen. Hieus zusammengeknüllte Laken drüben auf der anderen Zimmerseite. Ich schloss die Augen, schlief wieder ein. Ein Tag, der schon lange begonnen hatte. Das immer weicher werdende Trommeln der Regentropfen auf das Blech, die Regenkälte an den Fensterscheiben, als wären sie meine Haut.

Die Geräusche aus dem Wohnzimmer eines späten Morgens. Sie aßen. Ich stellte mir vor, wie sie aßen und fernsahen – in die Küche gingen, zurück ins Wohnzimmer, auf den Balkon; abwechselnd hinausblickten auf die feuchte Frühlingsstraße, ganz glatt und blank von Regen und Verkehr – in die Küche und wieder zurück zum Fernseher, kauend, mit vollem Mund. Die Balkontür, die sie offen ließen. Eine gefügige, langsame Kühle.

Die Möwen waren verstummt, die Autos hatten den Parkplatz verlassen. Eine Nacht, die in den Tag herübergeschwappt war. Ich stand auf und leistete ihnen Gesellschaft. Gedämpftes Licht. Im Fernsehen: Tennis. Das Essen lauwarm in den Glasschalen.

An manchen Abenden machte ich mich spontan auf den Weg zum Wohnbaumessegelände, setzte mich auf eine Bank und blickte hinaus auf das Wasser. Ältere joggende Paare liefen die beinahe eisfreie Meeresbucht entlang an mir vorüber. Kurze, freundliche Blicke. Hundebesitzer und ihre Hunde, die hier und da stehen blieben. Die fremden Hunde, die sich ruckartig aufeinander zubewegten und dann starr gegenüberstanden, zögernd; die gespannten, sandfarbenen Hundekörper im milchigen Schein der Straßenlaternen, reglos bis auf die Nasenlöcher, die sich zuckend weiteten und schlossen.

Wind kam auf. Die Menschen verschwanden von den Balkonen, zogen die Türen hinter sich zu. Die Baumwipfel verschwammen vor dem trüben Himmel.

Anstatt den kürzesten Weg zu nehmen, vorbei an den alten Holzhäuservierteln, machte ich einen Umweg nach Hause. Ich lief quer über den Parkplatz des Einkaufszentrums. An der Ampel stand eine einsame Frau mit einer Papiertüte in der Hand und beugte sich über die Möwen, die sich um sie scharten. Sie lächelte. Die allerkleinsten Möwenjungen hüpften auf der Stelle auf und ab. Ihre Blicke folgten der Hand der Frau ins Innere der Tüte. Fluffige Brotstücke flogen über sie hinweg und ihre Schreie hallten über die Straße, mischten sich mit dem Leerlaufgrummeln vom Parkplatz hinter dem Einkaufszentrum.

Manchmal war Hieu zu Hause, wenn ich zurückkam. Dann kickte ich mir die Schuhe von den Füßen, laut.

An Freitagnachmittagen brachte Hieu Milch und honigmarinierte Hähnchenschenkel mit nach Hause, die er im Ofen zubereitete. Der karamellige Duft lockte mich an, ich kletterte auf den Küchenstühlen herum, hockte oder kniete vor dem Ofen. Durch das grünglänzende Ofenfenster beobachtete ich die Verwandlung: die schmierige Hähnchenhaut, die hart und dunkel wurde.

Wir aßen oft ohne Má.

Manchmal kam sie spät nach Hause. Dann machte Hieu Wasser heiß, und wir saßen, jeder mit seiner Tasse Tee, in der Küche. Schweigend sahen wir zu, wie sie das Hähnchen in den klebrigen Reis rührte und das Fett und die Farben ineinanderrinnen ließ, ehe sie den ersten Bissen nahm.

Arme Kinder … Jeden Tag das gleiche Essen … Eine trostlose Pampe …

Dann verschwand sie im Badezimmer.

Es war nun schon lange her, dass sie von den Gerüchen der Küchenuniformen erzählt hatte, die in solchen Bergen in die Wäscherei kamen, dass sie von fern aussahen wie Gletscher, die aus den hohen, vergitterten Stahlkarren emporragten, Küchenuniformen, die sich, sobald man sie ausbreitete, als völlig verschmiert herausstellten: Ölflecken an den Ärmeln, der Bund braun verklebt, der stechende Geruch, der, wenn er sich einmal festgesetzt hatte, unmöglich loszuwerden war, und wie sie alles versucht habe, ihn zu vermeiden und nie in Kontakt mit dem Schmutz zu kommen.

Ihr weißer Arbeitskittel hing an einem einsamen Haken im Flur. Gleich am ersten Tag hatten wir ihn genau inspiziert, ihn an den Ärmeln von innen nach außen gestülpt, in die riesigen Taschen hinter den Knöpfen geschaut, und alles war weiß gewesen, sogar die Nähte waren weiß, und dann dieser beißende, zitrusartige Duft.

Wir grübelten im Stillen, jeder für sich. Dennoch tauchte sie immer wieder in unseren Gesprächen auf, Má, und die Wäscherei, und was dort alles vor sich ging. Sie machte immer öfter Überstunden.

Häufig saßen Hieu und ich zusammen vor dem Fernseher, am Küchentisch, auf dem Balkon und überlegten laut: welches Waschmittel wohl benutzt wurde, ob die Angestellten Gummihandschuhe trugen, ob sich Má sonst nicht die Hände verätzen würde, ob sie die Wäsche im Sitzen oder im Stehen sortierten, wir dachten an die Hitze, die Hitze der Bügeleisen, der Maschinen, der Aggregate, an ihr glänzendes Gesicht, den Geruch, der sich Má zufolge wie eine Haut über Arme und Beine legte, der nie verschwand, ganz gleich, wie oft man duschte, wir fragten uns, wie der Chef wohl aussah und wie der Arbeitskittel am Haken im Flur nur so duften konnte.

Wenn sie nach Hause kam, wurde es still. Wie aus Ehrfurcht gegenüber dieser neuen Zerbrechlichkeit in ihr – ihr neues, nervöses Lachen – verstummten wir.

Eines Abends fasste Hieu Mut. Mit zitternder Stimme fragte er, ob wir sie nicht irgendwann mal in der Arbeit besuchen könnten. Die Wäscherei liege doch gleich um die Ecke. Da verdrehte sie die Augen und prustete los, lachte. Unter keinen Umständen könnten wir das.

Má bekam ihren Lohn am Monatsende. Manchmal, etwa, als wir die roten Plastikstühle für die Küche kauften, durfte sie um einen Vorschuss bitten.

Hieus Bücher lagen verstreut in der Wohnung herum. Ich sah ihn niemals lernen, aber die Bücher sahen immer abgenutzt aus. Er machte, was manche mit Büchern machen: kratzen, schnüffeln.

Wenn niemand zu Hause war, blätterte ich darin. In *Literaturgeschichte* (weißer Umschlag), am Seitenrand, schräg über einem Porträt von Hagar Olsson, stieß ich zum ersten Mal auf *Isabella*. Der Name war sorgfältig ausgeschrieben, dünn, mit Bleistift, mit geraden Linien und wohlproportionierten Bögen nach allen Regeln der Handschrift. Ganz einfach: achtsam.

Auf jeder Seite des Religionsbuchs (roter Umschlag): *Isabella* in Druckschrift, *Isabella* in Schreibschrift, und nach knapp hundert Seiten: *Isabella* in Großbuchstaben, *Isabella* in Rot und Lila, Blau und Orange, *Isabella* in schön gestalteten, mehrdimensionalen Buchstaben, bis zum Rand mit Farbe gefüllt, hineinragend in den Text und die Illustrationen, die von den letzten Tagen Jesu erzählten.

Am Ende des Frühjahrssemesters gab es eine Abschlussfeier. Der Sportsaal war zum Bersten gefüllt mit Schülern und Angehörigen, mit Personal und Kindern von anderen Schulen. Wir saßen Wange an Wange. Es brannte in den Handflächen, die Spannung war nicht auszuhalten. Einer nach dem anderen traten wir ins Scheinwerferlicht. Hier und da, nicht oft, aber öfter als einmal, ging ein Raunen durch das Publikum. Die Angehörigen applaudierten am eifrigsten, fotografierten am meisten. Auch Má hatte eine Kamera dabei. Eine ganz neue; am Abend zuvor hatte sie damit am Tisch gesessen, die kleinen Hefte mit Gebrauchsanweisungen neben der Kamera auf ihrem Schoß. In der Küche, den ganzen Abend.

Es war Hieus letzter Schulabschluss in Lagmans Grundschule. Ich beendete die zweite Klasse, er die sechste. Traditionsgemäß war es Aufgabe der ältesten Klasse, das Fest abzurunden. Ihre Münder: *oh, oh, oh*, ein herrlicher Klang, das Lied schwoll an, während sich die Stimmen ineinander verflochten. Der letzte Ton war noch nicht verklungen, als bereits der Jubel losbrach und das Abendprogramm beendete. Der ganze Saal pfiff und stampfte mit den Füßen zu Ehren Hieus und seines großen, stolzen Mundes.

Später, an der Bushaltestelle: Sie hängte unsere Sakkos über ihren Arm. Die Abendsonne strömte auf mich ein und drückte direkt gegen meine Augen. Der Bus kam, gerammelt voll. Ich wurstelte mit meiner Buskarte herum. Der Fahrer schaute auf mich, dann auf seine Armbanduhr, mich, seine Armbanduhr … Má und Hieu hatten zwei freie Sitze ganz hinten entdeckt, als sich die Tür schloss und die Schlange, die sich bis auf die Straße hinausringelte, entzweihieb. Ich setzte mich ganz nach vorne auf den einzigen leeren Platz. Das Anzughemd klebte mir am Körper.

Die Klimaanlage voll aufgedreht. Der Busfahrer jetzt gut gelaunt, zurückgelehnt.

Draußen blühten die Traubenkirschen. Kieselsteine prasselten gegen das Blech unterm Fenster.

Neben mir: das Liebespaar der Parallelklasse, Milla und Taisto, in einer Umarmung.

Ich blickte weiter zurück, Má schaute bereits zu mir – *gleich da*, formte sie mit den Lippen und zeigte auf die Informationstafel über mir. Noch vier Haltestellen. Unter ihrem anderen Arm hatte sich Hieu zusammengerollt. Unsere Sakkos bedeckten irgendwie seinen ganzen Oberkörper, nur der

Kopf lugte heraus. Ihr Arm schlängelte sich unter seinem Kinn hervor und es sah aus, als ob sie mit der hohlen Hand sein Ohr bedeckte. Sie lehnte ihren Kopf gegen seinen und er schloss die Augen, beschützt.

Der Bus leerte sich. Wir stiegen aus. Die feuchte Luft. Sengend heißer Asphalt, die Silhouetten der Hochhäuser. Má und Hieu, wie sie voller Eifer den Hügel hinaufgehen.

Das war der Sommer, in dem ich lernte, beidbeinig zu dribbeln. Das Geheimnis war einfach: Machst du es bloß, um den Gegner zu erniedrigen, dann ist es, egal, wie vollendet du es ausführst, eine unnötige Fähigkeit. Wenn es dem Team nichts nützt, ist es ein leeres Talent; darin lag meine Erkenntnis, ein Wissen, das ich mir früh aneignete. Dribbling zu meistern erforderte Wiederholung, also übte ich. Má übte Fotografieren. Sie saß über ihren Gebrauchsanweisungen; entblößte ihre obere Zahnreihe, leckte sich die Unterlippe. Bald würde sie in der Stadt bei Foto Elite ihre ersten Filmrollen abgeben.

ROTE AUGEN

Má und ich saßen auf dem Sofa, jeder in seiner Ecke. Hieu war in unserem Zimmer. Má sah fern. Auf dem Tisch lagen drei Stapel Fotos, die meisten misslungen, entweder waren sie ganz schwarz oder sie zeigten ein rundes, diffuses Licht, eine Lampe oder einen Mond.

Auf manchen war unsere Wohnung zu sehen: die Küche, das Wohnzimmer, Más Zimmer, unser Zimmer, das Bad. Verwackelte Nahaufnahmen: das Telefon, der Wasserhahn in der Küche, der Schreibtisch. Auf den Bildern von Hieu und mir sah man nie unsere Augen, nur Rücken, Wangenknochen, Haaransätze.

Eine Nahaufnahme der Schaukel auf dem Schulhof. Blumenbuketts und weiße Hemden. Vom Schulabschluss.

Ich blätterte weiter.

Fotos aus der Turnhalle, die Zeugnisvergabe. Ein Mädchen mit ihrer Klasse auf dem Weg zur Bühne. Dasselbe Mädchen – unscharf, mitten in einer Bewegung – auf dem Weg von der Bühne. Auf dem letzten Bild setzt sie sich wieder ins Publikum. Blickt in die Kamera.

Dieses Foto betrachtete ich lange.

Halb beleuchtet: Anzüge, Kleider, verschwommene Bewegungen kleiner Kinder. Das Mädchen blickt in die Kamera, ihre Arme hängen, sie wirkt vollkommen entspannt. Im Hintergrund sieht man Hieu, sein albernes Lächeln, ganz still im Gewimmel hinter dem Mädchen und ihren roten Augen.

Má, in ihrer Ecke des Sofas, blickte zu mir herüber.

Das ist Isabella… Sie war so schön.

Das war der erste Abend mit den Fotos. Hieu kam aus dem Zimmer und setzte sich zu uns aufs Sofa. Er fing an, einen der Stapel durchzublättern, wir blätterten beide; ich beobachtete ihn, wie er neben mir saß und sich die Fotos anschaute, in ihnen blätterte, wie er sie systematisch abarbeitete, jedem gleich viel Zeit widmete.

Erst später, als wir im Bett lagen, fiel mir auf, dass er ein Foto mit ins Zimmer genommen hatte. Er lag da und betrachtete es, als Má hereinkam: Sie öffnete die Tür und ging zu ihm, er lag halb zugedeckt auf dem Bauch, die Ellbogen aufgestützt, das Kinn in den Händen und das Foto vor sich auf dem Kissen. Sie kam wortlos herein – sie nahm ihm das Foto weg – und sie ging wortlos hinaus. Im schwachen Licht seiner Nachttischlampe erhaschte ich einen Blick auf das Bild, das letzte Foto von Isabella, mit dem lächelnden Hieu im Hintergrund, das einzige Bild von den beiden.

Ich sollte die Bilder noch oft durchsehen. Am Ende lagen sie in einem Stapel vor mir. Ich tastete mich an eine Chronologie heran – Datum, Uhrzeit – und ordnete sie. Später versuchte ich sie nach anderen Prinzipien zu sortieren: Farbe, Licht, Schärfe. Zuletzt nach der Größe von Isabellas Augen: die größten Augen zuerst, die kleinsten zuletzt. Die übrigen Fotos interessierten mich nicht mehr.

Um die innere Ordnung der Fotos zu verstehen, hätte ich verstehen müssen, was ihnen vorangegangen war, hätte etwas über Hieus Gefühlsleben wissen müssen, darüber, was ihn während dieser Monate beschäftigte. Will sagen: eine gewaltige Liebe, glühend rot, über die Ränder hinaustretend.

SCHÄRENGARTEN, ERHOLUNG IM FREIEN

Manchmal hörte man, es sei eine kleine Stadt, in der wir wohnten. Eine schöne, kleine Sommerstadt, schöne Sommer; Schärengarten, Erholung im Freien.

Es gab Tage, an denen Má mit uns ins Schwimmbad ging. Laue, stillstehende Morgen. Die Tante am Eingangsschalter schien erstaunt, fast gekränkt, wenn wir auftauchten.

Die Schwimmhalle war menschenleer, ganz leer, bis auf den Bademeister, der mit einer zusammengerollten Zeitung in der Hand auf und ab schlenderte und gelegentlich einen Blick auf uns warf. Wir liefen zwischen den Schwimmbecken hin und her, bis Hieu und ich schließlich fröstelnd ins Kinderbecken stiegen. Hieu fing an zu planschen, bis das Wasser über den Beckenrand spritzte. Den Bademeister schien das nicht zu stören. Dann schwamm Hieu ein paar Längen, hin und zurück, ohne Pause. Zuletzt stiegen wir aus dem Becken und leisteten Má im Whirlpool Gesellschaft. Sie strich uns das Haar aus der Stirn.

Später warteten wir vor dem Eingang, während sich Má in der Damenumkleide die Haare föhnte. Es war ein wirklich schöner Tag. Laue Brise, zitternde Baumkronen. Má kam heraus und machte ein Foto von uns auf der warmen Steintreppe.

Auf dem Heimweg gingen wir zur Eisdiele auf dem Hauptplatz. Jeder eine Vanilleeistüte in der Hand, setzten wir uns dann vor den hohen Rathaustüren auf eine Bank und blickten hinunter auf die Familien, die zwischen den Blumenrabatten herumschlenderten. Hieus sonnenflimmerndes

Haar. Es dauerte nicht lange, ehe er anfing, mit dem Bein zu wackeln, rastlos, mit dem Fuß auf dem Boden wippend wie eine gespannte Feder. So saß er eine ganze Weile, wippte, bis Má es bemerkte und ihm die Hand aufs Knie legte. Er hörte auf, und sie ließ ihre Hand liegen.

Die Autos fuhren langsam mit offenen Fenstern an uns vorbei. Fahrer und Beifahrer mit Sonnenbrillen. Familien auf dem Weg zum Strand, munter und fröhlich in der Sommerstadt.

Wir überquerten den Hauptplatz, gingen heimwärts. Má mit leicht gekrümmtem Rücken, die Kamera wie ein steinschweres Schmuckstück um ihren Hals.

Wochenlang war Hieu am Kino vorbeigegangen und hatte das Plakat im Schaufenster betrachtet: die Frau im roten Samtkleid und mit schwarzen Ohrringen, der Mann im dunklen Anzug, die Augen geschlossen, sein Kopf in ihrem Schoß. Ein Liebesfilm aus Hongkong. Er hatte bis zum vorletzten Tag gewartet, an dem der Film gezeigt wurde: Nachmittagsvorstellung, halber Preis.

Má war noch nie im Kino gewesen, nicht, seitdem wir hierhergekommen waren.

Es war Strandwetter, hell und mild, wir trugen dünne Klamotten. Als wir zum Kino kamen, waren die anderen Besucher bereits hineingegangen und hatten sich im Saal auf ihre Plätze gesetzt.

Die Vorstellung war so gut wie ausverkauft. Klickende Jackenknöpfe, Schokoladenpapier, Pistazien. Rascheln.

Hieu sagte den Titel des Films.

Er hatte wochenlang darüber geredet.

Irgendjemand verliebt sich in irgendjemand… Zwei Paare ziehen gleichzeitig als Mieter in dasselbe Haus und werden Nachbarn. Bei der Frau des einen Paars und dem Mann des anderen regt sich nach und nach der Verdacht, dass ihre jeweiligen Partner miteinander eine Affäre haben. Sie leben sich in den Verdacht ein, fangen an, die fantasierten Situationen nachzuspielen.

Während der Werbung schlich Má hinaus, geduckt durch die Dunkelheit. Zurück kam sie mit einer großen Flasche Limonade, dazu Chips und Popcorn.

In der ersten Szene beziehen die beiden Paare ihre Zimmer. Die Möbelpacker tragen die Möbel die engen Steintreppen hinauf. Alle stehen eng aneinandergedrängt da. Alle sind verschwitzt, außer Maggie und Tony. Maggie und Tony: die Frau des einen Paars, der Mann des anderen. Maggie & Tony: das Plakatpaar.

Vermieterin: *Was für ein Zufall, dass Sie am selben Tag einziehen.*

Tony: *Der Sessel kommt dort in die Ecke.*

Möbelpacker: *Ihr habt aber viel Zeugs für ein Paar.*

Maggie: *Vorsicht mit dem Spiegel, passen Sie auf, wenn Sie den Spiegel aufhängen!*

Tony: *Sind das Ihre Zeitschriften?*

Maggie: *Ja, die gehören meinem Mann.*

Die zweite Szene spielt im Wohnzimmer. In einer Gesellschaft, bei der sich auch die Vermieterin befindet, wird an einem runden Tisch Mahjong gespielt. Alle sind sehr gut angezogen. Maggies Mann ist ebenfalls dabei, er sitzt mit dem Rücken zur Tür. Maggie kommt herein, als Tony gerade das Zimmer verlässt – ihre Blicke begegnen sich. Maggie setzt sich zu ihrem Mann, der berührt kurz ihren Arm und wendet sich dann wieder den Mahjongsteinen zu. Rauch steigt auf und sammelt sich in trägen, dichten Wirbeln unter dem Lampenschirm.

Má stand auf und ging wieder hinaus, einfach so.

Während des Abspanns blieben alle sitzen. Das Licht ging an und wir landeten mitten im Menschenstrom Richtung Ausgang. Die anderen Kinobesucher redeten eifrig über den Film und über anderes, sie redeten über alles Mögliche, während sie auf ihre gestikulierenden Hände blickten. Das sah lustig aus, wie sie fuchtelten, während sie redeten.

Draußen verstummte das Gerede. Alle standen schweigend vor dem Kino und blickten hinauf zu den Wolken. Ein heftiger Regen. Einer nach dem anderen rauschten die Kinobesucher zum Parkplatz. Einzelne, vorwärtskriechende Autos; ein unerklärlich langsamer Verkehr. Má stand weit entfernt auf der anderen Straßenseite, unter der Markise vor der Apotheke. Sie hatte die Haare aufgemacht – bald würden wir wieder zu Hause sein –, sie klebten ihr feucht im Gesicht; den ganzen Abend würde sie in ihrem Bett liegen und die Wärme würde sich unter der Decke ausbreiten.

Hieu nahm mich an der Hand, zog mich hinter sich her, führte uns über die Straße.

Má blickte geradeaus. Ihre Kleider hingen glatt und kalt an ihrem Körper. Der Autolack spiegelte sich im Schaufensterglas, Más Augen. Unter den Kanalgittern gurgelte es. Má sagte etwas Unhörbares.

Es war, im Großen und Ganzen, ein verregneter Sommer.

Nebelwolken vor dem Klassenfenster. Ich sah meine Schulkameraden wieder, heimgekehrt von ihren Urlaubsreisen – die dünnen, weißen Hemden über der rotverbrannten Haut. Am ersten Tag sollten wir einen Aufsatz über unsere Sommerferien schreiben. Am Ende der Stunde konnte man ihn, wenn man wollte, vorlesen.

Ich musste mir eine Zeit ins Gedächtnis rufen, die vom Jetzt kaum zu unterscheiden war. Es war ja immer noch Sommer, während wir dort saßen, sommersprossig und rosig, zurückgekehrt unter das blendende Licht der Leuchtstoffröhren.

Die Sommerferien …

Die Wolken, und dann die Sonne.

Wenn es regnete, wenn es windig war.

Der Lehrer stand auf und ging hinaus, und meine Klassenkameraden krümmten sich über ihre Pulte. Wir waren uns selbst überlassen. Und nun, bei diesem Anblick, dem Anblick meiner Klassenkameraden – sommersprossig, rosig, mit hellen Haaren, mit dunklen Haaren –, musste ich auf einmal blinzeln und wurde kurz darauf von einem merkwürdigen Schwindel erfasst, einem schnell vorübergehenden Schwindel, der mich irgendwie dazu brachte, klar zu denken.

Ich stellte mir den Sommer als ununterbrochene Reihe von Tagen vor: der Wind, das Licht, das Einschlafen und das Aufwachen, die Nachmittage, der Regen in der Nacht.

Dann schrieb ich drauflos, wie ein Tier, sozusagen.

Josefine hatte über ihren Familienurlaub in Indien geschrieben.

In Indien war es warm.

Wie in einer Sauna.

Sie gingen zum Markt.

Es war ein großer Markt.

Sie kauften Kräuterpflanzen.

Die Kräuterpflanzen nahmen sie mit nach Hause.

Für mehr habe die Zeit nicht gereicht, entschuldigte sie sich, aber der Lehrer bedankte sich und meinte, es sei ganz toll gewesen.

Emilia hatte über ihren Aufenthalt in einem Reitlager in Ostfinnland geschrieben … Eine grottenschlechte Geschichte, die sie noch dazu unbegreiflich langsam vorlas, aber der Lehrer fand sie ausgezeichnet.

Und so ging es weiter.

Ich konnte es so aussehen lassen, als hätte ich mich in letzter Minute entschlossen, als wäre das mit dem Vorlesen eine Art spontaner Einfall gewesen, also hob ich, nachdem alle anderen, die wollten, mit dem Vorlesen fertig waren, die Hand, und obwohl es eigentlich bereits Zeit war für die Pause – Rauschen in den Korridoren, Lärm und Gelächter auf dem Schulhof –, hatte der Lehrer keine Wahl. Ich streckte mich und fing an zu lesen.

Der Strand. Die Wellen und die Sonne.

Ich hatte über den Tag geschrieben, als Má mit uns ans Meer gefahren war.

Anstatt im Schwimmbad spielte sich alles in Fäboda ab. Wir badeten also im Meer, und das Wasser ließ Salz auf unseren Lippen zurück. Wir aßen Eis am Strand, und als es dunkel wurde, fuhren wir mit dem Bus nach Hause.

Ich hörte meine Stimme, ich fühlte meinen Puls – es war eine Art Strom –, und ich wurde beim Lesen allmählich schneller. Ich hatte Sätze mit Beistrichen und Adjektiven geschrieben. Meine Grammatik war vollendet. Ich las mit Gefühl.

Die brennende Sonne.

Die hohen Wellen.

Ich beschrieb die Busfahrt, und wie Má sich später zu Hause mit dem Föhnen ihrer regennassen Haare plagte.

Hinterher blickte der Lehrer auf die weiße Uhr über der Tür. Er schaute in die Runde und lobte uns, bedankte sich für die schönen Aufsätze. Von der Pause waren noch fünf Minuten übrig. Eine seltsame Stimmung. Er blickte in die Runde, würdigte mich aber keines Blickes.

Ich und Matti, der Lehrer. Das Surren der Leuchtstoffröhren.

Für den Rest des Tages fiel es mir schwer, mich zu konzentrieren. Im Unterricht war ich voller Eifer, laut, getrieben von etwas Unbekanntem, einem fremden Appetit, der sich zu erkennen gegeben hatte.

Eine vollendete Grammatik.

Matti muss erstaunt gewesen sein, ja, völlig verblüfft, von meinem Aufsatz.

Tuomas hatte darüber geschrieben, wie er seinem Bruder mehrere Wochen lang beim Rumschrauben an dessen Moped geholfen hatte. Jürgen hatte über den Kokkola Cup geschrieben, das Fußballturnier, alles drehte sich um Fußball; er erwähnte jedes Resultat, jeden Torschützen, welche Teams welche Medaillen erhalten hatten und so weiter, und so weiter, und das war es …

Josefine … Siri … Emila … Timo … Tove … Jürgen … Jeder Einzelne von ihnen … Schrecklich …

In den Pausen war es anders. Besnik und Juri und ich waren Teamkameraden. In der Pause vor der letzten Schulstunde, es war an einem späten Nachmittag, entdeckten wir etwas Neues. Eine plötzliche Koordination unserer Bewegungsmuster. Das war neu, und es war kein Zufall, denn wir machten es wieder und es funktionierte, und am nächsten Morgen wieder und es funktionierte wieder. Das Ganze lief darauf hinaus, den Ball sofort wiederzugewinnen, wenn wir ihn verloren hatten, wir mussten es gemeinsam tun, unmittelbar: Mit aller Kraft rauschten wir dann auf den Gegner zu, und wenn der Ball weitergepasst wurde, rauschten wir weiter, zusammen, wie ein Schwarm, bis wir ihn zurückerobert hatten. Es war einfach. Unsere Schulkameraden standen mit den Händen in den Hüften da, verdutzt, überließen uns den Ball, als wäre es ihre Pflicht.

Es funktionierte wochenlang, bis sich uns schließlich ein paar von den Älteren in den Weg stellten und den Ball verteidigten, sie standen einfach da und wir rannten geradewegs in ihre massiven Rücken hinein.

Besnik und Juri und ich: für ein paar Wochen waren wir ein einziger, unüberwindbarer Organismus; ein stürmender, lachender Haufen.

Es war eine Zeit des Spielens.

TAMPERE

In den Herbstferien sollten Má und ich nach Tampere fahren. Sie hatte sich von einer Kollegin ein Auto geliehen. Wir fuhren frühmorgens an einem Freitag. Sie weckte mich im Morgengrauen. Hieu atmete tief und rhythmisch auf der anderen Seite des Zimmers. Es würde sein erstes Wochenende allein sein, seit Wochen hatte sie davon geredet.

Má redete, wie immer in der Küche, und wir hörten zu: *Kein Grund, sich Sorgen zu machen, nur ein Wochenende, nichts Besonderes.* Dann reckte Hieu den Hals, seine Augen schweiften über den Hof, bis zu den Linden an der Straße, wo die vorbeifahrenden Autos zwar zu hören, durch das Astwerk hindurch aber kaum zu erkennen waren. Neuerdings saß er immer mit kerzengeradem Rücken – der Oberkörper eins mit der Stuhllehne –, und jedes Mal, wenn wir am Esstisch saßen und Má uns versicherte, dass alles gut gehen würde, blickte er noch länger hinaus, ließ den Blick auf dem Gras und den Bäumen ruhen, das Gesicht völlig reglos, ohne zu blinzeln, nicht einmal sein Mund bewegte sich.

Im Morgengrauen, auf dem Parkplatz: Más zögernder Blick nach oben zu unserem Schlafzimmerfenster. Sie startete den Motor und wir verließen den Parkplatz, fuhren langsam durch das Wohnviertel, bis zur Landstraße.

Ich hatte in einem Atlas nachgesehen. Genau in der Mitte der Linie, die sich zwischen Jakobstad und Helsinki quer über die Karte zog, lag Tampere.

Der Ford Focus von Más Kollegin. Stück für Stück bohrten wir uns ins Land hinein, so stellte ich es mir vor.

Auf dem Rücksitz bewegte ich mich hin und her: nach links, um den Gegenverkehr zu beobachten, nach rechts, um die sonderbare, matschige Landschaft zu betrachten. Die Sitzbezüge fühlten sich an meinen Armen kalt und weich an. Má drehte das Radio lauter. Es war der erste richtige Herbsttag. Überall brachen die rostigen Farben hervor. Ich saß mit dem Gesicht gegen das Fenster gelehnt. Trinh Cong Son sang von einer unglücklichen Liebe:

wie die Wellen sich sehnen, den Strand zu liebkosen
so sehne ich mich nach deinem warmen Schoß

Ich erwachte zu Más unerwartet heller und hektischer Stimme. Die Sonne war aufgegangen. Der Dunst lag still in der Luft. Überall Lachen.

Die Autos standen ordentlich geparkt entlang des niedrigen Zauns vor dem Haus. Im Garten wuchsen Büsche mit roten und schwarzen Beeren. Wir waren kaum ausgestiegen – unter der Motorhaube knisterte es noch –, als ein Mann und eine Frau, sie waren die Gastgeber, auf uns zugeeilt kamen und uns umarmten. Frau Ngoc und Herr Chim, immerzu lächelnd, so, dass man dabei die Zähne sah. Frau Ngoc in einem langen, türkisfarbenen Kleid, Herr Chim mit zugeknöpftem Hemd und einer runden, an einer Schnur hängenden Brille. Hin und wieder nahm er die Brille ab und warf einen kurzen Blick darauf, ehe er sie wieder ganz unten auf seinem Nasenbein platzierte. Má erzählte eifrig von der Autofahrt, während sie unser Gepäck ins Haus trugen.

Wir gingen über den Rasen auf das Haus zu. Ein rotes Holzhaus mit Flachdach. Auf der Terrasse saßen eine kurzhaarige Frau und ein Mann, in lebhaftem Gespräch. Der Mann lächelte und nickte in unsere Richtung, er fragte, ob Tante Tei Tei nicht eigentlich auch hätte mitkommen sollen, und Má antwortete, diesmal habe es sich nicht so ergeben, und dass man bei Tante Tei Tei ja ohnehin nie wissen könne.

Frau Ngoc führte uns durch das Haus. Leichte Schritte auf dem knarrenden Fußboden: *das Bad, die Sauna* – ihre türkisfarbenen Arme hingen in der Luft – *und hier ist das Gästezimmer, wie du dich vielleicht erinnerst …*

Wir kamen in eine aufgeräumte Küche mit Glastür und einem kleinen Fenster zum Hintergarten. Der Garten, der Straßenrand und die Waldlichtung. Dort streiften sie herum, die Kinder der Gastgeber, ein Geschwisterpaar. Má schubste mich in den Raum, nicht zur Tür, sondern geradeaus zum Fenster hin, als wünschte sie sich, dass der sanfte Griff ihrer Hände um meine Schulterblätter mich vom Boden abheben und durch das Fenster schweben lassen würde – und ich glitt über den rutschigen und vor Feuchtigkeit glänzenden Rasen unserer Gastgeber auf das spielende Geschwisterpaar zu. Hinter mir war Frau Ngocs Stimme zu hören, abgewandt, bereits wie aus der Ferne: *Nur kurz abräumen, dann können wir anfangen.*

Die Geschwister riefen mich zu sich. Sie rannten hinüber in den hochgewachsenen, weitläufigen Hain, die große Schwester Thu, hinter ihr der kleine Bruder Xuan. Einmal drehte er sich um, um zu sehen, ob ich ihnen folgte, ein einziges Mal, mitten im Laufen drehte er sich um und schaute mich mit seinen grünen Augen an. Grüne Augen. Jadeschmuckfarben.

Es wurde ein lebhafter Tag. Enormer Tatendrang der Geschwister. Sie nahmen mich mit zum Felsen: Das war ein massiver, moosbewachsener Felsen, der sich im dichten Grün des Hains wie aus dem Nichts vor einem erhob, an den Seiten scharf und buckelig, oben flach. Wir kletterten hinauf und blickten über die Schotterstraße und das Roggenfeld, das sich bis zu den hohen Betongebäuden der Stadt erstreckte. Wir lagen auf dem Rücken und lasen Comichefte.

In der Ferne das Dröhnen des Stadtverkehrs wie langgezogenes, dumpfes Bellen.

Es war bewölkt, nicht besonders warm, aber als die Straßenarbeiter auftauchten und ihre kreischenden Maschinen anstellten – die Asphaltdämpfe verwischten alle Farben und verwandelten Warnschilder, Uniformen und Astwerk in ein einziges Wirrwarr –, fing ich an zu kichern. Es war nicht zu kontrollieren. Ich kletterte hinunter und rannte den ganzen Weg zum Haus, lief ins Kinderzimmer, wo ich mich rasch umzog, um gleich darauf in meinen neuen Baumwollshorts wieder zurück zum Felsen zu rennen. Dort lagen wir bis zum späten Abend und lasen. Die Straßenarbeiter gingen nach Hause. Erst als Frau Ngoc uns zum Abendessen rief, wurde mir bewusst, was ich in der kurzen Zeit, in der ich mich umzog, mitangesehen hatte.

Sie hatten am runden Tisch im Wohnzimmer gesessen. Má hatte eine Zigarette zum Mund geführt. Mit den Karten in der Hand saß sie da. Ihre besorgte Miene, die gerümpfte Nase bei ihrem ersten Zug, ihr Blick; die Aufmerksamkeit aller auf den gemusterten Spielkarten aus Plastik. Das Radio lief, der Fernseher lief, aber alle schwiegen, und in der Mitte des Tisches erhob sich ein schlampig gebauter Haufen aus verschiedenfarbigen Geldscheinen. Má spielte allein, Frau Ngoc und Herr Chim spielten zusammen, Herr Tèo spielte allein, ebenso wie die Frau, der wir vorhin auf der Terrasse begegnet waren, die jüngere Frau mit Sonnenbrille, die mir zwar bekannt vorkam, die ich aber erst am nächsten Tag als Lan Pham wiedererkennen sollte.

Beim Spiel ging es darum, dass man aus dreizehn Karten drei Kombinationen bilden musste – zweimal fünf und einmal drei Karten –, nach denselben Prinzipien wie beim Poker. Dann zeigten alle ihre Karten, und somit standen die Gewinner und Verlierer der Runde fest. Wieder und wieder. Manchmal wechselten Frau Ngoc und Herr Chim einander ab, wenn einer der beiden eine kurze Pause machen wollte. Die anderen spielten die Nacht durch.

Grüne Augen! Das war es, was ich vor meinem inneren Auge sah, als ich im Kinderzimmer der Geschwister auf der Matratze lag, auf dem Boden neben ihrem Stockbett, und versuchte, zu den Geräuschen jenseits der Wand einzuschlafen: Stühle, die über den Boden kratzten, der Wasserkocher, hitziges Geflüster.

Nach einem Vormittag mit den Geschwistern im Wald – wir waren über den fast fertig verlegten Asphalt hinübergerannt ins Roggenfeld – setzte ich mich zu Má. Sie hielt die Karten mit der einen Hand und strich mir mit der anderen übers Haar, bis ihr die Eingebung kam: Sie gab das Full House auf, baute es in eine Straße um und tauschte die höheren Paare gegen Farben ein. Ihre Nägel an meinem Nacken, die eine Hand über mein Ohr gewölbt. Ich lehnte mich an ihre Schulter. Rechts von uns, am Fenster, saß Lan Pham mit ihrer runden Brille und ihrem kurzen, strähnigen Haar. Sie war es wirklich. Sie hatte einfache Karten, die zwar nicht unbedingt gut waren, aber auch keinerlei schwierige Entscheidungen erforderten. Während sie auf die anderen wartete, wetzte sie rastlos auf ihrem Stuhl hin und her, schaute hinaus in den Garten und auf den Parkplatz. Es war, als sehnte sie sich bereits nach der nächsten Rauchpause, um ihre rote, herzförmige Sonnenbrille wieder aufsetzen zu können. Das war immer das Erste, was sie tat, bereits im Flur setzte sie sie auf.

Herr Tèo saß uns gegenüber. Mir fielen seine Handbewegungen auf: die langen, knochigen Finger in ständigem Fluss – Hände wie Quallen unter Wasser –, und schon war er fertig mit seinen Karten. Ich betrachtete seine vollen Lippen, die sich beim Sprechen in seinem Gesicht ausbreiteten, seine Mimik vollkommen dominierten und gewissermaßen zu seinem Gesicht wurden, es ersetzten. Er redete von Japan. Japanischen Filmen. Eine seiner vielen Schwadronaden.

Herr Chim nahm die Brille ab. Er gab ein Räuspern von sich, ein kaum merkliches Stöhnen, ehe er sie wieder aufsetzte und dazu überging, sich auf die Karten zu konzentrieren, die Frau Ngoc, seine Partnerin im Spiel und im Leben, zwischen ihnen in die Höhe hielt. Die beiden hatten nun viele Runden hintereinander gewonnen. Und sie waren wieder im Begriff, zu gewinnen, irgendwie lag das wie eine Ahnung in dem Schweigen, das sich über den Tisch gesenkt hatte. Mitten in alledem bemerkte Má plötzlich die Mückenstiche auf meinen Beinen. Sie riss die Augen auf, blickte entsetzt drein. Ich strich mit den Händen darüber, frische Schwellungen, rot und oval; pralle, pulsierende Blasen.

Der letzte Abend in Tampere. Ich schlich ins Bad und drehte in der Dusche den Wasserhahn auf, ließ das Wasser von meinem Po bis zu den Füßen rinnen, wo ich mich an mehreren Stellen blutig gekratzt hatte. Lange stand ich so da, bis meine Beine taub geworden waren, dann drehte ich den Hahn ab, trocknete mich ab und schlich zurück ins Bett. Oben im Stockbett hörte ich Xuan flüstern. Er ging in die Küche und kam mit vier Eiswürfeln zurück. Wir setzten uns auf die Matratze auf dem Boden und Xuan hielt sich einen Eiswürfel an den Hals, den er auf den geschwollenen Stellen schmelzen ließ. Ich rückte näher zu ihm und legte einen Eiswürfel auf seine Stirn. Er zuckte zusammen, er schloss die Augen und lächelte, das Gesicht war still, nur der Mund bewegte sich.

Da entdeckte ich Má, sie stand im Türspalt, ihre Hände hingen vor ihr in der Luft … Als wäre sie mitten in einer Bewegung erstarrt.

Nach einer Weile war sie wieder da, diesmal mit einer Aloesalbe, die sie auf meine Haut drückte, direkt aus der Tube. Mit langen Bewegungen schmierte sie mir Beine und

Arme und Hände ein, dann den Nacken, den Hals, bis ich ihr mein Gesicht zuwandte und die Augen schloss. Als sie weitermachte, drehte ich mich auf die Seite, demonstrativ, immer noch mit geschlossenen Augen. Sie ließ die Tube auf der Matratze liegen und schlich vorsichtig aus dem Zimmer.

Die Atemzüge der Geschwister; ebenmäßige Rhythmen, ineinander verflochten.

Leises Lachen, klapperndes Porzellan. Im Wohnzimmer wurde angestoßen.

Auf dem Heimweg im Auto: Die grauen Wolken lagen zusammengepresst auf dem niedrigen Himmel. Má schaute über die Schulter zu mir. Ihre Haare waren in einem losen Knoten zusammengebunden. In ihrem Blick: etwas Gläsernes und Ungreifbares, ihr ganzes Gesicht glänzte; wie von einer schimmernden Schicht überzogen, bis nach oben zum Haaransatz. Sie redete mit mir, sie versuchte es: Sie wollte wissen, ob ich glaubte, dass Hieu während unserer Abwesenheit irgendein Mädchen getroffen habe. Vielleicht diese Isabella. Oder eine andere … Er sei in diesem Alter, sagte sie, man könne es ihm ansehen. Ich schaute aus dem Fenster und wünschte, dass all das, was da kommen sollte, an mir vorübergehen würde.

Die anderen hätten sich zusammengetan und gemogelt, meinte sie, *konspiriert*. Sie schnaubte, jedes Wort kam schnaubend aus ihrem Mund. Sie erhob die Stimme, nur um sie sofort, noch ehe der Satz beendet war, wieder zu senken … sie schnaubte und schüttelte den Kopf, sie lachte höhnisch, als fände sie das Ganze albern, und bevor ich etwas sagen konnte, fragte sie, ob ich denn glaubte, dass diese Leute irgendetwas dem Zufall überlassen hätten, ob ich glaubte, dass es für sie ein Spiel gewesen sei. Sie nahm die Hand vom Schalthebel und grub in ihrer Hosentasche nach der Zigarettenschachtel. Es sei merkwürdig, dass Herr

Tèo und Lan Pham so lange die Konzentration hatten halten können, sagte sie, es möge wohl sein, dass junge Menschen keinen Schlaf bräuchten, aber dass Herr Tèo ein solches Niveau für derart lange Zeit hatte halten können, das habe sie schon seltsam gefunden, *sonderbar*. Etwas anderes zu denken, sei naiv, sagte sie, und es wurde still.

Durch die Fensterscheibe sah ich, wie sich die Wolken auflösten und als schmutziger, formbarer Lehm ineinander verschmolzen. Má kurbelte das Fenster runter und ließ die feuchte Luft herein. In der linken Hand, zwischen Zeige- und Mittelfinger, hielt sie eine Zigarette. Sie führte sie zum Mund, sog den Rauch ein und wechselte dann zum Pinzettengriff – die Zigarette zwischen Daumen- und Zeigefingerspitze, die anderen Finger zu einem federartigen Bogen gespreizt. Da tauchte vor meinem inneren Auge ein Bild auf von Má, am Spieltisch, mitten im tiefen Schweigen einer Spielrunde: Sie wandte sich an Herrn Tèo, um eine Frage zu beantworten, die er ihr ein paar Stunden zuvor gestellt hatte, nämlich wie ihr ihre Arbeit gefiele – eine kurze, einfache Frage –, und fing an, sich über die Funktionsweise von Tensiden zu verbreiten, durch welche die Oberflächenspannung des Wassers verringert würde, um eine wirkliche Tiefenreinigung der Stoffe zu gewährleisten, über das Vertrauen unter den Kollegen, ihren großzügigen Chef, der sich bereiterklärt habe, für zwei Überstunden pro Mitarbeiter im Gegenzug die Lüftungsanlage zu erneuern – zwei Stunden! Für eine ganze Lüftungsanlage! –, und über die frische Luft, die damit einhergehe, *wie Tag und Nacht*. Und sie redete weiter: Man könnte meinen, dass Parfüms, die aus ätherischen Ölen hergestellt wurden – Lavendel, Orangenblüte, sogenannte natürliche Parfüms –, künstlich hergestellten vorzuziehen seien, aber nein, unter keinen Umständen würde sie das unterschreiben. Sie nehme jede Gelegenheit wahr, um das klassische Waschmittel mit seinen chemisch hergestellten

Zitrusaromen zu benutzen – warum sollte sie auch nicht? –, im Labor könne man alles kontrollieren: Intensität, Nuancen, Abtönungen, und das klassische Waschmittel sei aus gutem Grund klassisch, worin ihr die Mehrheit der Kunden im Übrigen zustimmen würde. *Aber* … sagte sie … *Um deine Frage zu beantworten … Die Arbeit gefällt mir, ich habe das Gefühl, dass man meine Kompetenz zu schätzen weiß, verstehst du?* Das Spiel war ins Stocken geraten, das geschah nur selten, alle Blicke waren auf sie gerichtet, sogar Lan Pham hatte sich aufgesetzt und saß vorgelehnt und mit neugieriger Miene auf ihrem Stuhl. Má führte eine ausgegangene Zigarette zum Mund. Da war der Pinzettengriff. Sie platzierte die Zigarette in der Nähe des Mundwinkels, sodass sie ihr seitlich aus dem Mund hing, und als sie sie anzündete, leuchtete für einen Augenblick die Farbe ihres Lippenstifts auf, und mit ihr ein angedeutetes Grinsen.

Sie wechselte ein letztes Mal den Griff: hielt die fünf Finger ihrer Hand wie ein Vogelschnabel vor den Mund. Das war der letzte Zug. In der hohlen Hand brannte eine schwache Glut, die bald in die schwere Luft hinausfliegen und lautlos auf den Asphalt aufprallen würde.

KAUEN

Hatte er geschlafen oder vorgegeben zu schlafen, als wir uns flüsternd und in aller Eile auf den Weg gemacht hatten? Ein schwacher Wind vor dem Fenster. So muss es angefangen haben: ein schwacher, surrender Wind, Pfiffe vom Hof, und dann hat er sich vermutlich an den Küchentisch gesetzt und über den Platz geblickt und versucht, sich Más tröstende Worte in Erinnerung zu rufen.

Wir kamen am Sonntag nach Hause, spät, knapp bevor sich die schwerste Dunkelheit herabsenkte, kamen herein, ohne etwas zu sagen, tauchten einfach auf, und zuallererst öffnete sie die Kühlschranktür und erschrak derart, dass sie für einen Augenblick ihr Gesicht in den Händen verbarg, ehe sie die Balkontür aufriss, wo sie ihn, ihren Erstgeborenen, mit nacktem Oberkörper sitzen sah, die Hände in den Hosentaschen seiner Shorts und die Füße auf dem Geländer, und, noch bevor er aufblicken konnte, auf ihn zutrat und ihm zwei Ohrfeigen verpasste – eine auf jede Wange –, in einer einzigen Bewegung. Sein steinernes Gesicht im Halbdunkel. Er blieb sitzen, er antwortete ihr nicht, und sie ging hinein.

Er nahm die Füße vom Geländer und stellte sich neben mich. Wir blickten hinunter auf die stille Straße. Die Wandlaternen beleuchteten die ordentlich aufgereihten Fahrräder des Nachbarhauses. Ich starrte auf seine Hände. Es war, als wäre ich dort neben ihm festgefroren. Er umfasste das von Wandfarbe gesprenkelte Eisengeländer, hielt sich daran fest wie an einer Reling.

Sie hatte ihn gefragt, warum er nichts gegessen habe

und warum Sand auf dem Boden liege, *beim Bett, dein Bett, warum ist es voller Sand?*

Am nächsten Nachmittag stand Má vor dem offenen Kühlschank, der immer noch vollgestopft war mit Fertigpizzen und Milch und karelischen Pirogen und Obst und Gemüse, das sie vor dem Wochenende in Tampere eingekauft hatte. Hieu und ich saßen am Küchentisch, er mit Walkman und Kopfhörern, ich mit Hausaufgaben. Der Geruch von Ingwer und Knoblauch. Má trug ihre Schürze. Sie brach die triefenden Salatblätter in die Bratpfanne. Als es aufzischte, blickte Hieu zum Herd und machte die Musik leiser. Sie warf eine Handvoll Sojasprossen in die Pfanne, dazu gehackte rote Paprika. Tofu, Sesamöl.

Hieu nahm die Kopfhörer ab.

Wir bedienten uns aus der Bratpfanne, die prasselnd und dampfend vor uns stand. Wir schlürften das Essen in uns hinein, unsere Gesichter verschwanden in den Schalen.

Nach zwei Portionen lehnte sich Má zurück und stöhnte laut, es klang wie ein Jammern, und wir prusteten los, *keinen Bissen mehr*, rief sie und stellte dann einen Teller mit aufgeschnittenen und mit Salz und Pfeffer bestreuten Fleischtomaten vor uns hin. Es war die beste Mahlzeit des Jahres. Hieu trug ein hellgraues Samthemd. Die Abdrücke von den Ohrfeigen waren kaum noch zu sehen, nur eine leichte Rötung war zurückgeblieben.

HERRN TÈOS TIRADE

Aber stellt euch doch mal vor, unsere Zivilisationen hätten sich unabhängig voneinander entwickelt, ich meine, Osten und Westen separat… Also… Spielt den Gedanken mal durch… Wir hätten unsere eigene Expertise im Bereich von Physik und Chemie und Biologie, wir hätten unsere eigene Industrie, unsere eigene Technik, alles wäre an uns angepasst, also, stellt euch vor, alles wäre an uns angepasst, glaubt ihr, wir würden dann hier bei dieser Art Beleuchtung sitzen? Schau mal! Man sieht jede einzelne Pore in deinem Gesicht, möchtest du das, war das eure Absicht, als ihr diese Lampe hier gekauft habt, dass man jede einzelne eurer Poren sehen sollte? Ich mache nur Witze… Aber spielt euch das mal durch, denkt an die Kunst, die Gemälde, denkt an den Film! Habt ihr schon mal drüber nachgedacht, dass japanische Filme völlig anders sind als amerikanische und französische, und deutsche, wenn wir schon dabei sind, und da rede ich nicht nur von der Art, wie sie geschrieben sind oder wie die Schauspieler sprechen und sich bewegen… Ich meine vor allem die Beleuchtung… Und die Farben… Habt ihr mal drüber nachgedacht, wie es aussehen würde, wenn die Kameras und der Film und die Chemikalien, die man bei der Entwicklung benutzt, all diese Dinge… Wie es wäre, wenn sie an unser Aussehen angepasst wären, an unsere Bewegungen? Jetzt rede ich von den Japanern und sage »wir«… Na ja… Was, wenn wir das Radio erfunden hätten, was, wenn wir die Tonaufnahmemethoden optimiert hätten, wie würde die vietnamesische Volksmusik dann wohl klingen? Vermutlich anders, und besser angepasst an unsere

Stimmen und unsere Instrumente … Wie auch immer … Zwischen uns und den Japanern gibts sowieso keinen Unterschied, die genetische Zusammensetzung, also die DNA, unsere DNA ist so gut wie identisch, jedenfalls sind wir den Japanern ähnlicher als den Westlern … Vor allem den Finnen … Was haben wir mit denen gemeinsam? Die sagen zu mir … »Ihr Asiaten« … »Vietnamesen«, hat er gesagt … Das war einer bei der Arbeit … Wir Vietnamesen seien fleißig, meinte er, tüchtige Arbeiter, und dafür sei das finnische Volk ebenfalls bekannt … Sie arbeiten hart, hat er gesagt … Und ich habe genickt, »ja, ja«, »gut, gut« … Konnte mir das Lachen kaum verkneifen … Weißt du, warum … Wollt ihr wissen, warum … Ja … Derselbe Kerl, eine Woche zuvor, nur ein paar Tage zuvor, war er zum Teamleiter gegangen und hatte sich darüber beschwert, dass er in der Mittagspause arbeiten musste! Kapiert ihr? Er wollte in einem Zimmer sitzen und sein Mittagessen essen, nichts anderes, ja, vielleicht sich mit irgendeinem Kollegen unterhalten, aber versteht ihr, dieser Junge, der nicht mal eine Armatur montieren kann, während er sein Brötchen isst, der … Entschuldigt … Aber das war das Schlimmste … Finnen … Fleißige Leute … Was für ein Kerl … Na gut, aber ich habe in letzter Zeit viel über Licht und Schatten nachgedacht, also, ihr lacht, lacht nur, aber ich will euch mal erklären, wie soll man sagen, also, die Westler, eine Sache, die uns von ihnen unterscheidet, ist, dass sie die Dinge oberflächlich und klar mögen … Und damit meine ich sowohl Gegenstände als auch Räume … Ja, Räume … Während wir das Tiefe und Dunkle vorziehen … Ich habe viel darüber nachgedacht, wie sie hierzulande ihre Häuser bauen, also, wo soll man da anfangen … Nehmen wir doch mal sowas wie die Dächer, wie die konstruiert sind, wenn man das mit japanischen Häusern vergleicht … In Asien baut man die Dächer breit und groß wie Sonnenschirme, um eine möglichst große Fläche zu beschatten …

Aber die Westler … Euer Dach zum Beispiel, unter dem wir jetzt gerade sitzen, klar schützt das vor Regen und Unwetter und so weiter … Aber die Schatten! Von Schatten kann keine Rede sein! Stattdessen wollen sie so viel Licht wie möglich reinlassen … Nicht auszuhalten … Ja, so geht es uns allen, wir alle hier an diesem Tisch, wir denken so, weil wir Vietnamesen sind, und wir verstehen die Mystik der Schatten, das sagen sie ja auch über uns, sie reden von … Was sagen sie, »die Mystik des Orients«, und das ist es wohl, was sie damit meinen … Dass wir die Gabe haben, die Magie der Schatten zu schätzen … Aber diese Gabe werden wir bestimmt auch noch verlieren … Wir haben uns so sehr an elektrisches Licht gewöhnt und bald denken wir wohl nicht mehr drüber nach … Und das ist wohl im Grunde auch nicht weiter schlimm … Ist halt eine Frage der Ästhetik … Aber eine Sache, die mich wirklich sauer macht … Also … richtig sauer … Das ist, wenn man Licht macht, obwohl man es nicht braucht, ja, obwohl es sogar schädlich ist! Im Sommer war ich ein paarmal im Café, ja, ihr erinnert euch, wie es im Sommer gewesen ist … Alles, was man sich gewünscht hat, war Abkühlung … Aber obwohl es drinnen so heiß war, bestanden diese Weißen darauf, ihre Glühbirnen brennen zu lassen … Und keiner hat sich beschwert! Sie haben einfach nur dagesessen! »Wie nett, wie nett!« Sowas macht mich richtig sauer … Ich sollte aufhören. Ich ärgere mich so … Aber hört nur … Wisst ihr, was sie dann machen, wenn es so heiß ist und sie jede einzelne Lampe im Gebäude eingeschaltet haben? Ja, dann stellen sie die Ventilatoren an! Zuerst jagen sie alle Schatten aus dem Raum, und dann machen sie ihre surrenden Ventilatoren an! Die Weißen! Wasser ins Meer tragen! Aber, aber … Ich will mich nicht aufregen … Nächstes Mal werde ich etwas sagen … Ja, aber wirklich …

In diesem Herbst lernte ich mit einer göttlichen Effizienz. Vor den Prüfungen las ich die Literatur normalerweise so oft, bis ich die wichtigsten Details in- und auswendig konnte, was zumeist stundenlange Wiederholung erforderte, aber in diesem Herbst wirkte es so, als wäre ich mit einer übernatürlichen Kraft ausgestattet worden. Ich überflog die Texte schnell, aber sorgfältig. Wenn ich mich später selbst abfragte, indem ich abwechselnd die Augen schloss und aus dem Buch ablas, kam das Wissen über mich wie in einem unablässig fließenden Strom.

Ich saß am Wohnzimmerfenster.

Hieu war nie zu Hause. Er hatte mit dem Gymnasium angefangen, die Schultage waren lang.

Ich sah die Menschen von den Parkplätzen zu ihren Häusern gehen und in die entgegengesetzte Richtung, auf den schmalen Bürgersteigen, den Hügel hinauf, weg von unserem Wohnblock, zur Landstraße und zum Stadtbus.

Ich lernte.

Eine Mutter, an der einen Hand ein Kind, mit der anderen einen Kinderwagen schiebend, bei den Beerensträuchern vor dem Kiosk. Sie bewegten sich langsam, blieben bei jedem Busch stehen: die eifrigen Kinderhände, die großen Augen angesichts der Dornen und Beeren des Strauches. Die schweren Stahlbänke auf der Kioskterrasse, wo man eine Armlänge von den langsam vorbeifahrenden Autos entfernt saß. Eine Frau, die allein ihr Sandwich aß. Zwei Jungen mit ihren Eistüten. Möwen.

Hieu kam mit einem Packen Fensterkuverts in der Hand aus dem Treppenhaus herein. Er fragte nach Má und ich antwortete sofort: sie sei vielleicht einkaufen gegangen. Er ging wieder hinaus, fuhr mit dem Lift hinunter, ließ die Tür offenstehen. Was hatte er an? Shorts und Badelatschen …

Nachmittagsverkehr auf den Parkplätzen. Vor dem Kiosk saß jetzt eine ganze Familie. Aus einem offenen Fenster kam Reggae.

Die Badezimmertür ging mit einem Ruck auf. Heraus kam Má, in ein Handtuch gewickelt. Sie bürstete sich im Flur vor dem Spiegel die Haare, die nassen, glänzenden Haare auf den Schulterblättern.

Ich lernte.

Hieu unterhalb des Fensters. Irgendetwas stimmte nicht mit seinen Bewegungen, es sah aus, als ob er losrennen wollte, aber aus irgendeinem Grund daran gehindert würde und stattdessen vorwärts stolperte, wie verloren, als wäre die Straße, auf der er unzählige Male gegangen war, ihm nun fremd.

Ich legte meine Hände auf das aufgeschlagene Buch. Ich beobachtete ihn, wie er dort draußen auf der Straße stand und um sich blickte. Er ging in den Kiosk.

Er kam aus dem Kiosk.

Er ging weiter den Bürgersteig entlang, tapsig, in seinem eigenen, seltsamen Rhythmus. Vor einem älteren Paar blieb er stehen, stellte sich mitten vor die beiden hin. Sie ignorierten ihn, wichen zur Seite aus und gingen weiter. Als er die Straße überquerte und die kleine Apotheke betrat, schloss ich die Augen und stellte ihn mir da drinnen vor.

Hieu: Entschuldigung.

Apothekerin: Ja?

Hieu (atemlos): Hast du Mama gesehen? Ich suche meine Mama.

Apothekerin (freundlich): Nein … Ich glaube nicht.

Er kam aus der Apotheke. Er ging heimwärts, in unsere Richtung, wendete sich dann aber plötzlich um und lief den Hügel hinauf zur Bushaltestelle. Die Briefe hielt er fest in der Hand. Má stand mit ihrer Haarbürste hinter mir. Sie lachte auf.

Ist das Hieu? Hat er Badelatschen an?

Ich blätterte im Geografiebuch.

Als er endlich heimkam, war Má gerade dabei, Gemüse bei so starker Hitze anzubraten, dass ich mich auf die Türschwelle stellen musste, um irgendetwas hören zu können.

Die Stromrechnung, die Stromrechnung ist da, wir haben die Stromrechnung bekommen.

Má, nun angezogen, Hieu in Badelatschen.

Von da an habe ich ihn öfter genau angesehen. Er trug Kapuzenpullis, Flanellhemden. Eines Abends, ich war auf dem Heimweg nach einem Abendtraining, entdeckte ich ihn vor einer Würstchenbude, von Menschen umringt, alle mit weiten Hosen. Die Hände in den Hosentaschen, lehnte er an einem beleuchteten Schaufenster. Ich beeilte mich, und zu Hause musste ich Má sofort davon erzählen.

Das Hemd war komplett offen … Nur ganz oben nicht, der oberste Knopf, der war zugeknöpft …

Má ließ sich viel Zeit. Sie hob die Augenbrauen und heftete ihren Blick an die Decke.

Fahr jetzt sofort dorthin zurück und sag ihm, er soll sein Hemd zuknöpfen, alle Knöpfe.

Sie sagte es in einem Fluss. Es war nicht ihre gewöhnliche Stimme, aber dennoch eine, die ich wiedererkannte, sie blickte immer noch an die Decke, es war, als würde sie auch mit jemand anderem sprechen.

Ich stieg auf mein Fahrrad und fuhr los, immer noch in Fußballkleidung. Es war mittlerweile kalt geworden. Beim

Kanal schloss ich mein Fahrrad an einen Pfosten und ging zu Fuß Richtung Zentrum. Von der Hügelkuppe an bewegte ich mich schleichend vorwärts. Aus den Geschäften auf der Esplanade hörte man Werbespots – »Sonderpreis«, »Exklusives Angebot«, »*edullinen tarjous*« – und überall sah man schattenhafte Figuren mit hängenden Schultern. Ich fand ihn an beinahe derselben Stelle wie zuvor, vor einem anderen Schaufenster, das Hemd immer noch auf diese seltsame Weise zugeknöpft. Ein paar Leute aus seiner Runde verabschiedeten sich mit Handschlag vom Rest der Gruppe und entfernten sich. Ich sah ihn: seine Augen und sein unverwechselbares Lächeln, direkt unter einer Straßenlaterne. Er war mitten in einer Diskussion, er gestikulierte mit den Händen und sein Blick war überall. Ich kehrte um, lief eilends zurück zum Fahrrad, und dann, auf dem Weg nach Hause, die ganze Fahrt über, versuchte ich, es mir aus dem Kopf zu schlagen: der zugeknöpfte oberste Knopf … es sah gut aus …

Nach der Schule zu Hause angekommen, ging ich geradewegs ins Wohnzimmer, wo ich den ganzen Nachmittag sitzen blieb, vollkommen in meine Schulbücher versunken. Diese schnell dunkelnden Tage, an denen alles andere seine Bedeutung verlor.

Kreisende Möwen; die letzten Strahlen der Nachmittagssonne wie ein kurzes Aufblitzen über den Wimpern.

Die Kanäle zwischen Eufrat und Tigris.

Glazialerosion, Winderosion.

Kiefer, Fichte und Birke.

Espe, Erle, Eberesche und Salweide.

Eiche, Linde, Ahorn, Bergulme, Flatterulme, Esche und Hasel.

Ich lernte und die beiden verstummten, blieben zögernd in der Türöffnung stehen, unbeholfen, wie zwei Gespenster, in deren Augen ich mit meiner vollkommenen Selbstdisziplin brillierte. Wirklich zu lernen war etwas, worauf Má und Hieu sich niemals verstehen würden. Wir hatten Aufsätze über unsere Sommerferien geschrieben und ich hatte meinen in der Klasse laut vorgelesen und Matti war ganz und gar verblüfft gewesen. Ich hatte ihn schockiert.

Gerader Rücken, stattliche Haltung. Die Bücher lagen in einem Stapel auf der Fensterbank.

Ein überaus gerader Rücken. Eine unerklärliche Leichtigkeit.

Ich ging in unser Zimmer, dicht vorbei an Hieus Bett, das am Fenster stand. Aus dem Kleiderschrank holte ich einen Strickpullover, den ich mir, während ich das Zimmer verließ, über den Kopf zog. Die Tür ließ ich halb offen, sodass Hieu meinen Rücken sehen konnte, während ich im Wohnzimmer saß und mir zerstreut das Haar aus der Stirn strich. Immer wieder streckte ich mich. Die feinen Gelenke der Finger. Die Oberarme, der Nacken, die Nerven am Rücken, alles sollte sich in einer einzigen Bewegung entspannen. Es würde ihn rasend machen. Ich wusste, dass er mich von unserem Zimmer aus beobachtete.

Tage vollkommener Hingabe.

Ich lernte also wie ein Gott.

Aber eines Samstags, es war ein ganz normaler Tag, war die Wohnung leer. Die Türen sperrangelweit geöffnet. Eine überhängende, fast rätselhafte Abwesenheit. Sie mussten hinausgegangen sein. Der erste Ausflug der beiden, ich stellte ihn mir leicht und hell vor.

Ich sah die beiden vor mir, im windstillen, dunklen Morgen. Endlich allein. Wälder voller leuchtender, rotglänzender Heidelbeersträucher.

Irgendwo lag der Strand. Má hielt die ganze Zeit über seine Hand. In der anderen hielt sie den Rollkoffer – Más schwarzen Reisekoffer mit Zahlenschloss –, mit gespanntem Arm, stets bereit zu reagieren, sollte er im Kies ins Schlingern geraten. Sie waren bereits angekommen. Die Menschen auf der anderen Straßenseite stiegen aus ihren Autos, Autotüren gingen auf und zu, zerstreute Blicke. Hieu trug seine knisternde Jacke. Immer noch Morgengrauen und immer noch brachte er seine Wünsche vor:

Dort, nein, nicht dort… dort… DORT, nein, NICHT dort… NEIN! DORT, DORT, dort…

Immer noch Morgengrauen und sie trieben planlos umher. So stellte ich mir die beiden vor, dort am Strand: unmethodisch.

Sie setzten sich in den Sand. Der kalte, glatte Strand im Herbstwind.

Tief fliegende Möwen unten am Wasser.

Immer noch Morgengrauen, dann wurde der Himmel schließlich heller, und Hieu würde noch lange nach dem Ausschau halten, was Má umgeben hatte, nun aber verschwunden war: eine schwere Wolke, das flirrende Laubwerk darunter, die Haarsträhne, die es in die Mitte ihres Gesichts zu ziehen schien. Das scharfe Skelett hinter den Wangen, das im grauen Licht hervortrat. Sie öffnete den Koffer im Sand. Die Baguettes mit gesalzenem Schweinefleisch, eingewickelt in Alufolie. Die Thermoskanne mit Tee. Die Werbeprospekte.

Die Autos und die Heidelbeersträucher, feucht vom Frost.

Sie waren den ganzen Nachmittag fort. Den ganzen Nachmittag: die Stille im Wohnblock. Ich dachte an Má und Hieu dort am Strand und ich konnte nicht lernen, ich fühlte den Puls an den Schläfen, ich saß auf dem Stuhl und ließ die Arme hängen.

Sie gingen zum Sportplatz um die Ecke, wo von morgens bis abends unermüdlich die Kinder herumliefen. Má und Hieu, an das Geländer am Rand der Laufstrecke gelehnt, die Kinder, die sich der Sonne zuwandten, ihr die weißen Zähne zeigten.

Der Abend nahm Gestalt an. Sie würden durch die Allee nach Hause gehen. Das Bild war jetzt scharf. Der erleuchtete Asphalt. Sein schlaksiger Jungenkörper vor dem Rollkoffer. Sie hätten sich ungestört in einer geraden Linie bewegen können, hatten jedoch nicht geahnt, dass genau in diesem Moment der Abendmarkt schließen würde und die Menschen für kurze Zeit in alle Richtungen strömen und die beiden dazu zwingen würden, sich zwischen ihnen hindurch zu schlängeln. Er zeigte auf die Imbissbude unter den Marktschirmen. Sie blieben stehen und schauten. Öl, das auf die Plastikfensterscheiben spritzte; Teig aus Weizenmehl, hart und weiß, aber formbar: Staubzucker, dieses glasartige, außerirdische Puder. Das Öl zischte, sodass die Geräusche aufs Neue anfangen konnten: Vogelgezeter, die weichen Schuhe der Jugendlichen auf dem Asphalt.

Ich stellte mir Má und Hieu vor, blinzelnd im grellen Licht.

Sie hatte ihn früh geweckt. So muss sie es gemacht haben, in diesen frühen, schnell dunkelnden Herbsttagen: mit dem Zeigefinger auf den Lippen. Es war früh, immer noch Morgengrauen, als sie hinausgegangen waren.

Später: Má ging ins Badezimmer. Sie blieb lange da drinnen, ich hörte, wie sie Wasser ins Waschbecken laufen ließ, wie sie in den Spiegel summte, ins Wasser. Wir draußen lauschten dem Fernseher, der lief. Kleiner Bruder, großer Bruder, der laufende Fernseher. Ihre Stoffpantoffeln fegten über den Boden. Wir lauschten weiter.

Im Schlafzimmer setzte sie sich bei angelehnter Tür an den Schminktisch. Sie hatte etwas Beflissenes an sich. Sie fing an, sich zu schminken. Ich stellte mich in die Türöffnung, wie um etwas zu sagen, stand aber bloß schweigend da, sog lautlos die Düfte ein. Ich ging zurück und sie folgte mir. Sie neigte sich zu uns.

Sie nahm uns in die Arme.

Sie ging hinaus.

Wir blickten ihr nach, wachsam.

Die Eingangstür fiel zu. Das Geräusch ihrer Absätze durchs Treppenhaus, hinaus auf den Hof. Hieu sprang auf, voller Eifer, wie verzaubert. Er rannte ins Badezimmer und sog sich die Lungen voll, fletschte sehnend die Zähne, wie ein Hund.

Draußen: ein sehr scharfer Wind. Unter der Decke der reglose und doch lebendige Körper, wie in Erwartung eines Kommandos, bereit, sich in Bewegung zu setzen.

Dieses Hundeähnliche an ihm sollte mich in den Nächten wachhalten. Er lag in seinem Bett auf der anderen Seite des Zimmers und schlief, er war fast nackt. Sein oberster Knopf war zugeknöpft, das Unterhemd in die Jeans gesteckt, die so weit waren, dass man die Schuhe kaum sah. Ich dachte an Isabella, wie er sie angesehen haben musste, sein schmachtender Hundeblick quer durch die Schulkantine.

In diesen schlaflosen Nächten kamen die klaren, fast kristallartigen Bilder zum ersten Mal zu mir.

Ich musste an die erste Zeit in Jakobstad denken.

Gunnel.

Gunnel, voller Fürsorge.

Gunnel, am Weihnachtsabend in unserem Treppenaufgang, hohläugig nach den langen Arbeitsschichten im Krankenhaus. Má und Gunnel, am Weihnachtsabend, an der Eingangstür, wo sie Blumensträuße austauschten und Hieu und ich jeweils ein Schokoladekonfekt bekamen. So hielten sie damals Kontakt. Gunnel kniff mich immer in die Wange. Dann umarmte sie Má und Hieu. Zuerst Má: eine lange, stille Umarmung. Ehe sie einander losließen, strich Gunnel mit der Hand über Más Rücken, weiter hinauf zum Nacken, bis sie Más Kopf in ihrer offenen Hand hielt. Dann: Hieus Kopf in Gunnels Hand, die Haare, die über den Handrücken fielen wie die Fransen eines Lampenschirms.

Die Bilder von Gunnel.

Die ersten Tage mit Gunnel.

Auf dem Foto stehen wir in einer Reihe in der Vorhalle des Flughafens, ein ganzer Schwarm Vietnamesen. Kinder und Erwachsene, merkbar frierend, aber glücklich; blinzelnd, grimassierend, Daumen hoch, 15–20 Leute in zu großen Jacken mit seltsamen Logos darauf. Má hält mich in den Armen, Hieu steht dicht daneben. Unter uns auch die Finnen, auch sie halten die Daumen in die Höhe. Offene Münder. In den Gesichtern: ein unfassbarer Enthusiasmus.

Ich fand das Foto ganz hinten in einer Schublade von Má's Nachttisch. Ich musste es lange ansehen. Erste Szene, die Ankunft. Der Schnee. Gunnel auf dem Flughafen in Oravais. Gunnel, die jeden Einzelnen von uns in der Ankunftshalle umarmte, auch die Erwachsenen, als wären wir ihre eigenen Kinder. Gunnel. Diese lebhafte Fremde, die mit allen redete, obwohl sie keiner verstand. Der Wind, der gegen die großen Glasscheiben des Flughafengebäudes heulte.

Wir stellten uns der Reihe nach vor. Gunnel kam nah an uns heran, sie lächelte ihr wärmstes Lächeln, und dann war es, als wäre ihr etwas eingefallen, denn sie zuckte zusammen und fing an, sich die Außenseiten ihrer Arme zu reiben, während sie in unsere Runde blickte. Wir durften ihr durch die erleuchtete Vorhalle folgen, sie lief vor uns her, winkte mit dem ausgestreckten Arm durch die Luft, wie um zu sagen: Kommt, kommt. Das war ein wichtiger Tag in unseren Leben. Für Gunnel vielleicht der allerwichtigste.

So muss es gewesen sein.

Auf dem Foto trägt sie eine Strickmütze, die ihr bis über die schmale Brille ins Gesicht hängt. Ihre Arme: leicht verschwommen, die Andeutung einer Bewegung, ist es Rastlosigkeit? Sie ist, wie man so schön sagt, auf dem Sprung.

Wir wurden Lan Pham vorgestellt. Plötzlich stand sie in ihrer ganzen Pracht vor uns, Lan Pham, die Vietnamesisch und Schwedisch sprach. Sie war das Bindeglied zwischen uns und unserem neuen Zuhause. Lan Pham mit der vorstehenden Kieferpartie. Wir scharten uns um sie. Die ersten Fragen galten der fremden Frau. Wer war sie? Warum war sie so nett zu uns? *Gunnel*, antwortete Lan Pham. *Patenfamilie. Sie wird euch helfen, euch hier zu integrieren. Sie und sechs andere.*

Má redete oft von ihr, auch noch nach der ersten Zeit,

lange danach. Gunnel, diese eigenartige Person, *süß*, aber *so anstrengend*. Es war, als wollte Má sichergehen, dass wir sie nicht vergessen würden.

Diese Bilder sah ich vor mir. Gunnel und der Schnee. Hieu und Isabella.

EUROSPORT

Im Spätherbst kam Hieu mit einer Freundin nach Hause. Má, aus dem Schlafzimmer:

Bist du das, Hieu?

Sie bewegten sich leichtfüßig. Hieus weißer Hemdkragen lugte zusammengepresst unter dem Pullover hervor.

Ich habe jemanden mitgebracht.

Der Rücken des Mädchens schwebte in die Küche und hinter der geschlossenen Tür hörte ich das Flüstern der beiden. Das Geräusch kochenden Wassers, die rostgelbe Konservendose, die geöffnet wurde. Der Duft von Jasmin. Er machte Tee und sie kicherten.

Die Wohnung war aufgeräumt. Die Schuhe standen in einer ordentlichen Reihe im Flur.

Auf Eurosport lief Skispringen. Die Skianzüge flatterten im Flug. Helme und Schutzbrillen.

»Kazuyoshi Funaki… bekannt für seinen energischen V-Stil, extrem vorgelehnt also, auf einer Ebene mit den Skiern«

– er glitt die steile Sprungschanze hinunter –

»mal sehen, ob er es schafft, die Nerven zu bewahren, wenn er im Heimvorteil ist«

– am Schanzentisch richtete er den Körper auf und lag auf einmal gerade und regungslos in der Luft –

»elegant«

– der Geschwindigkeitsmesser zeigte 90 km/h –

»äußerst elegant, oi oi oi oi, der geht weit…«

»Und jetzt… jetzt landet Funaki, Funaki ist gelandet! Hat er gerade Gold eingeheimst? Das werden wir gleich sehen, jetzt kommt die Wiederholung, eine leicht schwankende Landung, aber das kümmert niemanden, denn er landet den Sprung bei 132,5 Metern! Und 20 Punkte von sämtlichen Sprungrichtern! Es besteht kein Zweifel mehr, Funaki bringt Gold nach Hause …«

Má kam im Morgenmantel heraus, die Haare in einem festen Knoten. Ich erzählte ihr, dass ein Japaner gewonnen habe. Sie blickte auf den Fernseher.

Die sind so schmal … Die sehen aus wie Gespenster.

Sie ging in ihr Zimmer, ohne die Tür hinter sich zuzumachen.

In der Natur auf dem Kanal SVT2.

»Mitten unter uns … Hier folgen nun Bilder aus Västmanland: ein Luchs, der sich lautlos und vorsichtig an eine Wühlmaus heranpirscht.« Man hört nur die kleinen Vögel: tip tip tjip tip tjip tip tip tip tip tiptiptip-tjiptiptiptip. Der Luchs liegt reglos im hohen Gras. Erhebt sich langsam, den Blick fest auf seine Beute geheftet. Im Gras bewegt sich etwas. Der Luchs hält inne, die Tatze in der Luft, er zögert. Hastige, kurze, beinahe spastische Bewegungen. Das lange Hinterbein senkt sich, hebt sich, bleibt in der Luft stehen. Tiptip tiptiptiptiptiptip tip tip tip. Der Luchs fliegt auf die Kamera zu, aus dem Bild. Tip tip tip tip tip tip. Ein paar summende Bienen. Die Wühlmaus ist weder zu hören noch zu sehen.

Má hatte sich geschminkt. Lidschatten und heller Lippenstift. Sie warf einen Blick Richtung Küche, einen Richtung Fernseher. Sie schnürte sich die Schuhe.

Auf Eurosport: Tennis in Tokyo, Martina Hingis gegen Steffi Graf.

Ich hörte Má hinter mir stehen bleiben. Als ich mich umdrehte, stand sie im Flur, die halb offene Handtasche hing ihr über die Schulter. Má blickte auf, richtete sich auf.

Du guckst schon den ganzen Tag fern.

Sie verschwand im Treppenhaus, die Tür stand weit offen, sie hatte den Aufzug gerufen und nun stand sie da und wartete. Sie wartete, und wie an einer Leine folgte ich ihr. Eine plötzliche Hast. Ich schlüpfte in meine Schuhe und lief ihr ins Treppenhaus nach. Äußerst behutsam schloss ich hinter mir die Tür.

Schritte über den Küchenboden. Man konnte bereits hören, wie sich Hieu und das Mädchen da drinnen bewegten. Der laufende Fernseher, das Tennismatch; die langen Duelle zwischen Hingis und Graf, das Stöhnen, das auf jeden Schlag folgte. Aber vor allem hörte man das Kichern, sein und ihr helles Kichern, Hieus Kichern und das Kichern des Mädchens, ein und dasselbe lose, luftige Kichern. Sie bewegten sich auf den Flur zu. Vielleicht wollten sie sich die Fotos an der Wand ansehen.

Má hielt die Aufzugstür auf. Das gebürstete Haar lag gerade und glänzend auf ihren Schultern, die Sonnenbrille steckte lose in ihrer Brusttasche. Ungeduldiger, als sie die Aufzugstür aufhielt, konnte man keine Aufzugstür aufhalten. Wir fuhren hinunter und es knarrte. Ich betrachtete uns im Spiegel. Da, aus heiterem Himmel, fragte Má, ob ich es gewesen sei, der aufgeräumt hatte.

Draußen war es bewölkt. Jugendliche rannten von der Straße auf die Häuser zu. Menschen luden Tüten und Taschen aus den Autos. Es war Essenszeit und wir gingen in Richtung Stadt. Má setzte ihre Sonnenbrille auf und blickte hinauf in den grauen Himmel. Sobald ich zu ihr hinüberschielte, blickte sie zurück, ich fragte mich, was sie dachte, ob sie dasselbe dachte wie ich. Hieu und das Mädchen waren mittlerweile vermutlich in jedem Zimmer gewesen. Womit wollte er angeben? Was gab es, womit man angeben konnte?

Wir gingen zum Einkaufszentrum. Der Himmel war dünn, jede Sekunde würde die Wolkendecke aufreißen und das richtige Licht durchlassen.

Im Supermarkt gingen wir an der Gemüse-, an der Unterhaltungselektronik- und der Kleiderabteilung vorbei, vorbei an den Meeresfrüchten, am Brot, bis wir zur Feinkost und den Grillhähnchen kamen. Má zeigte auf eines mit besonders dunkler Haut.

Wir setzten uns direkt am Eingang auf eine Bank mit Aussicht über den riesigen Parkplatz. Eine verschwommene Menschenmenge im Dämmerlicht. Má öffnete die Tüte und es dampfte. Sie platzierte das goldene Hähnchen, geschwollen wie ein Nadelkissen, zwischen uns. Das Fett tropfte. Má grub ihre Finger in die gewölbte Brust und führte einen dicken Streifen Fleisch zum Mund, sie kaute mit offenem Mund – es war heiß – und gleichzeitig, hektisch, wie getrieben, riss sie eine Keule vom Hähnchen ab und reichte sie mir. Die Menschen gingen im Einkaufszentrum aus und ein und wir leckten uns die Finger.

Die krampfartigen Bewegungen der Wolken. Sie blieben den ganzen Abend, lagen da und zuckten.

Wir gingen schweigend nach Hause. Má wirkte gehetzt, zog mich hinter sich her, und manchmal hatte ich das Gefühl, sie wäre kurz davor, mir etwas zu erzählen, das konnte man an ihren Lippen sehen, wie die zitterten, und sie holte Atem wie vor einer Rede, aber sie sagte kein Wort, nicht einmal, als wir im Aufzug standen und zu unserer Wohnung hinauffuhren.

Das Mädchen war fort. Hieu saß auf dem Sofa und blätterte in den Reklamezeitschriften und Má kam sofort zur Sache.

Du hast also aufgeräumt. Gut gemacht!

Sie hat mich beim Basketball gesehen. Dann hat sie angefangen, mir zu schreiben.

Und?

Ja, sie hat mir geschrieben.

Und dann?

Na ja, und dann habe ich geantwortet.

Má blickte ihn lange an. Ein verdutzter Blick: sie hob die Augenbrauen und blinzelte.

Danach, als wir zu Bett gegangen waren und ich mich versichert hatte, dass auch Má eingeschlafen war, schlich ich aus dem Zimmer. Ich machte Licht. Die Schuhe standen immer noch ordentlich aufgereiht im Flur, die Papierkörbe waren leer, alles war an seinem Platz – die Zeitungen und die Rechnungen im Regal, die Kleider an den Haken in der Garderobe, die Shampooflaschen an der Wand in der Dusche. Er hatte wirklich aufgeräumt. Über der ganzen Wohnung lag der unverwechselbare Duft von Schmierseife. Er musste es nachts getan haben. Ich machte das Licht in der Küche aus. In der Spüle lag die Teekanne und das Sieb voller aufgeschwollener Teeblätter und Jasminblüten.

Má hatte gefragt und Hieu hatte geantwortet. Sie hieß Laura. Sie hatte finnische Eltern. Sie hatte rotes Haar und wohnte in Pörkenäs, am Meer, am anderen Ende der Stadt, weit außerhalb des Zentrums. Es war nicht Isabella. Es war Laura.

Wenn Má von der Wäscherei nach Hause kam, kochte sie oft einen ganzen Topf Suppe, den sie in den Kühlschrank stellte, nachdem Hieu und ich zu Bett gegangen waren. An manchen Abenden, wenn ich nicht einschlafen konnte, war es mir eine Art Trost, ihrer Lautlosigkeit zu lauschen. Wie viel Zeit nahm sie sich, um den Schlüssel im Schloss umzudrehen, die Eingangstür zu öffnen und zu schließen, um uns nicht zu wecken? Wie leise konnte sie eine Lauchstange waschen und hacken?

Eines Abends kam mir die Idee, sie zu überraschen. Ich lag lange wach im Bett und wartete, und als ich den Aufzug hörte, stand ich auf, ging hinaus und stellte mich auf die Schwelle zur Küche. Um diese Uhrzeit benutzte sonst niemand das Treppenhaus, ich wusste, dass sie es war. Ich würde sie verblüffen.

Danach, als ich wieder zu Bett gegangen war, war da noch etwas Anderes. Meine Sehnsucht mischte sich mit etwas Neuem, und das Neue regte mich auf.

Sie war nach Hause gekommen wie ein Dieb. Die Schlüssel, der Türgriff, die Reklamezeitschriften im Briefschlitz, jedes Geräusch, das man dämpfen konnte, hatte sie gedämpft. Als das Licht vom Treppenhaus in die Küche fiel und sie mich erblickte, knallte sie die Tür zu, riss die Schultern hoch und zischte wie eine chinesische Kobra.

Wintersonne. Im Computersaal in der Schule lernten wir die Zehnfingertechnik. Es musste nicht schnell gehen, solange die Finger nur richtig anschlugen.

In einem anderen Informatikraum ließ Hieu sich durchs Netz treiben und entdeckte die Strände der Toskana. Er brauchte nicht lange, um sich zu entscheiden – so lange es eben dauert, die toskanischen Strände mit der norwegischen Küste oder mit Buenos Aires zu vergleichen (»trotz ihrer Lage am Atlantik lässt die argentinische Hauptstadt jegliche Bademöglichkeiten vermissen … der nächste Strand liegt mehrere Stunden entfernt … ausländische Touristen, die während der heißesten Sommermonate ankommen, fragen sich, wo alle hinverschwunden sind …«) oder mit Dubrovnik – Dubrovnik sah entzückend aus, immerzu windstill, perfekt für romantische Ausflüge, aber da war etwas an den toskanischen Stränden, rote Sonnenschirme mit Aluminiumständern, überall große Felsen im klaren, grünen Wasser. Er beschloss, dass wir nach Ende des Schuljahrs in die Toskana auf Urlaub fahren würden.

Ich werde es Má sagen.

Was wirst du Má sagen.

Ich werde sagen, dass du auch möchtest.

Er würde fragen und sie würde antworten, dagegen konnte man nichts machen, aber um meine Neugierde zu stillen, setzte ich mich an den Computer. Seit Neuestem war das erlaubt, während der Pausen und nach dem Unterricht.

Toskana …
Die Strandpromenade …
Die Zypressen …
Die Strände …
Die klaren Linien zwischen Wasser und Sand und Felsen, steile Abhänge, hohes Gebüsch. Es würde Más Idee sein, ein spontaner Einfall: Wir machen einen Abstecher nach Pisa und zum schiefen Turm und wir machen ein Familienfoto, irgendein freundlicher Fremder wird die Ehre bekommen, das Foto zu machen, wir fahren mit dem Bus zurück, machen Halt in einer Kiesbucht und dann, den ganzen restlichen Abend: Strand, Strandschnecken, Strandtennis, geräucherte Shrimps am Strand.

Der nächste Morgen. Má hatte sich gerade das Gesicht gewaschen, war kaum aufgewacht, als wir es ihr erzählten.

Meine Freundin ist nach Hongkong gereist … Danach ist sie nie wieder dieselbe gewesen …

Hieu unterbrach sie. Die milde Brise … Zypressen, Olivenbäume … Warum redete sie von irgendeiner Freundin in Hongkong?

Sowas können wir uns gerade nicht leisten, verstehst du? Wir können etwas anderes machen, wir können ins Kino gehen oder ins Schwimmbad, aber Italien – nein.

Dass Hieu und ich uns ein Zimmer teilten – in manchen Nächten war das spürbarer als in anderen. Er wälzte sich wie verrückt, redete wortlos im Schlaf. Ich stellte mir seine Träume vor: *weiße Kleidung, Kellner – Was darf es sein, mein Herr? – Spaghetti, Muscheln, Reihen gedeckter Tische, Hotel mit Klimaanlage, Aquarien, Balkon mit Aussicht, Vögel, Drachensteigen an den Stränden mit Wellen und Sträuchern, Limonade; Más Arme unter einer weißen, starken Sonne, die Haare werden braun und dann gelb wie der Sand.*

LAURA

Hieu und Laura waren vom Hof bis zu uns herauf zu hören. Ein lautes, weites Lachen. Unmöglich, sich zu wehren. Má stellte sich dann immer zum Spiegel und ordnete ihre Haare, ich machte den Fernseher an – die leichten Schritte der beiden im Treppenhaus, vor der Eingangstür – und dann »Hallo«, rote Backen vor Kälte. Sie warfen ihre Rucksäcke ab und streiften sich auf dem Flurteppich die Schuhe von den Füßen, dann blickten sie auf.

Laura!

Má beim Spiegel, angespannt, vibrierend fast. Ein verlegenes, kaum hörbares Lachen. Ein verstohlener Blick. Laura war gekommen, heute wieder, noch ein Tag mit Laura. Vor dem Fenster schien die Wintersonne aufzuglitzern.

Laura und Hieu im Flur, rosige Gesichter, etwas verschwitzt unter den dicken Pullis.

Laura mit den roten Haaren und den Lachgrübchen.

Laura mit den Strickpullis.

Laura mit der tiefen Stimme.

Aber vor allem: Laura mit Hieu an ihrer Seite, dicht neben ihr oder ihr auf den Fersen, glühend.

Má buk ihren ersten Kuchen. Eier, weiße Schokolade, Frischkäse, Staubzucker. Sie schmolz die Schokolade in einer Metallschüssel. Sie schlug drei Eier auf, trennte Dotter und Eiweiß voneinander – damit hielt sie sich lange auf, alles dauerte sehr lang, eine seltene Langsamkeit bei Má.

Es war eines der ersten Male, dass Laura zu uns nach Hause kam. Má begrüßte die beiden, sie stand hier und Laura und Hieu standen dort im Flur, Má mit hinter dem

Rücken verschränkten Händen, sie sagte nichts, wippte aber mit dem Kopf und sagte, sie sollten in die Küche gehen, dort warte eine Überraschung auf sie. Sie atmete heftig. Laura kicherte. Wie gut es roch.

Laura hatte Lachgrübchen. Má wies oft darauf hin, sie erinnerte uns daran, an Lauras Lachgrübchen.

Lauras Lachgrübchen, was war denn so besonders an Lauras Lachgrübchen? An ihnen offenbarte sich Más unendliche Großzügigkeit.

Sie fragte Laura über die Schule aus, über ihre Familie, über ihre Haare. Laura stellte Fragen über die Wäscherei, über die Blumen in der Küche, und Má lachte verlegen. Ob Laura wirklich glaube, das da auf der Fensterbank seien richtige Blumen? Solche grellen Farben, in diesem Klima – Má klopfte mit den Fingern auf die harte, trockene Erde und schüttelte den Kopf. Die Blumen sahen genauso aus wie damals, als wir sie gekauft hatten.

Es war ein schöner Kuchen geworden, rund und luftig und gelb, mit einer Schicht Staubzucker zur Verzierung der etwas dunkleren Oberfläche. Es war das erste Mal, dass wir die Tortengabeln benutzten, die wir von Gunnel geschenkt bekommen hatten.

Gunnels Gabeln mit den Blumenmotiven schnitten durch den fluffigen Kuchen. Laura lobte Más Backkünste. Der Kuchen war noch warm. Laura kaute und redete gleichzeitig: es sei unglaublich, niemals habe sie etwas Vergleichbares gegessen. Darüber musste Má herzlich lachen. Hieu schaute aus dem Fenster.

MUKAMAS

Im Schwedischunterricht hielt Anna-Leena eine leidenschaftliche Rede über die Sonderstellung der schwedischen Sprache in Finnland. Sie habe in Helsinki gelebt und sei entsetzt gewesen, wie dort unten geredet wurde, die Sprachen würden ständig vermischt, sie habe nicht fassen können, weshalb sich schwedischsprachige Mitbürger mit hervorragendem Wortschatz offenbar genötigt fühlten, auf finnische Wörter und Ausdrücke zurückzugreifen.

Mein »*kaveri*«!

Warum sagte man das?

Anna-Leena schrieb auf die Tafel: »Freund«/»Kumpel«/»Kamerad«.

Mein Freund.

Mein Kumpel.

Mein Kamerad.

»Das da ist besser, das da ist besser und« – Anna-Leena deutete auf die schwedischen Wörter – »das da ist besser.«

Sie ging hinter dem Lehrerpult auf und ab, von einer Seite der Tafel zur anderen, hin und her, bis sie ganz außer Atem geriet. Sie strich sich eine Haarsträhne von der Wange. Sie holte tief Luft. Sie wolle über etwas anderes reden – das aber mit dem soeben Besprochenen zu tun habe. Sie erklärte, im Finnischen gebe es ein Wort … Vor allem ein Wort …

Sie erzählte von dem finnischen Wort »*mukamas*«.

Mukamas, erzählte sie, habe tatsächlich keine Entsprechung im Schwedischen, also wenn wir unbedingt finnische Ausdrücke in unserer Sprache benutzen wollten, wie es den Bewohnern Nylands offenbar ein Anliegen war, dann sollte es dieser sein. Mit »*mukamas*« werde Zweifel ausgedrückt. Wenn du behauptest, dass sich jemand *mukamas* freut, dich zu sehen, schwingt darin mit, dass du nicht so richtig daran glaubst. Wenn du sagst, dass ein Film *mukamas* gut sein soll, dann drückst du damit aus, dass das zwar vielleicht jemand behauptet hat, du selbst dir aber nicht ganz sicher bist.

Den Rest der Stunde verbrachten wir damit, Sätze zu konstruieren, schwedische Sätze, die dieses »*mukamas*« beinhalteten, wir bekamen fünf Minuten Zeit und dann sollte jeder seinen Satz vortragen.

Ville, der in der ersten Reihe saß, neben dem Fenster, durfte beginnen. Er sagte, Urho Kaleva Kekkonen sei *mukamas* ein guter Präsident gewesen. Anna-Leena atmete – gleichsam reflexartig – durch die Nase aus; ein Kichern oder ein ersticktes Lachen.

Villes Aussage über Kekkonen schien Anna-Leena gefallen zu haben, aber danach lief nichts mehr wie geplant. Meine Klassenkameraden hatten vollkommen unbrauchbare Sätze geschrieben. Einer nach dem anderen: »Unsere Katze ist *mukamas* alt«, »Meine Schwester wird *mukamas* Ärztin werden« … Irgendjemand hatte die Aufgabe ganz und gar missverstanden: »Titanic ist ein *mukamas* Film« … Nachdem die halbe Klasse ihre Sätze vorgetragen hatte, lang bevor ich an der Reihe war, brach Anna-Leena den Unterricht ab und wir durften früher Schluss machen.

NICHT UNGELEGEN

Má kaufte neue Bettlaken aus Satin. Die alten zerrte sie von den Betten und trug sie hinunter in den Müllraum, nichts ahnend von dem Telefongespräch, das am selben Abend stattfinden und in dem Tante Tei Tei die Andeutung fallen lassen würde, ein paar extra Bettlaken kämen ihr nicht ungelegen. Damit man nicht so oft waschen müsse. *Nein nein nein*, sagte Má darauf, die alten würden nichts taugen, insbesondere jetzt, wo sie draußen im Müll lägen.

Die neuen Laken schienen alles auszuhalten. Ich presste meinen Ellbogen hinein. Hätte ich ihn durch Matratze und Federung gedrückt bis zum Fußboden, die Laken wären vermutlich intakt geblieben. Hieu war eingeschlafen. Ich schlich zum Fenster. Der Müllraum war von innen beleuchtet; das weiße Licht drang durch die Gittertür aus Metall, sickerte durch die dünnen Schlitze zwischen den Brettern der Dachverkleidung nach draußen. Hieu in den neuen Laken. Geschlossene Augen. Die Decke war auf den Boden geglitten, seine Fäuste waren fest geballt, zwischen den Oberschenkeln zusammengepresst. Ich würde ihn nicht wecken.

Um einschlafen zu können, benutzte ich neuerdings einen Trick, den ich in einer Fernsehsendung gelernt hatte. Es ging darum, sich mit der Kraft seiner Gedanken zu betäuben: Im Liegen sollte man den ganzen Körper durchgehen, Körperteil für Körperteil, und sich so lange darauf konzentrieren, bis sich ein Taubheitsgefühl ausbreitete; zuerst die Zehen, die Zehen des linken Fußes etwa – die man dann entspannen sollte, am besten bis man jegliches Gefühl in ihnen verlor –, und wenn man damit fertig war, ging man entweder zu den Zehen des rechten Fußes über oder machte auf derselben Seite weiter, die linke Wade entlang. Das dauerte normalerweise so lange, dass ich einschlief, ehe ich bei der Hüfte angelangt war, aber während dieser Entspannungsübung, wie sie im Fernsehen genannt wurde, kam es manchmal vor, dass ich, anstatt einzuschlafen, Zeuge einer Reihe faszinierender, rätselhafter Phänomene wurde. Ich konnte den Wind hören, obwohl das Fenster geschlossen war, ich hörte jemanden in einer fremden Sprache reden, ich hörte dumpfes, rhythmisches Heulen, wie weit entfernte Alarmsignale, und Musik: einsame Trommelschläge, Glockenspiel, ganze Orchester. Ich konnte mit geschlossenen Augen sehen. Ich sah Dinge, die es nicht gab und die nichts mit dem zu tun hatten, was ich am Tag erlebt hatte. Ich sah fremde Gesichter. Ein wiederkehrendes Bild waren drei Gesichter in einer Konstellation, einer Art Dreieck, das auf und ab und seitwärts schwebte und sich dabei ständig veränderte – es waren die Gesichter finnischer Frauen –, Wangen und Stirnen zogen sich in die Länge, die Münder und Nasen verschmolzen ineinander und nahmen bizarre Formen an, in hellen, blendenden Farben, wie badend in Sonnenlicht. Manchmal wurden diese Visionen von einem scharfen Geräusch unterbrochen – Hieu, der im Schlaf mit den Zähnen knirschte, das Quietschen von Autoreifen auf dem Asphalt –, aber manchmal reichte schon Más Rascheln in der Küche oder das Fließen des Wassers durch die Leitungen in irgendeiner Nachbarwohnung, um mich mit einem Ruck aufzuwecken. Dann konnte ich meinen Herzschlag spüren. Alles war wiederhergestellt, für einen Augenblick war ich ganz und gar wach, und jetzt hatte ich die Wahl: Wenn ich die Augen nicht öffnete oder mich aufsetzte, würde ich in etwas Neues hineingewiegt werden; ein neues Licht, eine neue Farbe, die das Blickfeld hinter meinen geschlossenen Augenlidern füllen würde.

Hieu, sein stiller, leiser Atem. Als eine Art Spiel fing ich an, ihn mir als jemand anderen vorzustellen; ich stellte mir sein Gesicht als das Gesicht einer dieser finnischen Frauen vor, die in ihrer konturlosen, dreigeteilten Konstellation durch den Raum schwebten, und da, mitten in diesem seltsam reizvollen Spiel, wurde mir bewusst, dass eines der weißen, blendenden Frauengesichter Gunnels Gesicht war.

Es war wieder passiert, ich sah die Bilder, dieselben Bilder von Gunnel im Schnee.

Ich wollte nicht an Gunnel denken.

Gunnel hatte uns die Beeren gezeigt.

Die ersten Wochen mit Gunnel. Die Straße mit den Hochhäusern: Immer wieder würde Má erwähnen, wie gut geplant und ordentlich ihr diese Häuser vorgekommen waren, so *aufgereiht* mitten im Wohnviertel. Lichte Bilder: ein klarer, rosa Himmel.

Am 25. Dezember hatte uns Gunnel zu sich und ihrer Familie nach Hause eingeladen. Sie wohnten in einem kleinen Holzhaus außerhalb der Stadt. Lan Pham war verreist, und wenn sie nicht dabei war, gab es nicht viel, worüber wir reden konnten. Wir durften Glögg und Weihnachtssterne probieren und saßen vor dem offenen Kamin. Es war einer der wärmsten Tage des Winters. Spätabends, es war kurz bevor wir gehen wollten, hatte Hieu sich ans Küchenfenster gestellt, das zum Hintergarten hinausging, und war lange dort stehen geblieben. Má ging auf ihn zu, und in den schnellen Schritten, mit denen sie über den Küchenboden fegte, lag Verwunderung. Was gab es da draußen in der Dunkelheit zu sehen? Den Wald? Horchte er auf irgendetwas? Seite an Seite hatten sie am Fenster gestanden, doch ehe sie dazu kam, irgendwelche Fragen zu stellen, muss sie gemerkt haben, dass es nicht der freigeschaufelte Hof, nicht das weiße Auto im Schnee, nicht der Himmel, der Wald oder die Sterne waren, die er betrachtete, sondern die Spiegelung seines eigenen Gesichts. Er riss die Augen auf, er blinzelte, weitete seine Nasenlöcher, er folgte den Bewegungen seines Gesichts im Spiegel der Fensterscheibe.

CATARATAS DO IGUAÇU

Laura kam mehrmals in der Woche zu uns. Má hatte mittlerweile ihre Freude daran, immer tischte sie etwas zu essen auf und gab ihr Bestes, um das Gespräch am Laufen zu halten. Bei zwei Gelegenheiten versuchte sie auch, sich über Laura lustig zu machen.

Die erste Gelegenheit kam, als Laura zum allerersten Mal bei uns zu Abend essen sollte. Sie hatte ihre Mutter angerufen und die Erlaubnis bekommen, zu bleiben, musste aber versprechen, gleich nach dem Essen nach Hause zu radeln, bevor es allzu dunkel wurde. Da: etwas Gekünsteltes auf Más Lippen. Sie machte die Küchentür zu, dann hörte man das Klappern von Porzellan. Als sie uns später zum Essen rief, stand alles bereits auf dem Tisch, fertig gedeckt, das Essen serviert; das Omelett und der Reis dampfend auf den Tellern, der Salat grün und glänzend, die Trinkgläser voller Wasser. Und außerdem hatte jeder von uns sein eigenes Paar Essstäbchen bekommen. Wir setzten uns und Laura starrte auf die Stäbchen neben ihrem Teller. Da konnte Má das Lachen kaum unterdrücken. Sie versuchte, ihr Grinsen hinter dem Handgelenk zu verstecken, gab ein prustendes Geräusch von sich, streckte sich dann aber schnell nach der Besteckschublade und reichte Laura Messer und Gabel.

Für einen Augenblick war alles ziemlich durcheinandergeraten. Alle hatten Stäbchen bekommen, auch Laura. Das war das Komische daran gewesen.

Manchmal kam es vor, dass, nachdem alle fertig gegessen hatten, ein wenig Essen übrig blieb – mehr, als man noch essen konnte, aber nicht genug, um es aufzuheben. Dann zogen sich die Mahlzeiten in die Länge und wir saßen am Tisch und halfen einander mit dem Rest. Bei einer dieser Mahlzeiten sollte Má ein zweites Mal versuchen, sich über Laura lustig zu machen.

Wir aßen saure Fischsuppe, richtig sauer, mit Tomate und Tamarinde. Plötzlich tauchte Má einen großen Fischkopf in die Fischsauce und hielt ihn Laura hin, ließ ihn zwischen den Stäbchen über Lauras Schale hängen. Laura blickte auf Má, während die Fischsauce vom blanken, weißen Fischauge heruntertropfte. Laura und Má, beide mit offenen Mündern, bis Má auflachte, ein kleines Kichern, und den Fischkopf in ihre eigene Schale legte.

Fisch und Fischsauce. Diese Tage, durchdrungen von einem intensiven Fischgeruch.

Einmal ließ Laura einen Becher auf den Fußboden fallen. Ich beobachtete alles vom Sofa aus. Es war die Tasse mit dem Wasserfallmotiv; CATARATAS DO IGUAÇU stand unter den tosenden Wasserfällen. Nun lag der Becher in Scherben unter dem Küchentisch und Hieu war wie gelähmt. Lauras Blick flackerte hin und her. So standen die beiden: Hieu gelähmt, Laura flackernd, bis Má in der Küche erschien. Da lag er auf dem Fußboden, der Becher mit dem Motiv eines Wasserfalls, der, wenn man die Tasse ins Sonnenlicht hielt, lebendig wurde und so aussah, als flösse er wie flüssiges Silber – das Blaue wurde weiß und das Weiße grau – gewunden an der Außenseite der Tasse herunter, zum Becherboden hin.

Má geriet außer sich. Sie schimpfte ihn aus.

Wenige, kraftvolle Worte. Er sei ein Taugenichts.

Vor Laura schimpfte sie ihn aus.

Wir hatten vier Tassen gehabt. Jetzt hatten wir drei.

Normalerweise gehörte nicht viel dazu, damit Hieu errötete und den Blick senkte, aber jetzt blickte er geradeaus und sie begriff sofort.

Laura wand sich, sie war im Begriff, etwas zu sagen, vielleicht sich zu entschuldigen, aber Má hatte bereits den Ton gewechselt: Ruhig holte sie den Besen und bat die beiden, aus dem Weg zu gehen, *wohin auch immer, schaut mit dem Kleinen fern, du liebe Zeit, Vorsicht mit den Scherben, um Gottes willen.* Da nahm er ihre Hand. Hieu nahm Lauras Hand, die immer noch zitterte, und sie gingen aus der Küche, Laura mit wackligen Schritten.

Ein paar Tage nach der Sache mit Laura belauschte ich Má bei einem Telefongespräch. Sie redete verschlüsselt, in sonderbaren Sätzen: *die Frau in den Dünen*, *das Gesicht eines anderen, Sommerblüten*, und eine Woche darauf bekam sie ein Paket zugeschickt.

Auf dem Küchentisch lag ein mit braunem Plastikklebeband umwickelter Karton. Absender: Schwester Bao, eine Freundin in Vietnam. Der Karton enthielt elf Videokassetten, darunter *Die Frau in den Dünen*, *Shogun und der Meister*, *Das Gesicht eines anderen*, *Sommerblüten*. Die Kassetten sahen gebraucht aus, aber die Etiketten waren neu, mit zierlicher Handschrift waren Titel, Regisseur und Erscheinungsjahr darauf angegeben, sogar auf *Später Frühling*, dessen abgenutzte Plastikhülle sicher schon bessere Tage gesehen hatte.

Sie schaute sich die Filme in kürzester Zeit an, systematisch, ohne Unterbrechung.

Als sie wenig später begann, die Filme an die Vietnamesen in der Stadt zu verleihen, kam es vor, dass sie den Leuten irgendetwas darüber erzählen musste. Oft verbiss sie sich dabei in winzig kleine Details, etwa damals, als sich jemand nach *Später Frühling* erkundigte und sie von nichts anderem zu erzählen wusste als vom Theaterbesuch Norikos mit ihrem Vater: *die Masken, die sind so schön, und schrecklich …*

Schwester Bao war eine gebildete Person, und die Filme, die sie geschickt hatte, waren merkwürdig – langsam, oftmals tragisch –, aber das stellte, wie sich zeigen sollte, kein Problem dar. Das Telefon läutete ununterbrochen. Má schien das nicht aus der Ruhe zu bringen, selbst wenn sie dadurch gestört wurde; frühmorgens oder spätabends.

Filme. In vietnamesischer Synchronfassung. Es sprach sich herum. Die Vietnamesen lechzten nach den Filmen.

Sie klingelten an der Tür.

Uyen kam zu uns nach Hause, um sich *Tampopo* auszuleihen.

Ngoc Anh lieh sich *Später Herbst*.

Cuong holte sich *Erzählungen unter dem Regenmond*.

Thao war bettlägerig, wollte aber um jeden Preis *Tokyo Story* sehen, also machte Má einen Spaziergang und brachte ihr die Videokassette vorbei. Später, spät am Abend, rief sie an und schniefte ins Telefon.

Eine Zeit lang waren alle Filme verliehen. Keine Filme, die man sich noch einmal ansehen, keine Dialoge, die man sich einprägen konnte, keine Filmmusik im Wohnzimmer. Má wurde von einer ungeheuren Rastlosigkeit erfasst.

Hieu und ich gingen zur Videothek, um die Filme auszuleihen, die sie sehen wollte.

Das erste Mal in der Videothek. Die Farben und Düfte. Bald lernte ich den strengen Plastikgeruch lieben, der einem entgegenschlug, sobald man zur Tür hereinkam. Regal für Regal voller ordentlich aufgereihter Kassetten, es war wie in einer Bibliothek, nur mit Videokassetten in glänzenden Schutzumschlägen anstatt von Büchern und Zeitungen. Man durfte reden und lachen. Aus einer etwas abgeschiedenen Ecke rief Hieu meinen Namen und hielt eine Kassette in die Höhe, auf der eine fast nackte Frau zu sehen war. Eine ganze Stunde liefen wir im Laden herum und ich spürte einen intensiven, salzigen Geschmack im Mund, der, so viel ich auch schluckte, einfach nicht verschwinden wollte.

Nach und nach begriffen wir, dass wir die Drama-, Action-, Komödien-, Horror-, Thriller- und Dokumentationsregale außer Acht lassen mussten, da dort keine synchronisierten Filme zu finden waren. Wir mussten uns an die Abteilung für ausländische Filme und das Klassikerregal direkt daneben halten, aber schließlich stellte sich heraus, dass die Videothek nur vier japanische Filme besaß, die vietnamesisch synchronisiert waren. Es hatte keinen Sinn, weiter hinzugehen. Da kam Hieu der Gedanke, dass es ja vielleicht gar keine Rolle spielte, wo die Filme gedreht worden waren, also versuchten wir es noch zweimal – zuerst mit einem modernen, opulenten amerikanischen Liebesdrama mit Julie Delpy auf dem Umschlag und dann mit einem französischen Klassiker aus den 60er Jahren, beide in vietnamesischer Synchronfassung – aber beide Male schaltete Má gleich nach der Eröffnungsszene den Fernseher aus.

Es dauerte einige Wochen, bis die Vietnamesen alle elf Filme durchgesehen hatten. Sie konnten nicht widerstehen. Nicht einmal bei *Onibaba*, wo eine Schwiegermutter und ihre Schwiegertochter ihren Lebensunterhalt damit verdienen, auf den Wiesen Samurais zu ermorden und auszurauben: die Frauen im Silbergras, das über ihren Köpfen hin und her schwankt, sie sehen kaum einen Meter weit, während sie auf der Lauer liegen, um ihr nächstes Opfer zu erwarten. Plötzliche Bewegungen im hohen Gras.

Viele schreckten vor dem Zeitungsausschnitt zurück, der auf die Kassette geklebt war: PRIMAL EMOTIONS & DARK EROTICISM. Sie winkten ab, meinten, das sei nichts für sie, meldeten sich aber nach ein paar Tagen und wollten wissen, ob sie nicht doch jetzt gleich vorbeikommen könnten, um den Film abzuholen. Sie kamen auf die Warteliste.

Filme auf Vietnamesisch.

Sie konnten es nicht lassen.

DER BESTE TAG

Es hatte geschneit. Am Morgen rannten die Kinder über den knisternden Boden, warfen sich in den Schnee und wälzten sich darin. Rosige Gesichter. Schneeengel, Schneebälle. Es war der erste Schnee. Das Gelächter hallte über den Hof. Das Ticken der gefrorenen Baumkronen. Es würde nicht lange dauern, ehe das Blinken und Scharren der Schneepflüge frühmorgens im Dunkeln wieder losgehen würde. Manchmal kamen sie ganz dicht an die Hausfassade. Dann pulsierte ein dumpfes, langsam blinkendes gelbes Licht durch die Jalousien. Später würde alles wieder wegschmelzen, an einem einzigen Tag, und stattdessen würde einem der Matsch zu schaffen machen, der durch Schuhe und Hosen drang und sich mit seinem säuerlichen Geruch festsetzte. Es würde auch ein Tag kommen, an dem der Matsch zu Eis gefrieren würde, an dem die Straßen glatt und bucklig werden würden. Aber dann wieder, mitten im Oktober: fallender Schnee, Puderschnee, man blickte hinauf, schloss die Augen und schluckte, trank vom schwarzen Himmel.

In diesem Winter gab Timo Maliniemi eine Geburtstagsparty. Er wohnte mit seiner Mutter in einer engen Erdgeschoßwohnung gleich neben dem kleinen Park hinter der Videothek. Die ganze Klasse war eingeladen, auch Max, der die Schule gewechselt hatte und nach einem Jahr bei uns immer noch keinen einzigen Freund hatte. Was man über Max wusste, war, dass er reiche Eltern hatte.

Timo juchzte beim Anblick der eingepackten Geschenke. Er ging behutsam mit ihnen um, inspizierte sie, strich mit den Handflächen über das gemusterte Papier, spielte mit ihren lockigen Bändern, klopfte mit den Fingernägeln gegen die Päckchen. Es war, als ob er für einen Augenblick einfach nur beim Rascheln verweilen wollte, ehe er schließlich mit einem Stöhnen die Päckchen aufriss.

Es war ein gewöhnliches Geburtstagsfest mit Chips und Süßigkeiten und Sahnetorte. Fanta. Salzstangen, und selbst die gingen irgendwann zur Neige. Max' Geschenk war ein gigantischer Legobausatz: eine Feuerwache mit Bürogebäude, Aussichtsturm und Feuerwehrautos in einer separaten Garage. Das Ganze war höchst komplex. Von mir bekam Timo ein Set Farbstifte: zwölf dicke Filzstifte für 25 Mark. Sogar darüber freute er sich. Er juchzte und stöhnte. Ein wilder Blick: Timo schaute an die Decke, als wäre sie der Himmel, der ihm verkündete, dass dies der beste Tag seines Lebens war.

Kaffeekränzchen, Kleideranproben. Má und Lan Pham; man könnte sagen, dass sie sichs gut gehen ließen.

Es war so gewesen: Hieu war mit Laura unterwegs, Má in der Dusche, lange, Lan Phams Holzsohlen über den Plastikteppich im Wohnzimmer und dann im Flur, direkt vor unserem Zimmer. Sie öffnete die Tür sofort, ohne zu klopfen. Ich lag im Bett und lernte, das eine Bein auf der Decke, das andere darunter.

Biologie. Ich drehte das Buch um und zeigte ihr die Doppelseite mit den Krähenvögeln, es war eine ungeschickte Bewegung, die Arme an den Handgelenken überkreuzt und die Finger in einem seltsamen, unsicheren Griff voneinander abgespreizt. Lan Pham in der Türöffnung, ihr Gesicht halb vom Buch versteckt, mein Bein auf der Decke; der Fuß, das Knie, der Oberschenkel, weiter nach oben, das ganze Bein auf der Decke. *Krähen*, sagte sie da, und noch im selben Atemzug, auf dem Weg in die Küche: *Deine Mama und ich wollten in die Fußgängerzone und uns in die Konditorei setzen.*

Ich setzte mich an der Bettkante auf und vertiefte mich in eine einzige Doppelseite: die Krähe, die fast ganz schwarze Dohle, die schwarz-weiße Elster, der große Rabe, die Saatkrähe und der relativ seltene Tannenhäher. Der matte, graue Schein durch die zitternden Jalousien.

Má war aus der Dusche gekommen. Sie unterhielten sich entspannt, kaum hörbar; ein Gemurmel, das gelegentlich an Lautstärke zunahm und die anderen Geräusche übertönte, das Wühlen und Scharren, das Klappern von Kästchen und Schminkstiften. Lan Phams schrille Stimme.

Die Kombi passt, die Kombi muss passen!

sagte sie, und:

Ach, wie herrlich, sich in eine Konditorei zu setzen!

Sie gingen mit angezogenen Schuhen in die Küche, um ihre Wassergläser zu füllen, mit raschen Schritten zurück ins Schlafzimmer, wo sie Más Kleiderschrank durchwühlten – *nein, nicht das* –, und als es endlich so schien, als wären sie zu einer Entscheidung gelangt, gingen sie auf den Balkon, um die Temperatur zu überprüfen, nur zur Sicherheit, und Gott sei Dank, was für ein Glück, dass sie das getan hatten – sie hatten sich zu warm angezogen! Hohe Sonne und blauer Himmel: sie standen da draußen auf dem Balkon und zeigten auf eine spärlich bekleidete Frau nach der anderen. Sie kicherten so sehr, dass Má sich vor Lachen bog, sie ging in die Knie – wie bei einem Knicks – und fasste Lan Pham leicht am Arm. Es war ein merkwürdig warmer Wintertag.

Später kam Má in Strumpfhosen und einem langen, roten Baumwollkleid in den Flur.

Lan Pham, ganz außer sich: *Das, das!*

Sie leerten ihre Gläser und gingen hinaus.

Ich zog mir die braunen Schnürschuhe an und beeilte mich in den Aufzug. Ich stellte mich zwischen die beiden und wir betrachteten einander im Spiegel, blinzelnd im allzu grellen Licht der Leuchtstoffröhre.

Lan Phams unregelmäßige Zähne.

Más rotes Kleid, die glänzenden, roten Lippen.

Ich atmete ihre süßen Parfüms durch die Nase ein.

Sie war aus der Versenkung aufgetaucht, Lan Pham. Mit den Telefongesprächen hatte es angefangen; die zaghaften, wortkargen Telefongespräche, das Hörerkabel, das sich um den Arm, zwischen Más Händen hindurch schlängelte. Sie *müsse nur schnell* Lan Pham anrufen. Lan Pham, die als Dolmetscherin gearbeitet hatte. Lan Pham, jugendlich geschminkt, in Nieten und Leder, mit ihrer herzförmigen Sonnenbrille in der Rauchpause, am Spieltisch, Herrn Tèo gegenüber. Lan Pham, die Weltgewandte, die von Vietnam bis nach Norwegen gezogen war, und schließlich zum Österbotten. Damals war sie gekommen, um uns zu helfen. Die Freundin. Jetzt war sie zurück.

Es war, als hätte sich durch die wiedergefundene Freundschaft mit Lan Pham in Má etwas geöffnet. Sie bewegte sich mit einer ungewohnten Leichtigkeit durch die Wohnung. Sie redete mit Hieu und mir, über belanglose Dinge: das Wetter, die Nachbarn, das Fernsehprogramm.

Eines Morgens fragte sie mich, ob ich Lust hätte, nach der Schule zu Tante Tei Tei mitzukommen. Má war an diesem Morgen gut gelaunt. Mit geföhntem Haar saß sie da und nickte im Takt der Musik, die aus dem Fernseher kam. Sie legte den Kopf schief und sagte, Tante Tei Tei sei *süchtig geworden – nach Filmen.*

Ghiền phim.

War das ein Auftrag?

Má ließ mit dem Blick von mir ab und machte mit ihrem Kram weiter, immer noch lächelnd.

Ich packte meinen Schulrucksack.

Danach musste ich den ganzen Tag über an Tante Tei Tei denken.

Ghiền phim …!

Tante Tei Tei und ihre Familie waren gleichzeitig mit uns nach Finnland gekommen, irgendwie hatte es sie immer in unserem Leben gegeben, aber erst von diesem Tag an nahm ich sie auf eine Weise wahr, die es mir ermöglichte, sie auch künftig von anderen erwachsenen Vietnamesen zu unterscheiden. Sie war schüchtern. Sie sprach selten. Sie war viele Jahre älter als Má. Ich wusste, dass sie in Kråkholmen wohnte, in einem der Hochhäuser neben den Gleisen, wo jeden Tag ein langsamer, lauter und mit Baumstämmen beladener Zug vorbeifuhr.

Süchtig – nach Filmen ...

Wir gingen gleich nach der Schule zu ihr.

Tante Tei Teis Mann öffnete die Tür. Sein zitternder Schnurrbart: Es war der kräftigste Schnurrbart in der ganzen Familie, graugesprenkelt und dicht wie ein Malerpinsel. Er bot uns Limonade mit Eis und Zitrone an, ich bekam ein großes Glas. Má lehnte dankend ab, sie ging geradewegs ins Wohnzimmer, wo Tante Tei Tei im Lehnstuhl saß, entspannt, die Arme schlaff auf den Lehnen. Es war einer der japanischen Filme. Er habe gerade angefangen, sagte sie. Má hockte sich neben den Lehnstuhl auf den Boden. Irgendwie sahen sie friedlich aus, die beiden.

Tante Tei Tei mit ihren müden Augen.

Sie war süchtig geworden und wir waren gekommen, um ihr den Film wegzunehmen – damit war sie stillschweigend einverstanden, alles war in Ordnung, doch bevor sie den Videorekorder ausschaltete, wollte sie uns eine Szene zeigen.

Jetzt, gleich.

Sie setzte sich im Lehnstuhl auf und legte die Hände in den Schoß. Da hörte ich hinter uns ein Schnauben. Ich drehte mich um und sah Tante Tei Teis Mann in der Türöffnung stehen, gegen den Türrahmen gelehnt, mit verschränkten Armen. Ein kleines Lächeln. Er wusste, von welcher Szene die Rede war. Auch Má und ich wussten es. Wir hatten den Film mehrmals gesehen. *Der Herbst der Familie Kohayagawa.* Tante Tei Tei gab uns durch eine Geste zu verstehen, dass wir jetzt aufmerksam sein mussten.

Jetzt, jetzt!

Zwei Männer und eine Frau an einem Tisch in einer Bar. Die Frau verlässt den Tisch, um zu telefonieren. Die Männer bleiben sitzen. Der eine, der bereits eine brennende Zigarette im Mund hat, wird gleich die Zigarette des anderen anzünden. Sie wirken aufgeregt und sie sprudeln vor Freude.

Als er die Zigarette seines Freundes anzündet – er tut es mit beiden Händen am Feuerzeug –, schießt die Flamme weit in die Höhe, sie ist enorm, die Flamme, sie füllt das ganze Bild, eine beeindruckende Flamme, unheimlich hoch, mächtig – es ist geradezu makaber! –, aber keiner im Raum rührt auch nur eine Miene. Die Männer nehmen die ersten Züge von ihren Zigaretten. Sie bestellen drei Drinks.

Tante Tei Tei gluckste in ihrem Lehnstuhl. Má lachte mit.

Nach der Szene mit den Männern und den Zigaretten schaltete Tante Tei Tei alles aus. Sie hatte Tränen in den Augen. Sie versuchte zu lächeln, und Má fragte sie, weshalb sie weine. Sie weine nicht, antwortete Tante Tei Tei. Sie legte die Kassette in eine Plastiktüte, die wir mit nach Hause nahmen. Ihr Mann hatte sich Sorgen gemacht und uns gebeten, zu kommen, Tante Tei Tei sei ganze Nächte lang wach gewesen, habe starrend vor dem Fernseher gesessen, also wäre es gut, hatte er gesagt, wenn wir kommen und *sie befreien* könnten.

Sie befreien! Von einem Film!

Auf dem Heimweg fragte ich Má, warum Tante Tei Tei eigentlich geweint habe. Sie antwortete nicht, und als wir schon fast zu Hause waren, fragte ich noch einmal.

Warum hatte Tante Tei Tei geweint?

Má antwortete auch jetzt nicht.

Der Herbst der Familie Kohayagawa war kein besonders trauriger Film.

War es die Musik?

War die Musik traurig?

Ich wusste so wenig über Tante Tei Tei. Ich hatte gehört, dass sie ein unerhörtes Arbeitsvermögen besaß, dass sie den Spitznamen *Roboter* bekommen hatte, damals in jenem ersten Sommer, als sie zum Heidelbeerenpflücken in den Wald gegangen waren.

Der Herbst der Familie Kohayagawa.

Má und ich hatten sie von dem Film befreit.

TAMPOPO

Ein Film, den Má und ich uns oft ansahen, war *Tampopo*. Mit Hilfe dreier Nudelexperten macht sich Tampopo daran, ihre Ramen-Bude auf Vordermann zu bringen. Alles wird auf Herz und Nieren geprüft. Tampopo stürzt sich mit vollem Elan ins Geschäft.

Schau dem Gast beim Begrüßen in die Augen, und schau den Gast auch dann an, wenn der Gast dich nicht ansieht.
Ist der Gast in Eile?
Hat der Gast Hunger?
Ist der Gast ein neuer Gast?
Ist der Gast betrunken?
Ist der Gast ein Gast, den du haben möchtest?

Manchmal luden wir Hieu und Laura zu unseren Filmabenden ein. Aus Más Mund klang das wie eine Einladung zu einer heiligen Handlung – *Tampopo! Ein zeitloses Fest für die Sinne!* –, und eines Abends hatten Hieu und Laura sich zu uns gesetzt. Danach hatten wir Nudeln gegessen und es war gewesen, als würden wir den Film nachspielen: wir schlürften, wir rülpsten, behandelten das Schweinefleisch mit übertriebenem Respekt. Nach diesem Mal, dem einzigen Mal, blieben Laura und Hieu während unserer Filmabende fast ausschließlich im Kinderzimmer.

Má und ich schauten *Tampopo* bei voller Lautstärke, manchmal so laut, dass man nichts anderes hören konnte. Besonders liebten wir die Szene, in der ein Gast, nachdem er seine Nudeln aufgegessen hat, den letzten Rest der Bouillon in sich hineinschlürft; eine symbolische Handlung, aus der hervorgeht, dass es Tampopo endlich gelungen ist, die unendlich raffinierte Kunst der Nudelzubereitung zu beherrschen.

Ein zeitloses Fest für die Sinne. Ein einziges Mal hatten Hieu und Laura es mit uns angeschaut.

Lange Schweigeperioden aus dem Zimmer. Manchmal, wenn Hieu und Laura da drinnen waren, benahm Má sich merkwürdig. Sie knallte mit den Türen, klapperte mit dem Porzellan im Schrank. Einmal zog sie ihre Stöckelschuhe an und lief damit in der Wohnung auf und ab. Sie schürzte die Lippen, sie lief auf und ab, blieb stehen, trampelte weiter.

Dann fingen wir an, Spaziergänge zu machen, Má und ich. Rasende Spaziergänge im Schnee. Sie hatte die Kamera mit.

Das letzte Abendlicht. Die Bäume, und dann die Wolken.

Má in Stöckelschuhen.

Wir gingen um den Häuserblock, auf das Wasser zu, und es schneite.

Die erleuchteten Alleen; der Wind in den Baumkronen, weiße Zweige. Wir waren bereits angekommen. Da unten lag das Meer, das gefrorene Wasser war kaum vom Ufer zu unterscheiden.

Auf dem Heimweg blieben wir neben einem roten Auto stehen, das vor dem Feuerwehrhaus geparkt hatte. Ich lehnte mich gegen das Auto und lächelte im Schein der Straßenlaterne. Má zitterte. Sie pustete abwechselnd auf ihre Hände, um sie zu wärmen. Der Schnee wirbelte und Má fummelte an der Kamera herum.

Laura hatte mir mit den Hausaufgaben geholfen.

Laura war eine gute Pädagogin. Deutlich, präzise, kundig.

Laura interessierte sich für russische Dichtung.

Wir hatten zusammen ferngesehen.

Sie hatte mich gefragt, ob ich verliebt sei.

Die Monate unseres Filmverleihs. Eines Tages hatte Hieu den Auftrag bekommen, von Loc das Geld abzuholen, das er Má schuldete; Schulden, die sich mit der Zeit angehäuft hatten, Loc hatte alle Filme gesehen, aber für keinen einzigen bezahlt, und nun hatte er endlich sein Gehalt bekommen.

Es wurde ein langer Nachmittag. Hieu war mehrere Stunden lang fort und kam ohne Geld zurück. Loc sei nicht zu Hause gewesen. Má blickte verwundert drein. Hieu musste wiederholen, was er gerade gesagt hatte.

Es war keiner zu Hause.

Er hätte zu Hause sein müssen. Nur wenige Stunden zuvor hatte Má mit ihm telefoniert und er hatte gesagt, er werde den ganzen Tag zu Hause sein. Vielleicht war Hieu zum falschen Haus gegangen, hatte bei jemand anderem geklingelt. Má beschloss, selbst hinzugehen. Immerhin war sie diejenige, der Loc das Geld schuldig war. Sie suchte ihre Kleider mit Sorgfalt aus, sie nahm sich Zeit, es dämmerte bereits, als sie sich auf den Weg machte, sie fuhr mit dem Aufzug hinunter, aber kurz bevor sie draußen war, riss Hieu die Wohnungstür auf und schrie, dass es durch das ganze Treppenhaus schallte. Er wollte, dass sie zurückkäme.

Dann standen sie jeder an einem Ende des Flurs, Má mit Jacke und Schuhen. Sie sah immer noch verwundert aus, fast neugierig; etwas Lebhaftes um ihren Mund.

Da fing Hieu an zu erzählen.

Er erzählte sehr langsam.

Loc sei zu Hause gewesen. Hieu habe einen kleinen Umschlag mit Geld entgegengenommen und sei damit zum Supermarkt gegangen.

Zuerst habe er gewonnen.

Was?

Er habe anfangs gewonnen.

Was habe er gewonnen?

Má wartete geduldig, dann erwähnte er schließlich die Spielautomaten, und ihre Augen ließen ihn verstummen. Sie holte den Besen. Er fiel auf die Knie und lag so, lange, auf den Knien, während Má ihn mit dem Besenstiel verprügelte. Zunächst wich er aus, es war, als könnte er voraussehen, wo die Schläge landen würden, die ersten gingen daneben, aber dann: ein seltsames Leuchten in ihren Augen, sie holte weit aus, hob den Besen hoch, fast bis zur Decke, traf seine bloßen Arme mit jedem Schlag. Er hielt den Atem an, spannte sich, tat alles, um nur ja keinen Laut von sich zu geben. Er sah aus wie auf dem Fußboden festgenagelt, auf den Knien, im Begriff sich zu erheben. Ich stand in der Küche, ich sah ihn zu Boden sacken. Er wand sich. Er lag auf dem Boden, den Kopf gegen den Schrank gedrückt, während Má ihn auf die Beine schlug.

Sie schlug ihn, bis er zu wimmern anfing. Danach ging sie in ihr Zimmer und Hieu blieb im Flur liegen. Er war nicht vor mir in die Knie gegangen, aber er hatte auch vor mir gekniet.

Ein paar Monate. Dann spulte Má die Filme zurück und legte sie in einen neuen braunen Karton. Die Kassetten sollten an Schwester Bao zurückgeschickt werden. Ein letztes Telefonat. Dann wurde der Betrieb eingestellt. Mit der Zeit kamen keine Vietnamesen mehr, aber sobald ich im Zentrum einem von ihnen begegnete oder irgendjemanden einen unbekannten vietnamesischen Namen nennen hörte, sah ich sie in meiner Vorstellung auf unser Haus zuströmen und wieder da unten am Eingang stehen, schmachtend. Die lebhafte Röte auf ihren Wangen.

DIE TAGE MIT LAURA

An manchen Freitagen war Má bereits in der Arbeit, wenn ich von der Schule heimkam. Eine angelehnte Tür, ein aufgeräumter Schminktisch. Spülbecken blank, Spiegel geputzt. Sie war ohne ein Wort gegangen.

Sie ließ mich in ihrer Obhut zurück. Ja, so könnte man es sagen: Má ließ mich in der Obhut von Laura und Hieu.

Die Tage mit Laura und Hieu, am Küchentisch, Arm in Arm, auf das Teewasser wartend. Wie Laura zur Decke blickte, während sie redete. Hieu wiederholte Teile ihrer Sätze, sagte ja, sagte nein, sagte vielleicht, lachte ihr vorsichtig ins Ohr. Manchmal, wenn er mit dem Rücken zu uns stand, beim Abwasch oder wenn er gerade die Teekanne mit heißem Wasser füllte, kam Laura von hinten an ihn heran, langsam, fast schleichend, und legte ihre Arme sanft um seine Hüfte. Ihr Schlüsselbein an seinem Schulterblatt, ihre verschlungenen Arme, die vor ihm in der Luft hingen. Die beiden standen ganz still, mit geschlossenen Augen, wie eine Art Einstimmung. Und dann – in einer langgezogenen Bewegung, unendlich langsam, nahezu reglos, ließ sie ihr Gesicht in seinen Nacken sinken wie in ein mit Wasser gefülltes Becken.

Laura!

Unmöglich, ruhig zu bleiben.

Laura, hinter Hieu, die Augen geschlossen, seinen Nacken küssend. Dann: ihr Kopf an seiner Schulter. Sie wandte ihr Gesicht zur Seite, zurück – um mich anzusehen?

Die Tage mit Laura und Hieu, wenn Má ohne ein Wort gegangen war. Trubel auf dem Hof, Familien mit Kindern mitten in ihren Wochenendaktivitäten. Schneeschlitten.

Ich lernte. Ich sah leise fern.

Laura und Hieu aus dem Zimmer: dumpfe Geräusche, Kichern. Die lange Stille danach. Ich war draußen, ich wartete. Manchmal öffnete sich die Tür und jemand kam heraus – Laura oder Hieu, niemals beide zugleich – und ging auf die Toilette, ging in die Küche, trank Wasser, nahm sich ein Stück Obst, stand ein wenig am offenen Fenster.

Laura: etwas gehetzt, barfuß. Einmal, als sie sich rasch auf die Toilette schlich, blickte ich ihr nach.

UNSCHLÜSSIG

An einem frühen Abend Ende November, als sich Laura gerade die Schuhe zuband, fragte Má, ob sie wirklich nach Hause fahren wolle. Es sei doch so dunkel und kalt da draußen. Laura zögerte und Má stellte dieselbe Frage noch einmal, mit sehr sanfter Stimme. Schließlich ging Laura zum Telefon beim Spiegel im Flur, offensichtlich ratlos. Sollte sie anrufen? Sollte sie nicht? Lauras zitternde Augenwimpern. Wir standen wartend um sie herum, Má mit einer Zahnbürste in der Hand, einer neuen, rosa Zahnbürste in durchsichtiger Plastikverpackung.

Als Laura sich letztlich entschloss, mit dem Rad nach Hause zu fahren, sagte Má, dass sie das verstehe, selbstverständlich, aber dass es in diesem Fall vielleicht am besten sei, wenn sie gleich fahren würde, wo es doch jetzt draußen so finster sei, und ein solches Hundewetter.

Sie winkten zum Abschied durch das offene Küchenfenster.

Als Laura ihr Fahrrad aufgeschlossen hatte und davongeradelt war, lehnte sich Má hinaus in die kühle Luft und ließ die Arme über das Fensterbrett hängen. Lauras flackerndes Dynamolicht entfernte sich wie ein Glühwürmchen in der Nacht.

Hieu und ich verschanzten uns in unserem Zimmer. Es war noch lange nicht Schlafenszeit und wir lagen in unseren Betten, jeder mit dem Gesicht zur Wand. Wenn ich die Augen schloss, sah ich vor meinem inneren Auge ein Bild, scharf und still, wie aus einem Traum, doch ohne die Sprunghaftigkeit, die Träumen oftmals eigen ist: Laura und

Má schauen einander im Badezimmerspiegel an, putzen sich die Zähne – die trägen, koordinierten Bewegungen ihrer Arme –, ehe Laura plötzlich, ruckartig, den Augenkontakt bricht und ihren Blick den Spiegel hinunterwandern lässt, um dort meinem zu begegnen.

Laura war auf dem Weg nach Hause, die ganze Strecke nach Pörkenäs, ans andere Ende der Stadt.

Im Hof hörte man Türen knallen. Kurz aufwallendes Kinderweinen.

Der dicht fallende Schnee hüllte uns in die Nacht, aber als es am stillsten war, kurz bevor die Schneepflüge vor unserem Fenster zu knirschen anfingen, wachten wir auf. Es war das Geräusch des Sofas, das quer über den Boden gezogen wurde und mit einem Rumms vor unserer Tür landete.

Má: rastlos im Wohnzimmer.

Hieu saß aufrecht im Bett, hellwach, in seine Decke gewickelt, mit roten Augen und feuchten Lippen. Er schwitzte.

DÜNNES TUCH

Es war zwei Wochen vor Weihnachten, als Laura mit Hieu Schluss machte. Das Ganze passierte im Zusammenhang mit dieser merkwürdigen Begebenheit rund um Lauras Pulli, wegen der sich Má im Badezimmer einschließen und zweimal hintereinander mit der Faust gegen das Waschbecken schlagen sollte.

Weihnachtsbeleuchtung in den Hochhausfenstern. Rote und grüne Kreuze, Anker und Herzen.

Hieu war so richtig unter Strom in diesen dunklen Tagen. Unfassbar energiegeladen. Er wühlte im Gefrierfach, fand eine Tüte Mais, steckte sie in die Mikrowelle und schlitzte sie mit einem Messer auf. Er setzte sich auf den Balkon und aß direkt aus der Packung. Das Herbstsemester neigte sich dem Ende zu. Neben seinem Bett, auf dem Schreibtisch, in der ganzen Wohnung: kein einziges seiner Schulbücher in Sicht.

Es fing immer mit einem Kichern an, das über den Hof schallte. So war es, wenn die beiden kamen, Hieu und Laura, sie machten sich bemerkbar, aber an jenem Tag war Hieu zu Hause geblieben und Laura tauchte nach der Schule am frühen Nachmittag auf. An diesem Tag musste sie an der Tür klingeln.

Má umarmte Laura, die ihr sofort erzählte, sie müsse früh gehen, sehr früh, da ihr Fahrrad in der Reparatur sei und sie den Schulbus nach Hause nehmen müsse. Nachdem sie das gesagt hatte, ging sie hinein zu Hieu. Alles war wie sonst, aber wenig später – sie hatte gerade einmal die Tür hinter sich geschlossen – kam sie wieder in den Flur, und in diesem Augenblick stand Má dort, bereit, mit dem Pulli.

Laura hatte drei Lieblings-Strickpullis, die sie abwechselnd trug: einen grauen, einen gelben, einen hellgrünen; einer fusseliger als der andere. Jetzt hatte Má den hellgrünen in der Hand. Sie hielt ihn an den Schultern, schüttelte ihn leicht, um ihn auszulüften, und erzählte Laura, sie habe ihn vor ein paar Tagen mit in die Wäscherei genommen und zusammen mit der Kundenwäsche waschen lassen, in der Feinwäsche, fügte sie hinzu, speziell für Wolle.

Mit angenehmem Zitronenduft, fuhr sie fort, und Laura antwortete, ach, wie nett. Laura ging noch einmal zu Hieu hinein, in Eile, und genauso eilig ging sie kurz darauf die Treppe hinunter und in Richtung Straßenkreuzung.

Obwohl sich alles direkt vor meinen Augen abspielte, konnte ich es gewissermaßen nicht klar sehen: Laura ging noch einmal zu Hieu hinein, ein letztes Mal, und verließ dann beinahe unbemerkt die Wohnung: flüchtig vorbeischwebend, wie ein sehr dünnes Tuch, aus dem Zimmer, in dem Hieu war, durch den Flur, in dem Má und ich standen, lautlos hinaus und fort von hier.

Danach: die weit geöffnete Tür zu unserem Zimmer. Hieus Decke auf dem Boden. Er mitten im Zimmer, das Gesicht in der hellgrünen Wolle versunken.

Auf dem Hof hässliche Schneeskulpturen.

Hieu schüttelte den Kopf.

Laura war auf dem Weg zur Bushaltestelle und wir schauten ihr durchs Fenster nach, Hieu und ich, bis sie unter den Bäumen verschwand.

In den Hochhausfenstern Kreuze, Anker und Herzen.

Das Schneeräumungsfahrzeug.

Wir setzten uns, Hieus Kopf lag zwischen seinen Armen; den blaugeäderten, über den Küchentisch ausgestreckten Armen. Má setzte Teewasser auf. Sie schniefte. Auf dem Weg ins Bad verbarg sie die Augen mit den Händen. Man konnte von drinnen hören, wie sie sich die Nase putzte, das Gesicht wusch, und danach: ein kurzer, metallischer Klang: zweimal derselbe Laut, unmittelbar aufeinanderfolgend.

Sie kam mit geschwollenen Augen zurück in die Küche. Ihr Gesicht glänzte von der Hautcreme. Hieu und ich saßen immer noch am Tisch: mucksmäuschenstill, reglos. Sie füllte die Teekanne und stellte Tassen auf den Tisch. Danach, auf dem Weg aus der Küche, legte sie drei Finger an ihre leicht geschürzten Lippen, drei Finger, mit denen sie anschließend Hieus Stirn berührte. Ich goss mir ein und nahm einen Schluck vom dampfenden Tee. Hieus leerer Blick. Die Linden am Straßenrand. Es war das letzte Mal, dass Laura bei uns war.

Während der folgenden Tage blieb Hieu in unserem Zimmer. Die Decke halb auf dem Boden, der dünne Körper halb entblößt, das blasse, ausgelaugte Gesicht. Pendelnde Bewegungen unter den Augenlidern.

Schließlich schimpfte Má mit ihm.

Es war früh am Morgen, ein Schultag, und er hatte den Wecker läuten lassen. Da ging Má mit polternden Schritten durch den Flur und riss die Tür auf.

Reiß dich zusammen,

sagte sie, und:

Diese weißen Mädchen …

Die wissen nicht, was Liebe ist …

Diese Tage, in denen Hieu zusammengerollt dalag, träumend, aber wach, und ich über ihm stand und seine angespannten Arme beobachtete, still und bleich auf der dünnen Decke. Da packte mich manchmal die Sehnsucht, von hinten an ihn heranzukriechen und mich dicht an seinen zusammengekrümmten Rücken zu schmiegen.

Es war eine Sehnsucht, die erstarren würde. Ich musste mich zusammennehmen, all dem würde ich widerstehen.

UNGLAUBLICH SCHLECHT

Zu Silvester versammelten die Leute sich unter dem Himmel des neuen Jahres auf dem Hauptplatz. Má und ich blieben zu Hause. Einmal hörte ich sie in ihrem Schlafzimmer weinen. Ein sonderbares, schluchzendes Weinen. Den ganzen Abend öffnete sie nicht die Tür.

Der Lärm auf dem Hof hielt mich wach. Hieus Bett stand wieder leer. Als ich in die Küche ging, saß Má dort, die Teekanne vor sich am Küchentisch, und dann erzählte sie mir zum ersten Mal die Anekdote über Hieu.

Die Sache hatte sich zu einer Zeit abgespielt, als wir eine Stereoanlage und Lautsprecher gehabt hatten, und außerdem – das war wirklich so – eine Karaokemaschine: ein Mikrofon und CDs mit vietnamesischen Songs. Má hatte versucht, Hieu zum Singen zu überreden. Sie sagte: *Sing ein Lied, dann kriegst du 20 Mark*, aber er wollte nicht. Sie versuchte es noch einmal: *Sing ein Lied, dann kriegst du 30 Mark*, aber er wollte nicht. Da tat sie so, als würde sie etwas aus dem Keller holen gehen, sie ging ins Treppenhaus, eine Etage hinunter – *du weißt schon, stampfend, damit er es hörte* –, und dann schlich sie wieder hinauf und blieb an der Tür stehen. Sie war sich lächerlich vorgekommen und wollte schon wieder hineingehen, als er auf einmal anfing zu singen. Er sang!

Und es war unglaublich schlecht! Oi, oi! So schlecht!

Ich wusste, dass wir einmal eine Stereoanlage gehabt hatten. Má hatte erzählt, dass Gunnel eines Tages mit uns zum Industriegebiet gefahren war. Es war eine Woche nach unserer Ankunft, als die Wohnung noch leer war, wir nicht einmal ein Sofa zum Sitzen hatten und unsere Taschen noch nicht ausgepackt waren. Gunnel hatte die Tür zu einem Kellerlokal geöffnet und auf einmal standen wir vor einem Meer aus Gerümpel: Möbel, Elektrogeräte, Kleider. Stühle, Betten, Lampen, Standventilatoren, Töpfe, Porzellan; alles, was man in einem Haushalt so brauchen konnte. Má hatte Hieu erlaubt, sich eine Sache auszusuchen, die er mit nach Hause nehmen durfte, und Hieus Wahl war auf eine Stereoanlage gefallen – zwei große, schwarze Lautsprecher mit zugehörigen Verstärkern und ein paar CDs –, die Gunnel zusammen mit unseren neuen Schätzen im Auto zu uns nach Hause gebracht hatte. Von diesem Tag an hörten wir Musik. Hieu liebte es, erzählte Má. Jedes Mal, wenn er Musik hörte, konnte man ihm ansehen: Er war stolz, ohne ihn hätte es in unserem Zuhause keine Musik gegeben. Er tanzte dazu: die Hände über dem Kopf, intensive Fußarbeit, die Hüften ständig in Bewegung. Und ich machte es ihm nach, erzählte Má. Ich tanzte, oftmals auf einem Stuhl sitzend, flatterte mit den Armen wie mit einem Paar schmächtiger Flügel, verdrehte die Handgelenke, wippte mit den Hüften vor und zurück. Sogar wenn Má mich ins Bett bringen wollte, packte mich manchmal die Musik, erzählte sie. Egal, was ich hörte, schon der kleinste Mucks, ein Surren konnte ausreichen, um mich innerhalb einer Sekunde aus dem Schlummer ins Wachsein zu katapultieren. Wenn ich dann im Bett lag und Má mit weit aufgerissenen Augen anstarrte, wusste sie, dass ich im Grunde nur alles versuchte, um Hieus langsamem Summen und vorsichtigen Tanzschritten im Wohnzimmer lauschen zu können.

Die Musik hatte unser Zuhause mit Leben erfüllt, aber das Ganze sollte damit enden, dass Má die Stereoanlage auf den Dachboden trug.

Es hatte eine Regel gegeben: In unserem Haushalt durfte unter keinen Umständen laut Musik gehört werden. Trotzdem merkte sie manchmal, wenn sie vom Schwedischkurs oder vom Supermarkt heimkam, dass der Lautstärkeregler in ihrer Abwesenheit hochgedreht worden war. Dann sagte sie nichts, es machte ihr nichts aus, solange sie es nicht hörte und die Nachbarn sich nicht beschwerten, aber sie war enttäuscht, erzählte sie, nicht wegen seines Ungehorsams, sondern weil er nicht schlau genug gewesen war, die Lautstärke nach seinem verbotenen Musikhören wieder herunterzudrehen.

Schließlich hatte sie den Beschluss gefasst: die Stereoanlage würde auf dem Dachboden bleiben.

Ein einziges Mal, damals waren wir gerade in Kokkola, sollte Má auf diese Geschichte über Hieus erbärmlichen Gesang zurückkommen. Es war beim großen Winterausverkauf, wir waren auf dem Weg von einem Geschäft zum anderen und es lief Musik; rhythmische, mitreißende Musik in voller Lautstärke. Da, während ich vor ihr herging, fing sie an zu erzählen. Ich sah die Szene vor mir, wie sie stattgefunden haben musste: Er saß auf dem Holzsessel, die Beine ausgestreckt, die Füße auf dem Boden, er hielt das Mikrofon ganz dicht an den Mund, die kalte Membran berührte seine Lippen und seine Augen waren geschlossen, während er sang.

LITMANEN

Eines verregneten Tages fasste ich einen wichtigen Beschluss. An der Tankstelle hatte sich eine Menschenansammlung gebildet. Kinder rannten um die Benzinpumpen herum, lachten und zogen an den Schläuchen, ein älterer Mann und seine Frau nahmen ihre Stühle von der Kioskterrasse und trugen sie vor sich her. Direkt an der Bürgersteigkante, wo das Dach zu Ende war und der Regen anfing, stellten sie die Stühle ab und setzten sich, um das Unwetter zu beobachten. Die Hausfassaden verfinsterten sich. Ich ging die leeren Innenhöfe entlang. Kleine Fahrräder waren unabgeschlossen auf dem Rasen zurückgelassen worden, das Viertel, vom plötzlichen Regen überrascht, war nun menschenleer, aber mitten auf der Straße, gegenüber von unserem Haus, stand ein Mann. Er war vornübergebeugt, das lange, dunkle Haar klebte an seiner Lederjacke. Die Schulterblätter wölbten sich, er stand da wie bei einem Wettkampf im Tauziehen: der gespannte Nacken, die Haare, die nach hinten zogen, das vorgereckte Gesicht. Ganz still stand er da und blickte vor sich hin. Ein Auto kam herangefahren, wurde langsamer, fuhr in einem sanften Bogen an ihm vorbei und wurde dann wieder schneller, während es sich auf die Ampel zubewegte. Zu seinen Füßen, neben dem Kanalgitter, lag eine tote Ratte – halb aufgelöst, gleichsam hohl – auf dem Rücken, kahl und farblos wie eine Handfläche. Das Wasser rauschte geradewegs durch sie hindurch und in den Abfluss. Ich ging weiter, vorbei an dem langhaarigen Mann. Ich blickte über die Schulter, ich sah sein Gesicht und ich beschloss, mit dem Fußballspielen aufzuhören.

Der Mann starrte nicht auf die Ratte. Er ließ seine Augen auf ihr ruhen. Das Wasser lief ihm über die Stirn, über die müden Augen, und er rührte keine Miene.

Das glänzende, schwarze Haar stramm zwischen den Schultern zusammengebunden.

Er sah aus wie der Fußballer Jari Litmanen.

Eine Woche später rief Olavi bei uns zu Hause an. Er sagte, dass ich nicht aufhören solle, dass »etwas aus mir werden könne«. Ich antwortete, ich hätte mich bereits entschieden. »Du hast etwas«, behauptete er. Den Telefonhörer gegen das Ohr gedrückt, stand ich da, verblüfft über diese offensichtliche Unwahrheit. Warum log er? Vor meinem inneren Auge sah ich sie vorwärtsstürmen: Markus, Erfan, Roman, alle waren schneller, stärker, schneidiger, sie alle hatten im Jugendnationalteam gespielt und Technikwettbewerbe gewonnen, und ihre Wege waren so klar abgesteckt, dass für sie gar nichts anderes in Frage kam. Olavi blieb stur. Bevor wir auflegten, versprach ich, meine Entscheidung zu überdenken.

All das hatte ich bereits losgelassen, es war ein unkomplizierter Abschied gewesen, aber an dem Abend, an dem Olavi angerufen hatte, ging ich im Kopf noch einmal bestimmte Sequenzen des letzten Spiels durch, jenes Spiels, das zu meinem allerletzten geworden war. Es war ein Auswärtsmatch gewesen, wir spielten gegen eine Mannschaft aus Nedervetil. Von der Bank wurden seltsame Namen gerufen. Hässliche Spieler, hässliche Dressen. Ich machte sie fertig – zweimal hintereinander.

Ich hatte gar nichts tun müssen. Beim ersten Mal hatte es einen Eckball gegeben, unseren ersten in diesem Match. Ich rannte auf die Torlinie zu und forderte einen kurzen Querpass. Juuso spielte mir den Ball zu, und als ich mich versichert hatte, dass der Pass weit genug gehen würde, wusste ich, dass ich es konnte: weiter auf den Ball zurennen, mich für den Schuss bereitmachen und dann, wenn der Ball zu meinen Füßen lag, das Unerwartete tun, nämlich gar nichts, ihn einfach zwischen meinen Beinen durchrollen lassen. Das halbe gegnerische Team war damit beschäftigt, meinen Schuss zu blocken, und jetzt rollte der Ball zu ihrem Verdruss weiter zum Elfmeterpunkt, wo Besnik bereitstand, um ihn einzunetzen. 1:0.

Und der Konter in der zweiten Halbzeit. Wir waren drei gegen zwei, Juri hatte den Ball vom rechten Flügel bekommen, ich war in der Mitte, hart flankiert von den beiden hässlichen Innenverteidigern. Juri passte zu mir und ich tat es noch einmal: legte sie rein, ließ den Ball zwischen meinen Beinen hindurchlaufen, weiter zu unserem linken Stürmer, der mit Leichtigkeit nach vorn lief und das 2:0 abstaubte.

Nach dem Match fuhr ich mit Jürgen und seinen Eltern in deren Auto nach Hause. Ich saß auf dem Rücksitz, Schuhe und Schienbeinschoner in einer Plastiktüte auf dem Schoß, wir waren gerade erst losgefahren, als Jürgens Mama sich auf dem Vordersitz umdrehte, ihren Sohn würdigte sie kaum eines Blickes, aber ich, sagte sie, sei so toll gewesen, so toll.

Es war erst eine Woche vergangen, seit ich mich entschieden hatte.

Ich hatte mit dem Fußball aufgehört. Ich war zu Höherem bestimmt.

Neues Semester. Hieu war sehr selten zu Hause. In letzter Zeit kam und ging er, wie es ihm passte. Ich saß an seinem Schreibtisch und lernte, ungestört, mit Blick auf den Baum, der auf dem Hof sanft hin und her schwankte.

Ich hatte mit dem Fußball aufgehört. Ich sollte es nie bereuen.

Im Fernsehen zeigten sie Bilder von einsamen Orten.

Má am Telefon, über die Reklamezeitungen gebeugt.

Sie hatte ihn also ermahnt, sich zusammenzureißen.

Einmal kam Hieu mitten in der Nacht nach Hause, obwohl er am nächsten Tag Schule hatte. Ich erwachte von den Stimmen im Flur. Es war schwarz. Ich streckte den Fuß über die Bettkante und stieß die Tür auf.

Schmale Lichtstreifen von einer Straßenlaterne auf Má und Hieu. Sie standen direkt vor der Wohnungstür, Má an der Schwelle zur Küche, Hieu eine Armlänge von ihr entfernt, in Jacke und Mütze. Sie standen einander gegenüber, regungslos, wie Hunde oder wie vor einem Kuss.

Nächtliche Stille.

Ihre Hand fuhr auf sein Gesicht zu, ein Beben. Sie verschwand in der Küche.

Er schlich sich ins Dunkel unseres Zimmers.

Er blieb am Fußende meines Bettes stehen und ich bemerkte den Alkoholgeruch sofort. Für eine Weile stand er so über mir und meinem gespielten Schlaf. Lange, gleichmäßige Atemzüge.

Er schlich weiter zum Schreibtisch, machte die Schreibtischlampe an und richtete den Lichtschein auf sein Bett. Er zog sich mitten im Zimmer aus: die knisternde Jacke, die Hose. Ich drehte mich im Bett um und wandte ihm das Gesicht zu, die Augen halb geschlossen.

Die zusammengelegte Jeans hing ordentlich über dem Schreibtischstuhl. Seine spitzen Schulterblätter. Die hellen, fleckigen Beine. Der Arm, der die Lampe ausmachte.

Er atmete schnell, ein durch die Nase, aus durch den Mund.

Ein ereignisloser Frühling. Dann kam der Sommer. Durch die weit geöffneten Fenster flogen die Fliegen ein und aus. Hieu hatte einen Job in Herrmans Kunststofffabrik bekommen, wo Fahrradlampen hergestellt wurden. Eines Abends leerte er den Inhalt seines schwarzen Lederportemonnaies mitten auf unseren Küchentisch. Es war in der Dämmerung, kurz bevor Má aus der Wäscherei nach Hause kam, und den Rest des Abends saßen die beiden am Tisch und zählten das Geld, dieselben Münzen und Scheine, immer und immer wieder. Während der darauffolgenden Tage streiften sie ruhelos in der Wohnung herum, Hieu und Má. Wenn sie sich zwischendurch mal hinsetzten, um sich auszuruhen, auf einen Stuhl oder auf den Boden, sich hinlegten, ein Nickerchen machten, war es, als erwachten sie davon, dass sie einander anblickten, in einer fortwährenden Heiterkeit, die in den Augen des Anderen zu finden zu sein schien. Wenn sie dann vom Stuhl oder vom Boden aufstanden, stellte sich für eine Weile eine Art erhöhte Wachheit ein. Irgendetwas in ihren Blicken: eine unermessliche Sinnesschärfe, als wäre ein Sturm vorbeigefegt und hätte den Raum mit Tau benetzt.

Es war ein trauriger Sommer, bunt und endlos. Ameisen und Mücken auf dem leeren Schulhof. Das wild wachsende Gras. Manchmal begegnete ich meinen alten Teamkameraden, und es kam vor, dass wir bis spätabends Fußball spielten. Danach duschte ich lange, abwechselnd warm und kalt, setzte mich unter dem strömenden Wasser hin und stand wieder auf.

Ich hatte mein Team verlassen und würde es nie bereuen.

Ich hatte gesehen, wie Dennis Bergkamp den armen argentinischen Innenverteidiger mit zwei Berührungen auseinandergenommen hatte. Dann hatte er den Torhüter in die Knie gezwungen; besiegt, überlistet. Nach seinem sagenhaften Tor war Dennis Bergkamp zur Torlinie gerannt und hatte sich auf das Spielfeld gelegt, die Arme zum Himmel ausgestreckt, alles hatte vibriert, ich kann mich genau daran erinnern, die Kommentatoren waren völlig überrumpelt, waren zu nichts anderem in der Lage, als seinen Namen immer wieder zu wiederholen. Bergkamp! Bergkamp!

Bergkamp gab es wirklich.

Ich stellte mir Bergkamp vor – es war möglich, Bergkamp gab es wirklich –, aber ich hatte mein Team verlassen.

An diesen Abenden wurde es niemals dunkel. Im Hier und Jetzt stand der Sommer in voller Blüte, aber das, was sich in meinem Inneren abspielte, waren Ereignisse aus unserem ersten Sommer. Dem Heidelbeersommer, als Má und Hieu und Tante Tei Tei und Lan Pham ohne mich in den Wald gegangen waren. Ich stellte mir die brennende Sonne vor, die direkt in unsere Wohnung schien, und wie wir stets in der Hoffnung auf einen nächtlichen Regenguss zu Bett gegangen waren. Gunnel hatte ihnen die Beeren gezeigt. Dann hatten sie Gunnel vergessen.

WAS SAGT IHR?

Der erste Sommer mit Gunnel. Sie ruft an und jubelt: »Habt ihr das gesehen, habt ihr das gesehen, all die Farben!«

Der erste Sommer mit seinem fremdartigen Wetterspiel. Má ist an Hitze gewöhnt, aber an die in Feuchtigkeit eingebettete Sorte. Dieser Sommer ist trocken, die Luft schwer und leer. Sie watet in Rastlosigkeit. Sie zieht die Gardinen zur Seite, sie lässt das Licht herein, sie zieht sie wieder vor. Sie verschiebt den Fernseher, das Sofa und den Couchtisch. Plötzlich sind Hieu und ich den ganzen Tag zu Hause und Hieu heult und jammert, wie langweilig doch alles sei. Als sich Má eines Tages dazu entschließt, etwas dagegen zu unternehmen, ist sie hin- und hergerissen; sie weiß nicht, was sie will. Sie fragt ihn, ob er Lust habe, Beeren pflücken zu gehen, denn wenn er das wirklich wolle, dann könnten wir alle gemeinsam gehen: Má und er und ich, Gunnel und Lan Pham. Zu ihrem Erstaunen sagt er sofort ja.

Más Hin- und Hergerissenheit hat nichts mit dem Beerenpflücken an sich zu tun. Eher geht es darum, dass man bei Gunnel nie genau weiß, woran man ist. Má hat darüber nachgedacht, was Gunnel über die frische Luft da draußen erzählt hat, und dann waren da noch diese Wörter, die Lan Pham nicht übersetzen konnte: »*Marmelade*«, »*Sirup*«. Má kann sich nicht mehr erinnern, welches von den beiden welches ist, nur dass das eine ein Getränk ist und das andere irgendeine Art Speise, beides eine Mischung aus Beeren und, wie Lan Pham es ausdrückte, *enormen Mengen Zucker*.

Más Hin- und Hergerissenheit hat auch mit mir zu tun. Bisher haben wir alles gemeinsam gemacht, Hieu und ich, aber eine solche Sache, eine Expedition, erfordert *vollständige Kontrolle*. Mit anderen Worten: Ein kleines Kind hat da draußen nichts verloren.

Ich habe da draußen nichts verloren, aber es ist zu spät, das Ganze abzublasen. Sie schaut Hieu an, der vor dem Wohnzimmerfenster steht und auf und ab hüpft; seine großen Augen und der große Mund. Es ist bereits entschieden, sie hat ein Versprechen gegeben, und das Versprechen bringt Verantwortung mit sich.

Das kann ein richtig langer Tag werden. Widerwillig ruft sie zuerst Lan Pham an und dann Gunnel. Lan Pham sagt ja, klar, sie habe noch nichts vor. Als Gunnel abhebt, leitet Má das Gespräch ein, indem sie ein paar Worte über das Wetter sagt, was heute doch für ein schöner Tag sei, dass sie an die Sache mit dem Beerenpflücken habe denken müssen, dass es sich nach einer netten Idee anhöre und sie sich frage, ob ein Tag wie heute wohl geeignet sei, oder ob man lieber noch ein wenig warten solle. Darauf antwortet Gunnel, dass sich das Wetter außerordentlich gut zum Beerenpflücken eigne, ja, dass es im Grunde genommen gar nicht besser sein könne. Má strahlt. Sie vereinbaren die Abfahrtszeit.

Sie macht noch einen Anruf: sie kümmert sich darum, dass ich den Nachmittag bei Lan Phams Freundin verbringen kann. Ich soll in deren Wohnzimmer fernsehen. Fernsehen, Wohnzimmer; das ist ein und dasselbe, so gut wie kein Unterschied zu daheim.

Als Gunnel unterhalb unseres Küchenfensters auf den Parkplatz einbiegt, fühlt Má eine große Erleichterung. Ihre Unentschlossenheit ist wie weggeblasen. Hauptsache raus aus der heißen, trockenen Wohnung mit den kahlen Wänden. Immerhin ist es ein richtig schöner Sommertag. Hieu hat sich bereits die Schuhe geschnürt.

Fünf Minuten später sitzen wir wieder einmal auf dem Rücksitz von Gunnels Auto. Wir verlassen das Zentrum.

Am Ende der Rådhusgatan hält sie auf einem Parkplatz neben einem hohen Wohnhaus – sicher eines der höchsten der Stadt –, Má geht mit mir zum Eingang, wo Lan Phams Freundin bereitsteht, um mich in Empfang zu nehmen. Ein Küsschen auf die Wange. Má kehrt um, steigt zu den anderen ins Auto und fährt davon.

Sie fahren aus der Stadt hinaus. Gunnel kann es nicht lassen, ihrer Freude über die Unternehmung Ausdruck zu verleihen. Für sie gibt es nichts Besseres als Beerenpflücken.

Sie verbringen den ganzen Nachmittag gemeinsam. Gunnel kennt eine besondere Stelle im Wald, zu der sie jedes Jahr fährt, eine Stelle, die sie noch nie enttäuscht hat. Sie und Lan Pham unterhalten sich lange und enthusiastisch über das Jedermannsrecht, das Lan Pham noch aus ihrer Zeit in Norwegen kennt.

Es ist Heidelbeersaison. Jeder hat einen Becher dabei. Hieu verschwindet im Wald. Als er zurückkommt, sind seine Lippen ganz blau. Er reibt sich die Hände wie jemand, der gerade ein gutes Geschäft abgeschlossen hat. Es war lecker, aber jetzt will er nach Hause. Die Mücken, sagt er und Má findet, das ist ein ausgezeichneter Grund. Das findet auch Gunnel, und so fahren sie unverzüglich nach Hause, und zu Más Verwunderung passiert nichts Unvermutetes, nichts, was mit Sirup oder Marmelade zu tun hätte; einfach nur geradewegs zur Rådhusgatan, um mich abzuholen, und dann wird jeder nach Hause gebracht.

Später an diesem Abend, als wir bereits im Bett liegen, ist Má immer noch rastlos. Sie kann nicht still liegen. Sie windet und wälzt sich. Jetzt ist da noch etwas Anderes. Sie ist aufgeregt. Sie weckt Hieu und flüstert in seine Stirn hinein: *Ich glaube, es wird gehen, wir müssen sie anrufen, gleich morgen.*

Am nächsten Tag, gleich nach dem Aufwachen, ruft sie Gunnel an. Sie fragt, ob Tante Tei Tei ebenfalls mitkommen könne. Ein paar Stunden später sitzen sie im Auto von Gunnels Mann Stefan. Auf dem Weg holen sie Tante Tei Tei ab. Mich lassen sie wieder in der Rådhusgatan zurück. Sie fahren ohne mich weiter.

Gunnel fährt auf kleinen, überwachsenen Schotterstraßen. Die anderen unterhalten sich auf Vietnamesisch. Gunnel fragt, worüber sie reden, aber keiner antwortet. Nach langem Schweigen sagt Má: *Ich glaube, wir machen ihr Angst.* Hieu kichert. »Was sagt ihr?«, fragt Gunnel, und keiner sagt ein Wort, nicht einmal Lan Pham.

Sie hat niemals Zweifel gehabt, aber nachdem sie die ersten Beeren in ihren Becher hat rollen lassen, ist Má überzeugt. Gunnel hat sie alle mit Beerenkämmen ausgestattet – sie hat mehrere zu Hause, alle mit Holzgriff und einem Gitter aus dünnem Blech – und deren unbestreitbare Effizienz macht Má und Tante Tei Tei sprachlos. Immerhin sind sie nicht zum Plaudern hergekommen. Ein verblüffender Enthusiasmus hat die beiden erfasst, eine stille Manie, die in ihren gekrümmten Rücken sichtbar wird. Gunnel und Lan Pham sind beim großen Auto zurückgeblieben, verwundert. Sie sehen Hieu zwischen den Bäumen verschwinden. Als er zurückkommt, ist er blau im ganzen Gesicht, am Hals und an den Ohren.

Später am selben Tag stehen Má und Hieu mit zwei bis zum Rand gefüllten Eimern in der Küche. Má hebt den einen Eimer hoch, hoch und nieder und hoch, und auf ihrem Arm bildet sich eine Muskelkugel. Hieu macht dasselbe mit dem anderen Eimer. Sie beschließen, sich eine Waage zu besorgen.

Als das Herbstsemester kam, musste ich weniger an den ersten Sommer denken. Mit dem Herbstsemester begannen auch die Tage mit Lan Pham.

Die Tage mit Lan Pham, die mir später als Serie in Erinnerung bleiben sollten.

Die verregneten, die sonnigen, die faulen, die müßigen, die schweigsamen Tage …

Die Tage voller Lachen, wenn Lan Phams Stimme die einzige Stimme war; ein einziger langer Tag, den wir gemeinsam in der Konditorei verbrachten.

Lan Pham hatte eine jungenhafte Stimme, die einen mit ihrer Unverblümtheit so richtig verlegen machen konnte. Wenn Má und ich zu Hause waren und Hieu, stets im Kommen oder Gehen, durch die Wohnung streifte, war es, als ob Lan Phams Stimme in der Wohnung hängen geblieben wäre; die helle Stimme, die ständig ihre Umgebung kommentierte, vom Einen ins Andere kommend; ein angenehmes Mahlen, das sich durch den Raum bewegte.

Lan Pham hatte eine dünne Stimme, dünn, aber nicht schrill.

Die Tage in der Konditorei. Altweibersommersonne: ein anhaltendes, wärmeloses Licht, in das man nur flüchtig blinzeln konnte. Die Spaziergänge in der Fußgängerzone, vorbei an den Läden und Restaurants mit ihren ranzigen Gerüchen, die bald in die Winterkälte eingebettet und von ihr erstickt werden würden.

Aber zuvor: die Tage mit Lan Pham.

Ihre Launen. Jeden Augenblick konnte es ihr einfallen, irgendjemanden auszuschimpfen. Wie etwa beim ersten

Konditoreibesuch. Wir hatten uns gerade im angeschlossenen Pavillon einen Platz gesucht, jeder mit seiner Tasse in der Hand, hatten uns kaum hingesetzt, als plötzlich ein Wind aufkam und die Menschen ihre Tassen mit den Händen bedecken mussten, um sie vor dem fallenden Laub zu schützen. Má klagte: *Ich weiß nicht, ich weiß nicht, ob ich drinnen bin oder draußen!*

Es war eine gemütliche Konditorei mit Holztäfelung und Ohrensesseln und kariertem Fußboden, sogar das Licht war behaglich: keine Deckenbeleuchtung, sondern Stehlampen mit dicken, gemusterten Schirmen. Wir setzten uns an einen Tisch im hintersten Teil des Lokals, mit ausgezeichneter Sicht auf den Eingang. Die meisten Gäste waren anständig gekleidet: Jackets, feine Schuhe mit Absätzen, eine ältere Dame trug sogar einen Hut. Aber manchmal kamen auch solche Leute wie die Frau mit dem Kinderwagen, keuchend, mit strähnigem Haar, durchnässt von etwas, das Schweiß gewesen sein muss. Sie trug eine sackartige Baumwollhose und einen Kapuzenpulli.

Kapuzenpulli … In der Konditorei …

Má und Lan Pham blickten einander an.

Die meisten Gäste blieben nur kurz – zogen sich kaum den Mantel aus, blätterten geistesabwesend in irgendeiner Zeitung, tranken ihren Kaffee und gingen wieder –, aber am Tisch neben uns saß ein Mann, der sich Zeit ließ. Er hatte zwei Teller vor sich stehen: auf dem einen lag benutztes Besteck und eine ausgepresste Zitronenhälfte, auf dem anderen ein halbgegessenes Stück Sahnegebäck. Er unterhielt sich mit einer Kellnerin. Smalltalk über das Wetter. Er fragte, ob sie gern Sport treibe, und wenn ja, welchen. Sie antwortete höflich und er fragte weiter, es gab keinerlei Probleme, alles war in Ordnung. Er fragte und sie antwortete, es war eine freundliche Unterhaltung, wie sie in Cafés ja geradezu notwendig sind – ohne Hintergrundgemurmel hätte man kaum ein Gespräch führen können –, nun verhielt es sich aber so, dass gerade dieser Mann leider ganz und gar außerstande war, seine Lautstärke der Umgebung anzupassen. Im Hintergrund lief Musik, kaum hörbar, die Menschen unterhielten sich leise, Tisch für Tisch, Paar für Paar, aber dieser Mann war wirklich eine Klasse für sich. Wir saßen am Tisch neben ihm und das, sollte sich herausstellen, war nicht auszuhalten. Jedes Mal, wenn er lachte – meist völlig unvermittelt –, wollte man am liebsten nur die Augen schließen und tief durchatmen. Wir konnten nicht anders, als ihn anzuschauen. Schließlich fingen wir an, sein Benehmen zu kommentieren.

Es war Lan Pham, die das Ganze ins Rollen brachte. Sie sagte laut und deutlich: dass er vermutlich als Kind keine Muttermilch bekommen habe und jetzt aus diesem Grund so laut schrie. Má riss die Augen auf. Jetzt war sie an der Reihe. Lan Pham blickte konzentriert auf die Tischplatte. Má machte weiter. Jetzt war sie an der Reihe und sie nannte ihn einen *ungewaschenen Wichtel.*

Lan Phams Art sich zu benehmen konnte einen wirklich überraschen. Im Augenblick mochte es seltsam erscheinen, aber am Ende passten die Dinge immer irgendwie zusammen, trotz allem, als wäre sie diejenige, die über den Dingen stünde, und nicht umgekehrt.

Nachdem Má den lauten Mann einen ungewaschenen Wichtel genannt hatte, stand Lan Pham auf – eine plötzliche, abrupte Bewegung, das Porzellan klirrte – und ging, beide Hände vor dem Mund, auf die Tür zu. Sie stand dort draußen, still, mit dem Gesicht zur Straße. Wir beobachteten ihren Rücken durch die Fensterscheibe. Der dünne Blusenstoff flatterte im Wind. Für eine Weile war es mucksmäuschenstill. Kein ohrenbetäubendes Lachen, kein Gemurmel, niemand kam herein, niemand ging hinaus.

Bereitete sie sich auf etwas vor?

Aber worauf?

Ich kaute an meinem Strohhalm. Sogar die Kohlensäurebläschen waren verstummt.

Sie kam lächelnd herein, schenkte sich an der Selbstbedienungstheke ein Glas Wasser ein und ging mit harten Schritten auf uns zu. Sie nahm einen Schluck, stellte das Glas auf den Tisch und wandte sich an den fremden Mann. Er senkte den Blick auf seine beiden Teller, rührte in seinem Kaffee, schaute weg, aber Lan Pham hielt ihren Blick auf ihn gerichtet, und zu guter Letzt sahen sie einander an.

»Hallo, du«, sagte sie, sie sprach ein fremdartiges Schwedisch, weich, wo es hart klingen sollte, hart, wo es weich klingen sollte, »willst du wissen, was meine Freundin hier gerade über dich gesagt hat?«

Er hob die Augenbrauen. Lan Pham nahm einen Schluck von ihrem Wasser und fuhr fort.

»Tja, du bist ein richtiger Clown, hat sie gesagt, und dass du es dir vielleicht besser mal überlegen solltest, bevor du so durch die Gegend schreist und mit Leuten redest, die nicht mit dir reden wollen, kapierst du nicht, wie du dich anhörst, hat dir deine Mama denn keine Manieren beigebracht, wo sie dir schon keine Muttermilch zu trinken gegeben hat?«

Sie sagte alles in einem Fluss, verhaspelte sich kein einziges Mal.

Lan Pham setzte sich wieder. Wir taten so, als wäre nichts, wir redeten über das Wetter, über das Angebot der Konditorei, Lan Pham fragte, ob wir von diesem Kinuski-Gebäck probieren wollten. Der Mann trank seinen Kaffee aus. Er blickte verwirrt um sich, rot im ganzen Gesicht, dann stand er auf und ging hinaus.

Má schlug sich die Hand vor den Mund. Was genau hatte Lan Pham zu ihm gesagt?

Ich blies in mein Mineralwasser und beobachtete den einzigartigen, blubbernden Schaum.

Die Blicke der anderen.

Die wackligen Schritte des fremden Mannes, als er um die Ecke ging.

Lan Pham ging zur Theke, um eine weitere Bestellung aufzugeben.

Lan Pham: Ich nehme alles.

Konditorin: Wie bitte?

Lan Pham: Ich mache nur Spaß … Ich nehme ein Stück von diesem Kinuski-Gebäck …

Zur Zeit seines Einzugs ins *Cityhuset* sei Foto Elite das erste Geschäft im ganzen Gebäude gewesen. Damals habe sich alles vornehmlich um Familienfotos gedreht. Foto Elite sei das erste Fotolabor Finnlands gewesen, das in eine Entwicklungsmaschine investiert habe. Das sei in den 60er Jahren gewesen. Damals sei allerhand chemisches Know-how vonnöten gewesen, da verschiedenste Flüssigkeiten miteinander gemischt werden mussten, und wenn man sich nicht genau auskannte, konnte es schiefgehen. Heutzutage müsse man von Chemie keine Ahnung haben, um Bilder entwickeln zu können, dieser Teil sei automatisiert, aber ein gewisses technisches Können sei immer noch erforderlich, da die neuen Entwicklungsapparate teilweise sehr komplex seien. Das Jahr 1978 sei für Foto Elite zu einem Meilenstein geworden. Damals habe man angefangen, Farbbilder zu entwickeln. Vorher sei alles schwarz-weiß gewesen. Es sei eine riesige Umstellung gewesen.

All das erzählte die Verkäuferin Má.

Es sei etwas Besonderes, mit Menschen zu arbeiten. Am allerliebsten, sagte die Verkäuferin, fotografiere sie Brautpaare.

»Die sind so glücklich … Sie haben einen ganz eigenen Glanz in den Augen.«

Bei Foto Elite benutze man ein seidenmattes, dickes Fotopapier, das den Bildern einen schönen Glanz verleihe. Man habe sich auf Fotobücher spezialisiert – wenn es uns interessiere, könne die Verkäuferin uns ein exklusives Angebot machen.

Einen sehr guten Preis …

Die Verkäuferin sah mich an, ich stand vor der Glasvitrine und betrachtete die neuen Kameras. Má sagte, sie wolle einfach nur ihre Fotos haben. Die Verkäuferin ging in ihr Büro und kam kurz darauf mit einem Kuvert zurück. Sie sagte, wenn man wolle, könne man die Fotos sogar zu Hause entwickeln, in einem sogenannten Heimlabor. Das Einzige, was man brauche, sei ein Raum, den man vollständig verdunkeln könne, zum Beispiel ein Badezimmer ohne Fenster. Die ganze Ausrüstung – Chemikalien, Fotopapier und so weiter – könne man für wenig Geld im Laden kaufen. Neben dem Kuvert reichte die Verkäuferin Má auch ein kleines Heft, und während sie das tat, im selben Augenblick, in dem sie Má das Kuvert überreichte, blickte die Verkäuferin noch einmal kurz in meine Richtung, als würde sie die Fotos und das Heft irgendwie auch mir überreichen. Als wir später den Laden verließen – er befand sich neben der Kirche und dem Friedhof, auf dem man häufig Leute beim Umherwandern und Betrachten der Grabsteine beobachten konnte –, gab mir Má das kleine Heft. Es waren bloß ein paar zusammengeheftete Blätter; ein sehr dünnes Heft mit wenig Text und einigen Bildern von unterschiedlichen Maschinen und Fotopapier.

DER ENTWICKLUNGSPROZESS.
So funktioniert die Entwicklung
In völliger Finsternis
Bei Tageslicht

Damals bekam ich Laura nur auf einem im Badezimmerschrank, zwischen Lippenstift und Gesichtswasser vergessenen Foto zu sehen. Auf dem Bild liegt sie auf dem Sofa, blinzelnd und zusammengekauert unter der weißen Decke, den Kopf auf die zusammengefalteten Hände gestützt. Die Augen bewegen sich ruckartig, sie scheint gerade aufzuwachen, streicht sich die Haare hinter die Ohren.

SCHWESTERFABRIK

Auch nach den Sommerferien arbeitete Hieu weiterhin bei Herrmans. Lan Pham kam zu Besuch und kochte Kaffee mit einem Filteraufsatz, den sie von zu Hause mitgebracht hatte. Zucker und klirrendes Porzellan. Eines Tages schenkte sie Mà einen Strickpullover von Prada. Er war gebraucht, aber in gutem Zustand, in stilechter Latte-Farbe, mit Zopfmuster, hergestellt in Pradas Schwesterfabrik in Russland. Ein spontanes Geschenk, weil sie gerade *Lust gehabt* habe. Der Pullover passte, stellte sich heraus, wie angegossen. Den ganzen Herbst und Winter, bis hinein in den Frühling, trug Má ihn mindestens einmal in der Woche. *Schwesterfabrik. Edler Kragen.* Worte, die Lan Pham gesagt hatte. Má war völlig aus dem Häuschen.

Mit Lan Pham waren es die Tage voller Leben, die einfach waren, die Tage, die wir in der Stadt verbrachten; leichte, lose Tage.

Aber dann kamen die Tage, an denen nichts passierte, Tage ohne Menschen, ohne Gerüche; faule Tage, an denen wir stumm blieben. Dann war es, als ob sich Lan Pham etwas von uns wünschte. Sie redete, sie stellte Fragen, und wenn sie einmal losgelegt hatte, war sie nicht mehr aufzuhalten.

Sie redete drauflos.

Romantik, Verliebtheiten, Liebesbriefe, unvergessliche Begegnungen.

Alles, was uns sonst an ihr gefiel – das Lachen, die Stimme, mit der sie den Fremden in der Konditorei heruntergeputzt hatte –, konnte uns dann in ein lastendes Schweigen versenken. Má sah man es deutlich an: der Körper, der sich zusammenkrümmte, die Arme auf der Brust verschränkt, die Augen, die ins Leere starrten, während Lan Pham irgendetwas über die Liebe daherplapperte, ihr ständiges Gequassel über Liebe: Liebesfilme, Liebeslieder, das Wesen der Liebe, die Phasen der Verliebtheit, Gefühlsaufwallungen.

Diese lautlosen Abende, an denen Hieu wie ein Gespenst war, das sich nur in flüchtigen Augenblicken zeigte; eine Tür, die sich öffnete und sachte wieder schloss. Einmal, kurz vor dem Essen, näherte ich mich ihm, in seinem aufgeknöpften Hemd saß er am Tisch und ich ging zu ihm hin, betrachtete sein sanft gewölbtes Schlüsselbein, ich wollte mit meinen Fingern über den glänzenden Hemdstoff streichen, der sich um seine Schultern legte.

Eines Tages, als ich allein zu Hause war, fiel ein Foto aus einem von Hieus Büchern, während ich frenetisch darin blätterte. Sowohl das Motiv als auch die Größe des Fotos – es bedeckte fast die ganze Seite in Hieus Schulbuch – versetzten mich in Erstaunen. Tante Tei Tei und Má und Hieu zwischen den Bäumen. Der Wald, die Bäume; ein fremder, nahezu exotischer Ort. Als ich mich an jenem Abend schlafen legte, kehrte das Bild zu mir zurück, wie ein weiches, gelbliches Raster legte es sich vor mein inneres Auge. Und am nächsten Tag wieder: Má und Tante Tei Tei und Hieu da draußen im Wald; Tante Tei Tei und Má stehend, Hieu hockend. Der wogende, durchsichtige Fichtenwald. Es war unmöglich, sich dagegen zu wehren, das Bild blieb in mir, es verfolgte mich wie eine Art verbotenes Geheimnis.

EIN BLICK DER EXTRAKLASSE

Das Foto: Tante Tei Tei und Má und Hieu im Wald. Es ist früher Morgen, auf dem Bild sind weder Wolken noch Sonne zu sehen. Der gelbliche Dunst wirft lange Schatten zwischen die licht stehenden Bäume; Fichten, die eine oder andere Kiefer. Sie sind der Kamera zugewandt, Tante Tei Tei und Má haben jeweils einen Arm umeinander gelegt, Hieu sitzt mit seinen roten Gummistiefeln vor den beiden in der Hocke. Alle tragen, seltsamerweise, rote Gummistiefel, die sehen poliert aus, wie Leuchtstoffröhren vor dem matten Hintergrund. Má und Hieu schauen direkt in die Kamera, vorsichtig lächelnd. Im Vordergrund unscharfe Zweige. Die langen, scharfen Schatten der Baumstämme. Hier und da sind weiße und gelbe Flecken zu sehen. Man muss wachsam sein wie auf der Jagd, das Bild langsam mit dem Blick absuchen. Sind es kleine Vögel? Insekten? Blütenblätter? Tante Tei Tei blickt auf irgendetwas weit außerhalb des Bildes. Sie strahlt grenzenlose Erwartung aus: Es ist ein Blick der Extraklasse.

Sie sehen klein aus, fast zwergenhaft unter den majestätischen Bäumen, gleichsam verschluckt von der jadegrünen Landschaft. Es ist eine seltsame Formation, eine Aufstellung wie für einen Sportverein. Ich musste genau hinschauen. Hieus graue Steppjacke im bleichen Morgenlicht, schimmernd, wie eine Silberskulptur. Ich versuchte, sie mir da draußen im Wald vorzustellen. Die Heidelbeerbüsche zwischen Bäumen und Schatten. Tante Tei Tei gleicht einer Verliebten: Ihr Blick ist ganz und gar auf das gerichtet, was sie so sehnsuchtsvoll betrachtet, und auf ihrem geschlossenen Mund ist eine Art unsichtbare Bewegung zu erkennen: die Oberlippe, die die Kontur eines Bogens annimmt, der sich spannt und wieder löst, spannt und wieder löst.

NEKTARVÖGEL UND KOLIBRIS

Alles nimmt seinen Anfang in den ereignislosen Tagen. Langsame Spaziergänge zum Strand. Gunnels Schweigen.

Gunnel wird also immer schweigsamer. Schöne, ereignislose Tage. Ein Spaziergang kann einen ganzen Nachmittag ausfüllen. Wir gehen oft zum Strand. Wir beobachten die Familien, die einander in der Sonne ablösen. Es ist Frühsommer: die weichen Schläge des Meers, Haut, die in den Dünen schimmert.

Es wird still, nicht mucksmäuschenstill, aber sehr still. Es ist ein paar Wochen vor dem ersten, richtigen Beerenpflücken, ihren Nächten und Tagen im Wald, ohne mich.

Während der trockenen, heißen Nächte in der Stadt liegen Hieu und ich schlaflos im Bett. Uns ist eingeschärft worden, niemals das Fenster zu öffnen, niemals in Zugluft zu schlafen, aber in einer trockenen, heißen Nacht ist die Luft besonders schwer zu atmen. Hieu steht von seinem Bett auf. Er öffnet das Fenster zum kleinen Wäldchen hinter unserem Haus und die Mücken sind erbarmungslos. Am Morgen starrt Má entsetzt auf die roten Punkte auf unseren Körpern. Wir kratzen uns; kratzen mit langen, pinselstrichartigen Bewegungen, und Má brüllt auf. Den restlichen Tag befinden wir uns ununterbrochen im selben Zimmer, nah beieinander, auf dem Sofa oder beim Küchentisch. Ein seltenes

Ereignis. Má beaufsichtigt uns, hält uns davon ab, unsere Arme zu berühren, sie weist uns methodisch zurecht, und als wir am nächsten Morgen aufwachen, juckt es immer noch, wenn auch weniger, und die Rötungen sind blasser geworden. In dieser Nacht träume ich von Nektarvögeln und Kolibris, die mit gehetzten Blicken im Obstgarten, der Más Schlafzimmer ist, aus und ein flattern. Es ist ein schöner Traum, leicht und voller Farben.

Sie führt lange Telefongespräche. Sie sitzt mit angezogenen Beinen auf dem Stuhl beim Küchenfenster, ihr Blick geht hinaus auf die Straße. Sie ist konzentriert, beobachtet aufmerksam jede Bewegung unter dem glatten Dämmerhimmel. Ihrer Freundin am Telefon erzählt sie Lügen über folgende Dinge: Hieus Schulbildung, ihre eigene Schulbildung, unsere Zukunftsaussichten. Sie spricht über das Gefühl der Begeisterung, das sie in diesem neuen Land erfüllt hat, wie es ständig wiederkehrt, in immer neuen Formen. Das ist eine Lüge, in der sie es sich bequem gemacht hat, und nun verfließen die falschen Bilder mit Más Hoffnungen. Die Ordnung ist ins Wanken gekommen – selbst die Lüge trägt eine innere Logik in sich –, sie schließt die Augen und öffnet die Augen, es ist ein nahtloser Übergang.

Eine ganze Nacht verbringen Má und Hieu mit Rechnen, sie flüstern über die Zukunft, ich kann es hören, nicht die Worte, aber den Tonfall, am deutlichsten höre ich das Kichern, das hier und da zu mir herüberdringt, ein Kichern, das ich mir nicht erklären kann, das jedoch mein Herz zum Hämmern bringt. Hieus Blättern in der Landkarte, Más Knattern am Minitaschenrechner. Das

Kichern. Schlaflos liege ich da und lausche. So fängt alles an.

Eines Tages, noch einmal, werden sie mich bei Lan Phams Freundin zurücklassen. Sie werden zurückfahren in den Wald, Má, Hieu, Lan Pham und Tante Tei Tei, sie haben vor, eine ganze Woche dort draußen zu bleiben.

FÜTTERN

Má kam mit einem großen Stück Fleisch nach Hause, das sie in dünne Scheiben schnitt. Sie spülte das blutige Wasser vom Schneidbrett und hackte Tomaten. Alles sollte in die Bratpfanne. Es zischte und Má lüftete.

Durch das offene Fenster strömte Musik herein. Hieu streckte sich nach den Tellern, ich deckte das Besteck auf und füllte die Gläser mit Wasser. Manchmal verließ einer von uns die Küche, ging auf die Toilette, zog sich um, wechselte den Fernsehkanal, senkte die Lautstärke, aber zumeist waren wir gemeinsam in der Küche: Má, Hieu und ich, drängelten, kochten.

Hieu hatte einem älteren Jungen aus der Schule eine Lederjacke abgekauft. Als Má das Fleisch zum letzten Mal abschmeckte, ging er in den Flur und zog sie an, zog den Reißverschluss bis zum Kragen hoch. Die Jacke war fast ganz neu, schwarz und glänzend.

Das Bett aus Salatblättern formte einen gewellten Kranz rund um den Servierteller. Obendrauf lagen das Rindfleisch und die Zwiebeln und Tomaten und die frischen Kräuter in einer Mischung, aus der wir kleine Bissen angelten, diese in Fischsauce tunkten und dann in unseren Schalen mit Reis vermischten. *Iss sie, wenn sie so aussehen.* Das waren die Salatblätter, Má mochte sie so am liebsten: knackig, leicht mariniert. Wir hatten großen Hunger. Hieu langte eifrig über den Tisch. Auf der Unterseite der beiden Jackenärmel, bis zu den Ellbogen, verliefen die rasselnden Reißverschlüsse.

Durch einen schmalen Spalt im Fenster konnte man das gelbe Laub sehen.

Musik im Hof. Schritte im Treppenhaus. Má ging in den Flur und öffnete Lan Pham die Tür. Seite an Seite kamen die beiden in die Küche, Lan Pham mit starrem Blick, einer Weinflasche und drei Gläsern. Sie hatte sich die Haare bis zu den Schultern wachsen lassen.

Má holte einen Stuhl aus ihrem Zimmer. Es war das erste Mal, dass wir alle vier zusammensaßen: Má, Hieu, Lan Pham und ich.

Lan Pham bekam eine eigene Schale und Stäbchen. Sie aß und wir sahen ihr schweigend zu. Nach der ersten Schale stand sie auf. Ohne ein Wort nahm sie die Weinflasche aus dem Kühlschrank und stellte sie neben die drei Weingläser auf den Tisch. Man sah es ihr an, es war Zeit zu reden.

Sie machte Hieu Komplimente über seine Lederjacke.

Sie fragte ihn, ob er bereits den Führerschein habe.

Hieu sagte nichts. Er aß, wie man sagt, mit erhöhter Aufmerksamkeit, und als er fertig gekaut hatte und über den Tisch nach einem großen Salatblatt langte, das er langsam in die Schale mit der Fischsauce tunkte, antwortete Má an seiner Stelle: er sei doch erst fünfzehn, selbstverständlich habe er noch keinen Führerschein. Lan Pham drehte den Korken aus der Flasche und füllte ein Glas mit dem schäumenden, goldgelben Wein. Sie hielt die Flasche mit festem Griff in der Hand. Sie blickte hinüber zu Má, die den Kopf schüttelte. Es waren kleine Bewegungen, kaum wahrnehmbar: Má schüttelte den Kopf, bis Lan Pham die Flasche wieder hingestellt hatte.

Es war ein französischer Wein, auf dem Etikett stand die Jahreszahl unter der französischen Flagge. Als Lan Pham ihr erstes Glas ausgetrunken hatte und sich gerade ein weiteres einschenken wollte, klopfte Má mit dem Zeigefingernagel auf ihr eigenes Glas. Ein Drittel: so viel durfte Lan Pham ihr einschenken.

Entferntes Rattern von Motorrädern.

Má würde also Wein trinken.

Als wir fertig gegessen hatten und Hieu seinen Teller abspülte, fing Lan Pham wieder damit an, über seine Lederjacke zu reden, sie sagte, es sei echtes Leder, das merke man am Geruch. Da drehte Hieu den Wasserhahn ab und wandte sich weg von der Spüle, zum Esstisch.

Es war eine wirklich edle Jacke.

Má winkte ihn zu sich. Zurückgelehnt, das eine Knie angezogen, saß sie auf ihrem Stuhl. Als Hieu in ihre Reichweite gekommen war, richtete sie sich auf und fasste nach seinem Arm – ihr Gesicht berührte den Arm – und roch, schnüffelte geradezu, mit zuckender Nase, ehe sie ihn wegstieß. *Echtes Leder*, sagte sie, *vielleicht aus Italien*. Lan Pham fragte, wie viel er dafür bezahlt habe. Hieu räusperte sich. Er holte Luft und erzählte, er habe die Jacke billig bekommen, nachdem sein Kumpel, ein Junge aus der Schule, der etwas älter war als er, die Jacke gekauft, es sich aber dann nach nur einer Woche anders überlegt habe.

Má, mit glänzenden Augen:

Ein guter Kauf.

Hieu fummelte am Reißverschluss der Brusttasche herum, zog ihn auf und zu, als wollte er kontrollieren, ob er funktionierte.

Lan Pham setzte sich auf ihrem Stuhl auf und lehnte sich vor, das Kinn auf ihre Faust gestützt.

Warum hast du sie nicht eingefettet?

Sie war in Fahrt gekommen. Sie wollte wissen, ob Má ihn nicht darüber informiert habe, dass man das *Leder füttern* müsse, sonst könne es brüchig werden, zuerst ließe man es im Regen nass werden und dann trocknen und dann …

Ich werde sie einfetten, geht jetzt, ihr habt bestimmt Hausaufgaben.

Má unterbrach sie, und in dem Schweigen, das darauf folgte, stand ich auf und wir gingen in unser Zimmer, Hieu und ich.

Má hatte sie unterbrochen. Lan Pham war unterbrochen worden, aber als Hieu und ich in unserem Zimmer waren, fing sie wieder an, aus der Küche zu rufen. Sie wollte wissen, wo Laura sei. Hieu zuckte mit den Schultern. Wir hatten die Tür geschlossen, nur er und ich waren im Zimmer und er zuckte mit den Schultern.

Lan Pham …

Sie hatte Laura *die Rothaarige* genannt.

Hieu schüttelte den Kopf. Er saß am Schreibtisch, er hatte seine Jacke an, er wetzte hin und her, das Leder knarrte.

Es wurde spät. Aus der Küche war irgendwann nur noch Gemurmel zu hören und gelegentlich ein Lachen. Kurz bevor ich einschlief, stand ich noch einmal auf und schlich mich hinaus auf die Toilette. Durch die Wand konnte ich jetzt Lan Pham gedämpft, aber deutlich reden hören.

Drüben beim Hafen gibts Lokale, die keiner will ... Dort hinterm Wohnbaumessegelände ... *Europa* und *Equatorn* und wie sie alle heißen ... Wenn mans richtig exklusiv macht, dann werden die Leute schon kommen, Parkplätze gibt es ja, und Straßenbeleuchtung auf dem Weg ... Du glaubst mir nicht! Aber ... Ich schwöre, in Oslo, dort habe ich mehrere Leute in unserem Alter gekannt ... Also sowohl in meinem als auch in deinem Alter, Familien ... Mit eigenen Restaurants ... Also dort gab es kein bánh xèo oder bún bò ... Das waren Sushirestaurants ... Die Weißen kommen da rein und es kommt einem vor, als wäre Geld für die nur was zum Spielen ... Du weißt ja, wie die sind, »wie nett wie nett«, denen ist es schnurz, ob du aus Japan kommst oder Vietnam oder Thailand oder Korea ... Für die sind wir alle Chinesen ... Hahahahahaha ... Du musst mir glauben ... Das Ganze war von Anfang an deine Idee ... Da bist du jetzt wirklich selbst schuld, du kannst mir nicht mit einer Idee kommen und dann einfach ... Ich denke, da gibt es ein paar Tricks, also na klar, die Räumlichkeiten müssen gut sein, gemütlich und so, aber um richtig Geld verlangen zu können, muss es schon ordentlich luxuriös sein ... Nicht so wie ein normales vietnamesisches Hotel ... Es muss ein bisschen altmodisch sein ... Stell dir mal vor: überall etwas dunkel, duftende Kerzen und solches Zeug, aber nicht so, dass man es merkt! Ne, aber stell dir vor, es riecht nach grünem Tee, nicht Jasmin, nur grüner Tee ... Leicht bitter ... Und dunkelgrüne Holzverkleidung und Holzdielen, auf denen sie mit Hausschuhen rumlaufen können ... Überhaupt finde ich, Grün ist eine gute Farbe … Natürlich nicht Giftgrün … »*Grüne Königskugeln*« … Hahahaha … Das sind finnische Pralinen … Die kriege ich immer geschenkt, also zu Weihnachten, die sind wirklich ekelhaft … Nichts als Zucker … Diese Weißen … Die sind lustig … Aber Dunkelgrün … Hausschuhe, die wir billig einkaufen und an die Gäste verleihen … Da kann gar nichts schiefgehen … Du hast doch schon deinen Filmverleih gehabt, du kannst mit Geld umgehen, und du arbeitest in der Wäscherei, das ist perfekt! Nein, aber wenn wir das durchziehen, mit irgendeiner Art von Hotelbetrieb … Was … Mich beruhigen … Aber ich bin ganz ruhig … Warum soll ich mich beruhigen? Glaubst du, wir würden hier sitzen, wenn sich irgendjemand von uns je beruhigt hätte? Ich finde, du solltest nicht so bescheiden sein … Du kennst dich mit Geld aus, mit der Wäscherei, dein Großer kann nach der Schule in der Rezeption arbeiten … Der soll sich ruhig mal nützlich machen … Du hast doch wohl mit ihm über die Sache geredet? Ja? Und er hatte seine eigenen Ideen? Ich kann mir vorstellen … Seine Ideen … Dass die nicht so gut sind … Aber wenn er uns mit praktischen Dingen helfen kann … Er ist nicht mehr mit ihr zusammen? Ah … Ich habs gewusst, ich hatte so ein Gefühl … Schade, hätte ich fast gesagt, dass ich sie nie kennengelernt habe … Aber das ist jetzt wohl auch egal … Ich habe gehört, was du über sie gesagt hast … Nein nein … Nichts Schlechtes, nicht so, aber es war irgendwas, ich weiß nicht mehr, was du gesagt hast, dass sie blutarm war? Oder blass? Ja, ja … Blutarm, blass … Der findet bald eine andere … Ich hab ihn übrigens neulich gesehen … Er stand vor dem Supermarkt, auf dem Parkplatz, sie haben Energydrinks getrunken, er und irgendein Kumpel … Irgendein Albaner … Ziemlich hübsch, muss ich sagen … Aber wir haben uns ein wenig unterhalten … Ich habe versucht, ihnen zu erklären, wie mans mit Mädchen machen muss … Dass man sie sich einfach nehmen muss … Einen Eindruck machen … Keine Angst haben! Das wars! Keine Angst haben! Einfach mal machen! Aber dein Sohn … Der hat gar nichts verstanden … Er hat sogar richtig verschreckt dreingeschaut … Der Albaner hat bloß gelacht, also bin ich gegangen … Der findet schon eine … Dein Sohn, meine ich … Da mache ich mir gar keine Sorgen … Für die ist es so leicht … Die gehen eines Abends die Straße entlang und plötzlich haben sie die Liebe gefunden … Stell dir mal vor, wenn es uns so gehen würde … Nicht einmal, als wir jung waren, war es so … Als ich jung war … Ne, aber das wird schon … Aber diese Jacke solltest du wirklich einfetten … Er ist so stolz … Auf die Jacke … Ich weiß, wie viel sowas in dem Alter bedeuten kann … Ich weiß noch, als ich mein erstes langes Kleid bekommen habe … Ich bin damit überall hingegangen … Ich hab drin geschlafen, habs grade mal zum Duschen ausgezogen … nach einem Jahr sind dann die Nähte geplatzt … Und ich musste auf ein neues warten … Aber jetzt was anderes … Bevor ichs vergesse … Also, wenn wir Kimonos nähen lassen … Aber! Mach dir keine Sorgen! Das machen alle so, wir bestellen die in China und dann kommen sie nach ein paar Wochen … Die Weißen lieben sowas, die können gar nicht genug davon kriegen… Wenn die bei McDonald's sitzen, glauben sie, sie wären in den USA, sie bezahlen Unsummen für teure Spaghetti in finnischen Restaurants… Und uns beschwindeln sie doch die ganze Zeit … Du willst gar nicht wissen, wie viele unterbezahlte Jobs ich schon gemacht habe … Aber Kimonos … Solche mit Bändern um die Hüfte und ein wenig Ausschnitt … Die können sowohl Männer als auch Frauen tragen, und dann brauchen wir noch ein paar kleine … Stell dir vor, wie niedlich … Kleine weiße Kinder in Kimonos, die bei uns Eintritt bezahlen … Hast du je was Schöneres gehört … Schluss jetzt … Mach dir keine Sorgen … Warum schaust du immer so besorgt drein … Und das Allerletzte … Hör jetzt zu, denn das hier ist genial … Draußen, am Eingang, brauchen wir eine Akzentwand, du weißt schon, Akzentwand? Das ist der Punkt auf dem i oder wie man das nennt … So eine Akzentwand … Die ist das Erste, was sie beim Reinkommen sehen … Wie ein Willkommensgruß … »Willkommen! Wie nett, wie nett!« Hahahahahaha … Und wenn sie abreisen, werden sie dort stehen und posieren wollen und Fotos machen … Ich verspreche, ich weiß genau, wie das aussehen wird, es gibt Tapeten mit japanischen Landschaften, es sieht so aus, als wäre man auf dem Land, ein Fluss mit strömendem Wasser, vielleicht irgendein Tempel … Hahahahaha … »gemütlich, gemütlich«! Die lieben sowas … Und wir müssen klug sein, wenn wir sie bedienen, oder wie nennt man das, weise, wir sind die weisen Frauen aus dem Dschungel … Vom Land, meine ich … Hahahahaha! Nein, aber weißt du, solche weisen Frauen, die Sachen sagen, an die die Leute selber noch nie gedacht haben, solche Sachen, die selbstverständlich klingen … Zum Beispiel, dass man Tee niemals mit zu heißem Wasser aufbrühen sollte, weil er sonst bitter schmeckt … Hast du das gewusst? Vielleicht gilt das nur für grünen Tee … Aber irgendjemand hat das gesagt … Wir müssen selbstbewusst sein, das ist das Wichtigste … Und dann sowas auf einer Linie wie… Das habe ich in einer Zeitung gelesen … Da stand, dass man, wenn man sich das Gesicht mit Seife wäscht … Aber wie sagt man da nochmal, Gesichtsreiniger … Wenn man Gesichtsreiniger benutzt … Da soll man angeblich … Also man nimmt ja normalerweise ein wenig von dieser Lösung oder soll man sagen, diesem Gesichtsreiniger, und dann schäumt man das so in den Händen auf, nicht wahr? Aber in dieser Zeitschrift stand, dass man das nicht tun soll, sondern dass man das Ganze besser direkt im Gesicht aufschäumt! Verstehst du? Die meinten, beim Aufschäumen passiert irgendwas, und machst du es in den Händen, dann kriegen die

Hände das, was das Gesicht haben sollte … Ich weiß nicht, ob das stimmt, klingt ja etwas eigenartig … Aber seit einiger Zeit mache ich es so … Also … Direkt im Gesicht aufschäumen … Seit dem Frühling mache ich das und schaue trotzdem immer noch so aus … Es könnte schlimmer sein, aber … Man ist ja immerhin keine Prinzessin mehr … Wenn wir ein SPA aufmachen, dann müssen wir allerdings an solche Sachen denken, dann ist es nämlich nicht egal, wie man aussieht … Wir müssen viel Wasser trinken … Joggen vielleicht … Hahahahahahaha … Wir werden joggen, du und ich … Alles fürs Business!

SIE MACHTE ES WIE WIR

Jeden Herbst verwandelte sich der große Kiesplatz hinter dem Schulpark zu einem Jahrmarkt. Wir gingen den ganzen Weg zu Fuß, Má und ich. Überall Autos und Mopeds. Die ungeduldigen Bewegungen der Jugendlichen. Beim Jahrmarkt angekommen, kauften wir uns Kringel und Lakritzschnüre, die wir dann vor den frischgeputzten Schaufenstern der Modegeschäfte aßen. Die Menschen scharten sich rund um die hell erleuchteten Zelte. Imbissbuden und Attraktionen. Junge, ausländische Männer schlenderten mit gigantischen Bündeln seltsam geformter Ballons durch die Menge.

Ein Stück weiter weg, vor demselben Schaufenster, stand eine einsame Frau. Die eine Hand ruhte auf einem Kinderwagen, in der anderen hielt sie einen Stab mit Zuckerwatte. Sie machte es wie wir: sie aß, blickte auf das lebendige Treiben auf dem Marktgelände.

Von ihr machte Má ein Foto.

Auf dem Foto ist die Frau eins mit dem Kinderwagen. Sie lehnt sich vor, der Kopf verschwindet zur Hälfte im Verdeck des Kinderwagens. Im Schaufenster spiegelt sich das gigantische Riesenrad; das Licht – es ähnelt der Flutlichtanlage eines Fußballstadions – schneidet durch die Dunkelheit. Die Frau und der Kinderwagen: ihr Kopf wie ein gigantischer Stein vor einem Höhleneingang. Aus dem Inneren des Verdecks hört man das glucksende Lachen des Kindes.

Die Teenager trieben in Schwärmen über das Jahrmarktgelände. Den meisten Trubel gab es dort, wo man mit Stoffbällen oder Spielzeugpistolen um die Wette schießen konnte. Je besser man schoss, desto schönere Preise bekam man. Der Hauptgewinn war ein riesiger Teddybär. Bei diesen Ständen sammelten sich immer große Menschentrauben: Familien, Jugendliche, Liebespaare.

Da stand ein Junge mit zusammengebissener Miene. Seine ersten beiden Würfe gingen daneben, grob daneben, er traf keine einzige Dose, aber beim dritten Wurf gelang es ihm, zwei von den sechs aufgestellten Dosen herunterzuschießen. Der Standbesitzer vergab den Preis, einen kleinen Panda, nicht größer als eine Faust, den der Junge sofort an das Mädchen, das neben ihm stand, weiterreichte. Da lehnte sie sich mit geschlossenen Augen an seine Schulter und küsste ihn auf den Hals. Irgendjemand jubelte. Mit leichten Schritten bewegten sich der Junge und das Mädchen hinein in das dunkle, von Finsternis umgebene Jahrmarktgelände. Das Licht der Karusselle zitterte im Rauch.

Die flatternden Herzen der Jugendlichen. Sie kamen in großen Gruppen, sie sperrten ihre Fahrräder ab, lehnten sie gegen den Zaun des Jahrmarktgeländes. Mit ihrem wiegenden, selbstbewussten Gang gingen sie auf die Volksmassen zu, und mir wurde klar, dass diese Jungs genauso aussahen wie er, dass Hieu einer von ihnen hätte sein können. Ich dachte an Laura. Vermisste er sie? Ich vermisste sie.

FIAT

Die Tage auf dem Rücksitz von Lan Phams Fiat, knapp am beleuchteten Sportpfad entlang, auf den matschigen Straßen, die sich vom Regen niemals zu erholen schienen. An frühen Abenden verließen wir die dichtbefahrenen Straßen und fuhren in Richtung Stadtrand, zum lichten Nadelwald in der Nähe des Badeplatzes. Wir fuhren mit offenen Fenstern und man konnte hören, wie das weiche Laub unter den Rädern plattgedrückt wurde. Der Sportpfad wurde von riesigen Lampen beleuchtet. Manchmal, wenn mir vom Fahren übel geworden war oder der Zucker meiner Pepsi mich schläfrig gemacht hatte, legte ich mich auf den Rücksitz.

An manchen Abenden fuhren wir unendlich langsam. Dann konnte man die Rentner in ihren Reflexwesten beobachten, und ihre freilaufenden, wohlerzogenen Hunde, die so schön am Boden saßen, still wie Steine, während wir vorbeifuhren. An anderen Abenden bewegten wir uns weit über dem Tempolimit. Die Straßen waren leer und alles war weich: der Untergrund, die laubgefüllten, matschigen Straßengräben, ja sogar die Baumstämme sahen weich aus, manchmal stellte ich mir vor, dass sie uns mit einer langsamen, wiegenden Umarmung auffangen würden, sollte Lan Pham die Kontrolle verlieren und wir in den Wald geschleudert werden.

Eines Abends wurden wir von der Polizei angehalten. Lan Pham stellte den Motor ab. Im Radio: klassische Musik. Aus dem Streifenwagen kletterte ein hochgewachsener Mann, seine blanken Stiefel schimmerten bläulich im Rückspiegel.

Der junge Polizist grinste. Er war glattrasiert, mit perfekt sitzender Frisur und hellen, klaren Augen.

»Was für ein Wetter heute Abend, Herr Kommissar.«

Lan Pham und ihre hohle, jungenhafte Stimme. Im Kommissar schien irgendetwas nachzugeben. Er räusperte sich. Er blickte mir in die Augen, dann Má, einem nach dem anderen, ein schweifender Blick, ehe er uns einen guten Abend wünschte.

Lan Pham schaute geradeaus, bereit, beide Hände auf dem Lenkrad.

Hatte er Angst vor ihr gehabt?

Mit durchdrehenden Reifen fuhren wir weiter.

Má starrte vor sich hin. Ihre Hände lagen in ihrem Schoß. Wieder und wieder musste Lan Pham ihr versichern, dass die Sache nicht weiter schlimm, dass es bloß eine Routinekontrolle gewesen sei.

Ich legte mich auf den Rücksitz. Wir fuhren heimwärts und irgendjemand machte das Radio aus.

In den Nächten konnte ich seine Sehnsucht sehen. Er wälzte sich im Schlaf hin und her, alles drehte sich immer noch um Laura, sie hatte uns nicht verlassen, noch nicht, wenn ich ihn anblickte, sah ich sie, und ich wusste, wie eine Eingebung fühlte ich es: Nichts konnte das Gefühl übertreffen, einer Versuchung zu widerstehen.

Nach diesen Autofahrten kaufte sich Lan Pham immer einen Stapel Zeitschriften, die Má und sie dann gemeinsam durchblätterten. Sie saßen in der Küche, manche waren hässlich, manche ekelhaft, manche *so süß*. Es waren vor allem weiße Männer: mit lockigen Haaren und Schnurrbärten, weiße, jungenhafte, glattrasierte Männer, weiße Männer mit nacktem Oberkörper und adrigen Armen.

Sportler.

Es war ein wildes Blättern. Erst als Hieu nach Hause kam, hörten sie damit auf.

Má schlug vor, sich ins Wohnzimmer zu setzen. Lan Pham nahm die Zeitschriften mit und Má setzte sich neben sie auf das Sofa. Sie blätterten den Rest durch.

Als Hieu seine Jacke aufgehängt hatte, fing Lan Pham plötzlich an, laut ins Zimmer hinein zu reden. Sie wolle etwas *erzählen*. Es war eine Geschichte, die sie von einer ihrer Cousinen in Qui Nhon gehört hatte. Sie handelte von einem alleinstehenden Vater, der in einem Dorf außerhalb der Stadt lebte. Tag für Tag lief er umher und jammerte laut, er zog das ganze Dorf in seine Geschichte mit rein, auch wenn gegen das, was ihm Kummer bereitete, weder er noch die Dorfbewohner etwas unternehmen konnten. Es war nämlich so, dass sein Sohn im Krankenhaus gelandet war. Der Vater war hingefahren, das Krankenhaus lag in der Stadt, und der Besuch hatte damit geendet, dass er seinen Sohn so laut angeschrien hatte, dass es von den Krankenhauskorridoren widergehallt hatte …

WAS HABE ICH FALSCH GEMACHT?

Aber der Sohn antwortete nicht. Der Vater wandte sich an den Arzt.

ER HAT GEDICHTE GESCHRIEBEN, BIS ER VERRÜCKT GEWORDEN IST!

ER HAT DAS TAXI UND SEINE FAMILIE VERLASSEN!

EINFACH SO!

Der Sohn hatte die Fähigkeit zu sprechen verloren, er sagte kein Wort, und nach diesem Besuch im Krankenhaus hatte der Vater allmählich angefangen, im Dorf Probleme zu machen.

Lan Pham imitierte den Vater und seine Schreie, wir saßen auf dem Sofa und sie schrie. Hieu stand in der Tür zur Küche und blickte auf den ausgeschalteten Fernseher.

Nach dem zweiten Krankenhausbesuch war der Vater durch das Dorf gewankt und hatte gejammert, sein Sohn habe Gedichte geschrieben und sei verrückt geworden, kein Wort habe er gesagt, nicht einmal zu seinem eigenen Vater, nicht ein Wort … Er habe Gedichte geschrieben …

Lan Pham war eine gute Erzählerin, sie sprach mit Einfühlungsvermögen und es war leicht, den Ereignissen zu folgen, aber gerade in diesem Moment schien es, als wollte sie einfach nur Ärger machen. An gewissen Tagen sah man ihr an, dass sie sich früher oder später ein Opfer suchen würde, auf das sie sich stürzen konnte. Erst, als Hieu gegangen war und die Tür zu unserem Zimmer zugeknallt hatte, hörte sie auf zu reden.

Ich blinzelte aus dem Wohnzimmerfenster. Es war einer der letzten Herbstabende. Wenn man richtig stillsaß, konnte man die Wärme des weiß blendenden Sonnenlichts im Gesicht spüren.

Gedichte!

AUCH MICH

Die Geräusche durch das offene Fenster an einem milden Tag. Beschleunigende Autos: Die Reifen quietschten und sie haben mich überfahren, auch mich haben sie überfahren.

Es war nicht das erste Mal, dass wir nicht wussten, wo Hieu sich herumtrieb. Manchmal blieb er nach dem Unterricht in der Schule, manchmal war er im *Tobaksmagasinet* und spielte mit den anderen Jungs Tony Hawk oder, wie Má es befürchtete, streunte durch die Stadt. Es konnten viele Stunden vergehen. Wir waren ans Nichtwissen gewöhnt. Wir gingen zu Bett wie immer, aber noch lange, nachdem es Schlafenszeit war, konnte ich Má in der Küche hören, wie sie Tee kochte und sich hinsetzte; ihre Teetasse holte und auf den Küchentisch stellte.

Am Morgen darauf, am Samstag, rief sie Frau Tuyet an. Frau Tuyet teilte ihr mit, ihre Tochter, die eine Klasse über Hieu zur Schule ging, könne sich nicht daran erinnern, ihn am Freitag gesehen zu haben. Má holte tief Luft und bat, direkt mit der Tochter sprechen zu dürfen. Sie fragte die Tochter, wie es ihr gehe, sagte, dass in der Schule hoffentlich alles zum Besten stehe, und dann fragte sie, ob die Tochter zufällig die Nummer von einem von Hieus Kumpels habe. Má sprach in einem sonderbaren Tonfall – es war eine Art Singsang –, der sie ungewöhnlich herzlich klingen ließ. Sie verstummte. Frau Tuyets Tochter redete. Má presste die Lippen zusammen, ihr Kiefer spannte sich. Ihre Wangen zuckten. Sie schüttelte den Kopf, schleppend, geistesabwesend; Má blickte hinunter auf ihre eigenen Füße und ich hörte die freundliche Stimme der Tochter aus dem Telefonhörer, sie redete und Má ließ den Hörer sinken – Frau Tuyets Tochter redete mit ihrer freundlichen Stimme in die Luft –, bis Má schließlich das Gespräch dadurch beendete, dass sie den Hörer auflegte.

Wir setzten uns vor das Telefonbuch und fingen an zu blättern. Er war nur eine Nacht fortgewesen.

Wer waren seine Freunde?

Sollten wir Laura anrufen?

Wie hieß Laura mit Familiennamen?

Wie hießen Lauras Eltern mit Vornamen?

Sollten wir seine Lehrer anrufen?

Wer waren seine Lehrer? Würde es in der Schule irgendwelche Konsequenzen für ihn haben, wenn sie es erfahren würden? Sie holte das Informationsblatt mit der Kontaktinformation des Schulpersonals. Das Blatt in der Hand, saß sie da und starrte auf das Telefon.

Sollten wir Gunnel anrufen?

Gunnel?

Má stand auf und wir verließen die Wohnung. Das Blättern war sinnlos. Ein unnützes Geflatter.

Beim Kiosk blieben wir stehen und kauften Zigaretten.

Es war windig, ich bekam den Rauch ins Gesicht.

Wir gingen zum Sportplatz.

Wir gingen zum Strand. Irgendjemand war immer am Strand.

Wir gingen zum *Tobaksmagasinet.* Vor dem Eingang stand eine Gruppe Jugendlicher, sie rauchten und tranken Red Bull. Ich betrat das riesige Backsteingebäude. Zum vietnamesischen Neujahrsfest war hier alles dunkelrot geschmückt gewesen. Jetzt: weiße Steinmauern, raue Säulen vom Boden zur Decke, keine Stühle. Ich lief in den zweiten Stock, zu den Spielräumen am Ende des Korridors, wo man XBox und PlayStation und Billard und Tischtennis spielen konnte. Alle redeten finnisch. Hinter einer verschlossenen Tür fand schon zum dritten Mal die jährliche Poesiewerkstatt statt. Das war das Herbstprogramm.

Má stand neben den Jugendlichen und rauchte. Sie sah mich die Treppen herunterkommen. Ich schüttelte den Kopf, sie schüttelte den Kopf.

Sie schlug die Hände vor die Augen. Sie nahm meine Hand und wir gingen.

Es war einer jener planlosen, rasenden Spaziergänge.

Wir liefen zur Fachhochschule und zurück ins Zentrum, vorbei an Schwimmbad und Fußballstadion. Wir liefen am Kanalufer entlang, wo die billigen Mietshäuser stehen. Aus den Waschküchen in den Kellern strömte warme Luft durch kleine, vergitterte Fenster. Má rauchte eine ganze Packung. Als wir in Loveret den Hügel hinaufgingen, auf der Straße, wo die gelben Hochhäuser mit den großen Fenstern und Kristalllüstern in den Treppenaufgängen anfingen, rauchte sie die letzte Zigarette.

Zigarettenrauch, Waschmittel.

Altes Heidekraut.

Äpfel in Haufen.

Wir hielten Ausschau.

Kinderwägen, ältere Paare, Hunde. Überall fremde Augen. Sie schauten lange, senkten den Blick und blickten wieder auf; glotzten, als könnten sie es nicht lassen. Ich ging neben Má, ich ließ sie ihren Arm um mich legen und für eine kurze Weile gingen wir so – mein Arm dicht um ihren gewunden –, bis sie ihren Griff löste.

Wir waren fast zu Hause, wir liefen um den Häuserblock.

Wir waren beide noch wach, als Hieu nach Hause kam. Er sagte nichts, er ging auf dem Weg ins Zimmer an uns vorbei, aber als Má ihn fragte, antwortete er sofort. Er sagte, er sei bei seiner Freundin gewesen.

Was für eine Freundin?

In dieser Nacht, als Hieu wieder in seinem Bett war, kamen erneut die Bilder zu mir, ohne Vorwarnung. Der erste Sommer. Ein Wunderbaum, der am Rückspiegel baumelte. Draußen die flimmernd grüne Landschaft. Sie hatten mich zurückgelassen und waren losgefahren. Eine Woche lang hatte ich bei Lan Phams Freundin in dem hohen Haus am Ende der Rådhusgatan gewohnt. Eine ganze Woche – während sie draußen im Wald gewesen waren, Má, Hieu, Lan Pham und Tante Tei Tei. So hat alles angefangen. Ich war zu klein für den Wald, ich habe alles versäumt: alles, was sie sahen, alles, was sie hörten.

ICH FÜHLE MICH STARK

Die Scheibenwischer wischen die Feuchtigkeit von der Windschutzscheibe. Stefans Auto ist groß. Ein stattliches Gefährt, geht es Má durch den Kopf, während sie sich hineinsetzt und Fahrersitz und Spiegel einstellt. Man sitzt so hoch oben.

Es ist Hochsommer.

Sie ist eine geübte Fahrerin, aber das Auto von jemand anderem zu fahren, bringt eine ganz besondere Verantwortung mit sich, und bereits in der ersten Kurve beginnen die Probleme. Die Lenkung ist schwergängig, das Auto landet fast zur Gänze in der Gegenspur. Sie muss die Hand vom Schalthebel nehmen und mit aller Kraft, beide Hände auf dem Lenkrad, zurücklenken. Hieu schreit und kichert laut.

Tante Tei Tei blickt gleichgültig drein, nicht wütend, nicht traurig, nicht belustigt. Während der ganzen Autofahrt sieht sie so aus, außer einmal, als sie sich bei einem Gedanken ertappt, der etwas mit ihr selbst zu tun hat. Da lächelt sie ein Lächeln, das allen anderen verborgen bleibt, ein sehr flüchtiges Lächeln. Sie lächelt, weil ihr das, was sie gedacht hat, so lächerlich vorkommt, und vor allem, weil es dabei um sie selbst geht. Sie hat gedacht: *Ich fühle mich stark.*

Sie haben sich zu viert auf die Vorderbank gezwängt. In einer Reihe: Má, Lan Pham, Hieu und Tante Tei Tei.

Má zündet sich eine Zigarette an, worauf Tante Tei Tei sie bittet, das Fenster herunterzukurbeln. Nach zwei Zügen zerrt Tante Tei Tei den Wunderbaum vom Rückspiegel und wirft ihn aus dem Fenster. Má zuckt zusammen. Das ist nicht gerade Tante Tei Teis Art, doch als sie ein wenig darüber nachdenkt, fragt sie sich allmählich: Was ist eigentlich Tante Tei Teis Art? Das hier ist ihr erstes gemeinsames Projekt im neuen Land, das zweite Mal, dass sie zusammen in einem Auto sitzen. Sie hatte vermutet, Tante Tei Tei habe wegen des Zigarettenrauchs lüften wollen, aber dass sie den Wunderbaum hinauswerfen würde …

Hieu ist aufgewacht. Er schaut aus dem Fenster und blinzelt, schärft den Blick. Bald sind sie da, an diesem kleinen, unbekannten Ort, an den Gunnel sie vor einer Woche geführt hat. Sie zweigen auf die Landstraße ab und es ist, als landeten sie auf einem anderen Kontinent. Innerhalb nur weniger Minuten verändert sich die Vegetation, Grün, so weit das Auge reicht, der Wald umwogt sie wie ein wallendes Meer. Der einschläfernde, glatte Asphalt hat sich aufgelöst und ist in Schotter übergegangen. Sie fahren lange durch das unbekannte Terrain, das Auto vibriert und wiegt Má allmählich in einen neuen Rhythmus ein. Der Puls sinkt. Als die anderen ihren Namen rufen, ist es, als erwachte sie aus einer Bewusstlosigkeit. Sie hält am Straßenrand und alle steigen aus. Die Türgriffe, die beim Wegfahren noch taunass waren, sind nun trocken und warm, es ist ein strahlender Nachmittag.

Hieu lacht unkontrolliert vor sich hin. Er erblickt einen Pfad und rennt los.

Má hüpft über den Straßengraben und tippt vorsichtig mit dem Fuß auf die Erde.

Der Boden ist trocken.

Sie geht ein Stück weit in den Wald. Sie bleibt stehen, sie schließt die Augen und atmet, so tief und langsam es nur geht. Die Luft hier ist wirklich anders. Fast kann man sie schmecken. Sie versucht, sich daran zu erinnern, was Gunnel ihnen erklärt hat, was sie gesagt hat. Sie hockt sich hin. Sie sieht eine Beere und dann noch ein paar weitere, gleich daneben. Sie wünscht sich, die Welt durch eine Wärmebildkamera betrachten zu können, in der nur Beeren sichtbar sind, sonst nichts. Lan Pham ruft von der anderen Seite der Straße. Sie ruft nach Má, und Má ruft zurück.

Lan Pham: *Was meinst du?*

Má: *Ich weiß nicht.*

Tante Tei Tei bleibt in der Nähe des Straßengrabens. Sie kauert sich vorsichtig hin, um an den jungen, weißen Blumen zu riechen, deren Knospen gerade aufgeblüht sind. Sie atmet durch die Nase ein und gibt einen scharfen, pfeifenden Laut von sich. Keiner hört ihn. Nicht einmal Hieu, der sich ganz in ihrer Nähe aufhält. Es hört auch keiner, wie sie still vor sich hinmurmelt: *Weiterfahren, weiterfahren.*

Sie fahren weiter und halten an drei Stellen, eine nicht von der anderen zu unterscheiden: hier und da ein wenig Lila und Blau, aber bei weitem keine solche Fülle wie damals auf dem Ausflug mit Gunnel. Sie sind immer noch guter Laune, aber die Ausgelassenheit, die sich bei ihrem Aufbruch eingestellt hatte, versickert allmählich. Wieder sitzen sie im Auto und vor ihnen windet sich endlos die Straße. Es dämmert. Sie vergeuden Zeit.

Sie vergeuden Zeit und Má ist kurz davor, aufzugeben. Sie würde es niemals laut sagen, aber sie beginnt sich zu fragen, ob das Ganze nicht einfach nur ein naiver Traum war, dem sie wie besessen nachgejagt sind und den sie jetzt vermutlich am besten loslassen sollten. Einfach alles loslassen … Sie haben Gunnel bereits gebeten, ihnen beim Beantragen einer Verkaufslizenz zu helfen. Má runzelt die Augenbrauen angesichts der undurchdringlichen Laublandschaft. Sie steckt mittendrin.

Da ergreift Tante Tei Tei das Wort. Ohne jeden Zweifel in der Stimme, ungeduldig, beinahe gereizt: *Jetzt, hier anhalten.* Má hält an, in einer einzigen Bewegung löst sie den Sicherheitsgurt, öffnet die Tür und rauscht hinaus. Sie tippt mit dem Fuß auf die Erde.

Einen Augenblick zuvor, genau zwischen Tante Tei Teis Anweisung anzuhalten und dem Anhalten selbst, haben sie alle denselben Gedanken gedacht, sogar Hieu hat sich gefragt: Wie kann sich Tante Tei Tei so sicher sein?

Sie steigen in einem Waldabschnitt aus, der scheinbar identisch ist mit den Stellen, an denen sie zuvor angehalten haben, doch irgendetwas ist anders. Alle steigen aus, sogar Lan Pham; gerade aufgewacht, etwas dösig. Vielleicht ist es nur das Licht, der Himmel, der sich zugezogen hat, aber irgendetwas ist anders.

Má tippt mit dem Fuß auf die Erde.

Der Boden ist feucht.

Blaulicht auf den Jalousien. Sechs Tage waren vergangen, seit Hieu endlich heimgekommen war. Nun stand ein Kommissar an der Tür: ein merkwürdig ruhiger, großer und schlaksiger Kommissar, etwas blass, mit einer leichten und sanften Stimme.

Keine Sirenen.

Er schien sich zu bemühen, deutlich, langsam und gerade so laut zu sprechen, dass wir ihn sicher verstehen konnten. Aber er war kaum zu hören. Ein nahezu betäubender Eindruck.

Má verstand, was er gesagt hatte, und sie wurde blass.

Durch das Fenster sahen wir Hieu mit dem Polizisten zum Auto gehen. Der Kollege des Polizisten öffnete die Tür zum Rücksitz, Hieu setzte sich mit eingezogenem Kopf hinein und sie fuhren davon.

Am Abend kam Má zu mir ins Zimmer, als ich mit meinem Geschichtsbuch am Schreibtisch saß. Es war ein Kapitel über die Wikingerzeit. Ich dachte an Laura. Eine bebende Sehnsucht. Má beugte sich über meine Schulter, hielt mich fest in den Armen und drückte ihr kaltes Gesicht gegen meins.

Ich dachte an Laura. Es war meine erste Sehnsucht, ich begriff es: Nichts hätte mich hindern können – wäre sie da gewesen, ich wäre aufgesprungen und auf sie zugestürzt.

Seit Hieu zugegeben hatte, dass er über Nacht bei seiner neuen Freundin gewesen war, hatte er kein Wort gesagt.

GESCHWOLLEN

Der Freitag ging in den Samstag über. Má war gefasst. Sie lief mit dem Staubwedel herum und staubte alles ab, was in ihrer Reichweite war. Sie polierte den Fernseher mit einem feuchten Lappen.

Sie wischte den Couchtisch ab.

Die Regale. Die Fensterbretter.

Das Schmutzwasser wurde weggeschüttet.

Wir putzten den ganzen Tag.

Ich half ihr in der Küche. Wir putzten den Mikrowellenherd – sie wischte das Innere aus, während ich mit der schweren Glasscheibe, die mir andauernd aus den Händen rutschte, an der Spüle stand. Danach, als es Zeit zum Abendessen war, wurde der frischpolierte Mikrowellenherd mit einer Pizza für jeden von uns eingeweiht. Wir aßen auf dem Sofa vor den klaren Fernsehbildern. Nachrichten: das Gewimmel auf dem Hauptplatz, der Präsident.

Hieu würde über Nacht wegbleiben. Das hatten sie am Telefon gesagt: dass er über Nacht würde bleiben müssen, nur eine Nacht. Nach diesem Gespräch blieb Má neben dem Telefon sitzen, ihre Hand lag auf dem Hörer, als würde sie noch einen Anruf erwarten.

Wie konnte es einen ganzen Tag dauern?

Was stellten sie ihm für Fragen?

Sie ging umher und redete monoton ununterbrochen mit sich selbst. In ihrem seltsamen Schwedisch wiederholte sie die Worte des Polizisten.

Freitag oder Samstag mit Má in der geputzten Wohnung. Kein Schweißgeruch, niemand, der andauernd irgendwelche Türen auf- und zumachte. In dieser Nacht träumte ich von Lan Pham, mehrmals denselben Traum, ein und dasselbe Bild von Hieu und Lan Pham: Hieu auf seinem Fahrrad, Lan Pham auf ihrem Moped. Im Traum fährt Lan Pham mit dem Moped auf einem schmalen Asphaltweg, der von winzigen Bäumen umgeben ist, es ist ein Wald oder ein dichtbewachsener Park. Hieu und ich sind weit hinter ihr, er tritt in die Pedale, ich sitze auf dem Gepäckträger, den Kopf zur Seite geneigt und die Arme fest um seine Hüfte geschlungen. Lan Pham ist schnell, man verliert sie aus den Augen, sie ist ein verschwindender Punkt am Horizont, kaum sichtbar, aber man erkennt sie an der Stimme, ihre dünne Stimme, die sich wie eine kristallene Haut über alles legt. Lan Pham vor uns auf ihrem rotglänzenden, metallischen Moped: hin und wieder dreht sie sich um und ruft uns etwas zu, sie tut es mit erstaunlichem Ernst – sie gibt alles –, aber man hört sie nicht. Hieu strampelt frenetisch, mein Griff um seine Hüfte wird fester, es geschieht reflexartig, mein Griff wird fester und ich merke, dass wir gleich groß sind, dass mein Körper so groß ist wie seiner, geschwollen, meine Arme ebenso kräftig und behaart, und genau da, zu Lan Phams kaum hörbaren, ängstlichen Rufen, wache ich auf.

WAS DER KOMMISSAR SAGTE

»Nun, es ist so, dass ein junges Fräulein in Oxhamns behauptet hat, Ihr Sohn habe sie geschlagen. Sie wurde ins Krankenhaus eingeliefert und erst gestern wieder entlassen.«

WIE UNTER WASSER

Lan Pham fährt auf ihrem Moped und dreht sich hin und wieder um, ihr Mund ist ein perfekter Kreis und sie spricht gedämpft, unhörbar, wie unter Wasser.

TOKYO STORY

Má war am Telefon, es war ein langes, zögerliches Gespräch. Nur ein paar Stunden später klingelte Herr Tèo an der Tür. Sie hatten über Hieu gesprochen.

Ich schlich mich in den Flur und stellte mich auf die Zehen, mit leicht gebogenen Fingern stützte ich mich an der Tür ab, beobachtete Herrn Tèo durch das Guckloch. Jetzt blickten er und ich einander an, ohne dass er es wusste. Er stand da und wartete. Er trug einen grauen Hut. Das dünne, schwarze Haar hing ihm in die hohe Stirn. Als er zum zweiten Mal klingelte, hielt ich mir die Ohren zu, er musste mich gehört haben, vielleicht hatte ich versehentlich an der Tür gekratzt, aber er blieb lange stehen, schaute vor sich hin, stumm und regungslos. Von Má war in der ganzen Wohnung kein Mucks zu hören.

Schließlich ging er wieder. Vorsichtig zog Má die Gardinen ein wenig zur Seite und wir sahen ihn den Hof überqueren. Als ich später zum Supermarkt gehen wollte, um Milch zu holen, entdeckte ich die Tüte, die am Türgriff hing. Es war eine braune Tüte mit einem Brief, ein weißes, dünnes Kuvert mit Más Namen darauf, und einer von einem breiten Gummiband zusammengehaltenen Papierrolle. Ich hängte die Tüte an die Innenseite und ging zum Supermarkt. Erst ein paar Tage später, als Hieu wieder zu Hause war, fiel mir die Veränderung in Más Schlafzimmer auf. Am Fußende des Bettes, neben dem rahmenlosen Spiegel an der ansonsten kahlen Wand, hing ein großes Plakat in matten, milchigen Farben, auf dem Vater und Tochter aus *Tokyo Story* abgebildet waren, dazu der Titel in weißen Buchstaben vor einem dunkelroten Hintergrund. Es war wunderschön, geradezu unwiderstehlich, wie sich die Morgensonne schräg über das Bild legte, von der rechten oberen Ecke hinunter zur linken unteren, über die Holzpantoffeln des Vaters.

ICH REISTE DURCH DAS LICHT

Hieu schlief wieder zu Hause. Erst zwei Tage waren vergangen seit dem Besuch des Polizisten, als alles noch wie immer gewesen war. Má nahm sich das ganze Wochenende frei. Es spiele keine Rolle, sagte sie, der Chef solle sie ruhig feuern, wenn er wolle, ihr Arbeitslosengeld würde sie ja doch bekommen. Er könne sie feuern, aber es gebe keinen Grund dafür, es gebe jede Menge Leute, die für sie einspringen könnten, wenn sie sich frei nehmen müsse. In Jakobstad wimmle es, so hörte man, von arbeitslosen Vietnamesen.

Manchmal konnte ich es bereits am frühen Abend ahnen: da lag ein silbriger Schein rund um die zerrissenen Wolken, ein seltsamer Glanz über dem Baum auf dem Hof. Später, vor dem Einschlafen, breitete es sich über mein ganzes Gesichtsfeld aus, meine Träume waren sichtbar, ehe ich sie träumte, ich wurde zwischen den Bildern hin- und hergeworfen; Erinnerungen, die nicht meine eigenen waren, ich reiste durch das Licht.

TANTE TEI TEIS NÄCHTLICHE BEWEGUNGEN

Im Laderaum des Autos ist es kalt. Werkzeugkisten, Holzgestelle, Furnierplatten, Arbeitskleidung, alles, was Gunnel und ihrem Mann gehört, haben sie in den Keller getragen und dort ordentlich an die Wände gestapelt. Tante Tei Tei rollt die weichen Matratzen aus und eilt hinaus an die frische Luft. Má legt sich hin, um sich auszuruhen. Sie schließt die Augen, bald ist Schlafenszeit, aber in ihr rast es, aus der Brust schießen Strahlen empor und schlagen gegen ihre Augenlider; ein Puls, der mit jedem Schlag aufflammt, bis sie schließlich die Augen öffnen muss.

Sie blickt sich um. Die Sonne ist untergegangen, aber noch ist alles erkennbar. Für ein Auto ist es hier drinnen geräumig. Zwei Säcke mit Kleidern, Tüten mit Essen. Der Stapel leerer Eimer. Die graubraune Landstraße zu ihren Füßen, den bereits mit Mückenstichen übersäten Füßen, die sie aneinanderreibt. Sie dreht den Kopf zur Seite, schließt die Augen, öffnet sie langsam. Im endlosen Grün fällt ihr Blick auf eine schwebende, schwankende Gestalt, sie bewegt sich auf eigentümliche Weise, wie ein gigantischer Schmetterling; ein sorgloser, seltsamer Schmetterling, der sich weiter und weiter entfernt. Es ist Tante Tei Tei in ihrer purpurfarbenen Steppjacke. Darüber lacht Má, über Tante Tei Tei und ihre Bewegungen. Sie weiß, dass auch Hieu im Wald ist, sie kann ihn nicht hören, aber sie weiß, dass er dort ist, und sie weiß, was er dort sieht, während er durch die Heidelbeersträucher huscht. Sie weiß, was er sieht, denn sie hat es selbst gesehen, und das, was sie gesehen hat, hat sie veranlasst, zurückzugehen und sich auszuruhen. Der flammende Puls hat sich noch nicht gelegt. Wenn sie die Augen zumacht, sieht sie vor ihrem inneren Auge, was Hieu sieht: das weiche Heidelbeerfeld – wogend und leuchtend –, das sie schließlich dazu zwingt, die Augen zu öffnen. Sie schließt sie wieder, dreht sich auf die andere Seite. Bald muss sie weiterarbeiten. Jetzt ruht sie sich aus.

Eine schier endlose Dämmerung. Erst nach vielen Stunden legen sie sich schlafen. Má hat an der Decke des Laderaums eine kleine Taschenlampe befestigt – nicht größer als ein Daumen –, die nun mit ihrem matten Schein an einem Haken baumelt. *Was für ein Tag.* Sie möchte es sagen, laut, aber dann lässt sie es bleiben. Lan Pham liegt an der Wand – in ihren Schlafsack eingerollt, sie schläft schon lange – und Tante Tei Tei vorne, quer über die heruntergeklappten Sitze der Vorderbank. Hieu hat seinen Platz hinten, auf seiner eigenen kleinen Matratze. Arme und Beine ragen wild in alle Richtungen. Má zieht die Decke über ihn. Er liegt auf dem Rücken und atmet leicht pfeifend durch die Nase. Sie schaut ihn an, horcht auf die Geräusche, die er macht: ist es Winseln? Als wollte sie sich von diesem Horchen losreißen, macht sie schließlich das Licht aus und kriecht in ihren Schlafsack. Was für ein Tag. Den ganzen Tag haben sie gearbeitet, den ganzen Abend, und morgen geht es weiter. Die kleinen Geräusche im Laderaum: Hieus Atemzüge, das Rascheln der Schlafsäcke, der eine oder andere Windstoß, rauschende Baumkronen, ein kaum wahrnehmbares Brausen, das sie alle in die Nacht wiegt. Sanft verklingende Flügelschläge. Ein ferner Schrei, vielleicht eine Eule. Sie lauscht den Geräuschen. Es dauert nicht lange, nach einer Weile gewöhnt man sich an die Dunkelheit, sieht allmählich besser. Durch das Fenster, das den Laderaum vom vorderen Teil des Autos abtrennt, fällt ihr Blick auf Tante Tei Teis nächtliche Bewegungen: Tante Tei Tei, die sich aufsetzt, sich umdreht, innehält, abwartet.

Kurz vor dem Einschlafen hört Má, wie jemand die Beifahrertür schließt, es ist ein langsames Schließen, so still und lautlos, dass man die Tür nicht einrasten hört – zuerst hört man das dumpfe, heulende Sausen des Waldes, dann hört man es nicht mehr.

AUF

Mikael wohnte in einem der seltsamen Häuser auf dem Wohnbaumessegelände. Eines hinter dem anderen standen sie aufgereiht an der gewundenen Asphaltstraße, die so schmal war, dass die Autos kaum aneinander vorbeifahren konnten. Seine Schwester war ins Ausland gezogen und seine Eltern arbeiteten beide jeden Tag von früh bis spät. Das Haus hatte zwei Etagen, ein rotes Dach und große Glasfenster zum Garten hinter dem Haus. Direkt daneben lag ein Spielplatz mit großen Bäumen und einem Teich, in dem im Sommer Goldfische schwammen. Das Viertel hatte den Namen Europa erhalten. Nach der Schule fuhren Atdhe und Mikael und ich mit unseren Fahrrädern zu dem seltsamen Haus und spielten auf dem Computer seines Vaters FIFA 2000. An manchen Tagen spielten wir im Schuppen bei der Garteneinfahrt Tischtennis. Mitten unter den Gartenmöbeln und dem Werkzeug hatten sie einen kleinen Tisch aufgestellt. Atdhe hielt den Schläger so, wie er es bei den Chinesen im Fernsehen gesehen hatte.

Einmal schalteten wir den großen Fernseher im Wohnzimmer ein, als gerade die Reprise eines Spiels von 1997 gezeigt wurde, Finnland gegen Ungarn, in Helsinki. In den Schlussminuten hatte Finnland ein Eigentor geschossen. Kurz darauf hatte der Schiedsrichter das Spiel abgepfiffen. Es regnete. Der Kommentator redete finnisch. Es klang, als würde er weinen.

Die Finnen und Fußball …

Wir machten den Fernseher aus und gingen ins Arbeitszimmer von Mikaels Papa und spielten FIFA.

Wir hatten unsere Lieblingsteams. Atdhe wollte immer Frankreich sein. Mikael mochte Argentinien. Ich wählte manchmal Nigeria, dann rollten die beiden mit den Augen. Es war eine ungewöhnliche Wahl, die, nachdem Nigeria keine Top-Mannschaft war, ihre Siege über mich weniger wertvoll machte. Ich wählte Nigeria wegen Jay-Jay Okocha, dem besten Dribbler der Welt. Bei mehreren Gelegenheiten versuchte ich, seine Paradefinte hinzubekommen: Sohle und Übersteiger, eine Finte, mit der er die dänische Verteidigung in der WM blamiert hatte. Fast war es mir egal, ob ich die Matches gewann oder nicht, solange mir nur das Dribbling gelang.

Wenn Mikael und Atdhe gegeneinander spielten, machte ich mir einen Spaß daraus, die beiden aufzustacheln oder, wie man so schön sagt, ihre Gefühle anzuheizen. Einmal sagte ich aus Versehen einen merkwürdigen Satz, der zur Folge hatte, dass es im Zimmer auf einmal sehr lebendig wurde. Atdhe hatte sich gerade mit Emmanuel Petit freigespielt – einem nicht gerade schnellen Typen – und ich rief Mikael zu, er solle ihn *auf*schneiden. Das änderte unsere Stimmung radikal. Wir lachten wie verrückt. Wir redeten immer lauter und riefen wild durcheinander, einer beendete die Sätze des anderen. Von nun an lag eine besondere Heiterkeit in der Art, wie wir miteinander redeten. Den restlichen Tag, und mehrere Monate lang, experimentierten wir mit diesem *auf*.

Wenn man frei war, im Zweikampf gegen den Torhüter, brauchte man diesen einfach *auf*zuschmatzen.

Wenn der gegnerische Stürmer frei war, konnte man ihn wie gesagt *auf*schneiden.

Wenn der Schiedsrichter parteiisch wirkte, hatte man ihn vermutlich *auf*geschmiert.

Stand man allzu vielen Verteidigern gegenüber und konnte deshalb nicht passen, dann lohnte es sich, sie *auf*zutricksen.

Und so weiter, und so weiter.

Mikael und Atdhe spielten, bis sie ins Schwitzen kamen, sie keuchten und fluchten. Ich pushte sie hoch. Es war schwindelerregend, wie man mit so wenigen Worten eine so große Wirkung erzielen konnte.

Auf den äußersten Enden der Zweige saßen die Vögel mit ihren blau-gelben, gesprenkelten Federn. Ich strich mit den Händen über Más ungewaschene Haare. Sie hob sachte den Kopf, streifte mit dem Pulloverärmel über die Augen. Sie stand auf und ging in ihr Zimmer. Raschelnde Bettlaken. Ich blieb sitzen und betrachtete die schönen Vögel.

Blaumeisen.

Wo war Hieu?

Es war ein langer Nachmittag. Nichts passierte. Má kam aus dem Schlafzimmer und sagte Hieus Namen. Sie redete mit mir, sagte aber seinen Namen. Manchmal wirkte es, als müsse sie erst raten, welcher Name zu wem gehörte: Wollte sie etwas von Hieu, dann kam es vor, dass sie zuerst meinen Namen sagte, dann seinen, wollte sie etwas von mir, dann sagte sie manchmal seinen Namen zuerst und dann meinen.

Am Abend sollten wir einen Spaziergang zu Lan Pham machen. Má trat hastig auf die Straße. Ein wolkenloser, lauer Sonntag. Wir hatten uns herausgeputzt, als würden wir in die Kirche gehen: Má in schwarzer Strumpfhose und einem langen, grünen Kleid, ich mit einem hellblauen Hemd und einer dünnen, grauen Baumwollweste. Lan Pham wohnte in Skutnäs und wir schienen es eilig zu haben. Má hielt mich fest an der Hand, das Gesicht abgewandt. Ich beobachtete sie genau.

Die Bewegungen der Hüfte, das Zucken in ihren Armen, wenn sie meine Hand drückte.

Ein langsam wachsender Schweißfleck zwischen den Schulterblättern.

Die Haare zu einem Knoten aufgesteckt, der jederzeit aufgehen konnte.

Stockrosen, Gruppen rauchender Jugendlicher. Auf den Bänken vor dem Friedhof saßen alte Tanten und Onkels mit hochgekrempelten Ärmeln und geschlossenen Augen in der Sonne, ihre Gesichter sahen aus wie Teller, nebeneinander aufgereiht, unbeweglich im Sonnenschein.

Es war eine Straße, auf der ich unzählige Male mit dem Fahrrad gefahren war. An ihrem Ende lag die Vestersundsby Schule mit dem Eishockey- und dem Fußballfeld. Ich bildete mir ein, die Rufe hören zu können, das Lachen, die Trillerpfeifen.

Wir beeilten uns, Má und ich.

Ich musste an Atdhe und Juri und Besnik und Jürgen denken. Ich dachte an sie und an Sequenzen unserer Spiele auf dem Vestersundsby-Feld; diese seltenen Momente ausgelassenen, unglaublich intensiven Spiels. Schwärme von Insekten hatten um uns herumgeschwirrt; Mücken und Kriebelmücken, die es selbst den Allerfaulsten unmöglich machten, stillzustehen. Daraus hatten sich ständig wechselnde Formationen von Spielern ergeben, die sich wie Wellen hin und her bewegten, in rasendem Tempo. Die Rollenverteilung hatte sich gelockert, wir tauschten Positionen, warfen uns ins Gras, schnaubten und schrien. Über allem lag ein ungewöhnlich befreiender Ernst: Das Schwierige zu versuchen war, selbst wenn es missglücken sollte, ein Beweis von Ehrgeiz.

Knapp vor den niedrigen Holzhäusern bogen wir auf einen Kiespfad ab, der zu dem Hochhaus führte, in dem Lan Pham wohnte. Má schnappte nach Luft. Sie ließ meine Hand los und nahm den Lippenstift heraus, zog ihn aus der Hülse.

Es war ein Treppenhaus ohne jede Verzierung, die Eingangshalle von etwas erleuchtet, das einer Schlafzimmerlampe ähnelte, und es roch nach saurer Milch. Auf dem Treppenabsatz zwischen dem ersten und zweiten Stock schloss ich die Augen. Da waren sie wieder, die Spielsequenzen, wie scharfe, bewegliche Fotografien. Wir standen im zweiten Stock vor Lan Phams Tür und ich hatte die Augen geschlossen. Der Doppelpass zwischen mir und Juri, meine Finte und der Schuss, der direkt darauf folgte, die Grasbüschel auf dem frischgemähten Rasen, die Neonwesten … Má klingelte. Sie rang sich eine Art nervöses Lächeln ab. Als sich die Tür langsam öffnete, strahlte sie noch etwas mehr. Für einen Augenblick war es im Treppenhaus mucksmäuschenstill. Má streckte die Hand aus und stieß vorsichtig die Tür auf. Lan Pham hatte Tränensäcke unter den Augen. Sie winkte uns hinter sich her, während sie im Inneren der Wohnung verschwand.

Ich habe nicht aufgeräumt.

Sie trug einen türkisfarbenen Morgenmantel und eine Lederhose. Wir setzten uns ins Wohnzimmer. Überall standen Gläser und Plastikbecher und Dosen herum, die sie im Gehen aufsammelte. Wir sollten uns setzen und uns entspannen, während sie Kaffee machte.

Familienfotos, Quittungen, Reklamezeitschriften, die *Jakobstadszeitung* … ein gemachtes Bett, beige Laken. Es war eine normale Wohnung, nichts Merkwürdiges, es sah ungefähr so aus wie bei uns, auch die Küche, sie hatte viele Tassen und alle möglichen Gerätschaften, die mit Kaffee zu tun hatten, aber sonst war alles ganz normal. Außer dem Balkon. Der bot einen unerhörten Anblick: wir waren gerade dabei, Tassen und Teller hinauszutragen, als ich wie erstarrt in der Türöffnung stehen blieb. Lan Phams Balkon war ein unwahrscheinlicher Garten: ein Blütenschwall in prächtigen Farben, hohe Schlingpflanzen mit dicken Stämmen, Chilis und Zitrusbäume. Da draußen konnte man sich verlieren, eingehüllt in die Farben, von ihnen verschluckt.

Wir zwängten uns rund um den Holztisch, auf dem gerade mal genug Platz war, um das Kaffeeservice hinzustellen. Sie tranken Kaffee, ich bekam Rooibos, ein Getränk mit *vielen Antioxidantien* – Lan Pham hatte extra für mich eine Kanne zubereitet und ich leerte das süße Getränk tassenweise in mich hinein. Einmal deutete Má mit der Hand in Richtung einer rotgesprenkelten, riesigen Blume. Sie näherte sich der Blüte, berührte sie mit übertriebener Behutsamkeit.

Es dämmerte bereits. Má saß mit gekreuzten Beinen hinten an der Balkonwand und zündete sich eine Zigarette an. Lan Pham beklagte sich über die Aussicht. Sie meinte, es gebe nichts zu sehen, *aber* – sie beugte sich über das Balkongeländer und deutete um die Ecke, in Richtung der Straße hinter dem Haus – *von hier aus!*

Sie zeigte auf ein älteres Paar und ihre beiden Hunde.

Richtig ekelhafte Hunde … Hahahaha!

Ihr Lachen hallte über die Straße. Die Hundebesitzer schauten zu uns herauf und beeilten sich, weiterzukommen. Má blickte in den Himmel und lachte still. Ich trank den letzten Rest von meinem Rooibos und ich spürte es, es lag in der Luft: Alles war ungeheuer lustig.

Lan Pham ging hinein und räumte fertig auf. Má und ich blieben in der lauen Sommerabenddämmerung zurück. Wir blickten auf die fernen Baumwipfel, Espen, in Reihen standen sie auf dem Friedhof, das Nachbarhaus mit seinen identischen Eingangstoren, der Fahrradschuppen, der Rasen, das Gestell mit den Schaukeln. Ich beobachtete Lan Pham durch die Fensterscheibe. Sie holte den Staubsauger hervor, steckte den Stecker in die Steckdose. Sie hatte ihren Morgenmantel ausgezogen, sie trottete im BH und in ihrer schwarzen, enganliegenden Lederhose durch die Wohnung. Man sah ihren Bauch. Die Muttermale. Die nackten, braungebrannten Schultern. Má nutzte die Gelegenheit, um zu rauchen. Es waren Lan Phams Zigaretten, die neben dem Aschenbecher lagen, Má rauchte drei hintereinander.

Lan Pham hatte fertig geputzt.

Sie saß im Lehnstuhl und winkte uns herein.

Má und ich setzten uns auf das Sofa.

Sie fingen an, über Hieu zu reden. Damit ging es los.

Ich: in einer Zeitschrift blätternd.

Má: nach drei hastig gerauchten Zigaretten.

Lan Pham: in ihrer Lederhose.

Má wirkte, zunächst, besonnen.

Erst, als sie ein zusammengefaltetes Stück Papier aus der Tasche zog und Lan Pham bat, ein paar Sätze zu übersetzen, geriet alles ins Stocken. Der Polizeistempel auf dem Umschlag. Lan Pham faltete das Papier auseinander. Sie verdrehte die Augen. Es falle ihr schwer zu verstehen, sagte sie, weshalb sie diese Sätze übersetzen solle. Warum hatte Má nicht einen von uns, Hieu oder mich, darum gebeten?

Der Kleine hier kann das machen! Warum schaust du so jämmerlich drein?

Sie zeigte mit ihrem roten Fingernagel auf mich.

Dafür sei ich zu klein, antwortete Má, immer noch mit ruhiger Stimme, und genau in diesem Moment, noch ehe Má ihren Satz zu Ende gesprochen hatte, fing Lan Pham mit diesen unangebrachten Fragen an.

Für wen hältst du mich eigentlich?

und:

Bin ich etwa bei der Arbeit? Sehe ich gerade aus wie eine Dolmetscherin?

Sieht das hier aus wie meine Uniform?

Ich ging hinaus und setzte mich zwischen die Blumen auf den Balkon.

Drinnen wurde es lauter.

Ich legte mich auf die schmale Bank und blinzelte. Die Sonnenblumen ragten in den grauen Himmel, die dunklen Blumenkreise mit ihren langsam pulsierenden Konturen. Die Stimmen der Kinder vom nahegelegenen Spielplatz. Autos.

Má sprach jetzt lauter. Sie beschuldigte Lan Pham, sich *schlecht benommen* zu haben. Dass Hieu dieses Mädchen geschlagen habe, daran sei Lan Pham schuld.

Während unseres ganzen Besuchs war Lan Pham ungewöhnlich schweigsam und ruhig gewesen – etwas Gleichgültiges in ihren Bewegungen –, aber als Má diese Sache über Hieu sagte, nämlich dass Lan Pham schuld an dem sei, was er getan hatte, stellte sie ihre Kaffeetasse mit einem Knall auf den Tisch. Sie stand auf. Sie fing an zu schreien. Sie gestikulierte mit den Armen. Sie fragte, ob es etwa auch ihre Schuld sei, dass Má Hieu bis zu seinem vierten Lebensjahr die Brust gegeben habe.

Hin und her.

Sie machten weiter.

Das Ganze endete damit, dass Lan Pham eine Ansprache hielt, in der sie Má nahelegte, ihre Worte mit Bedacht zu wählen, sie könne nicht einfach sagen, was sie wolle, nur weil es ihr zur Zeit nicht gut gehe, es sei *absurd*, dass Má ihr die Schuld in die Schuhe schieben wolle. Es folgte ein langes Schweigen. Ich lag auf der Balkonbank und wartete. Die grellen Farben der Blumen. Trotz der Kühle schienen sie vor Hitze zu vibrieren.

Was hatte Lan Pham getan?

Wie konnte es ihre Schuld sein?

Als ich mich etwas später umdrehte und einen Blick in die Wohnung warf, war das Sofa leer. Sie saßen auf dem Lehnstuhl, zusammengekauert, Má und Lan Pham, gleichsam aufeinander, in einer Umarmung, Más Hand auf Lan Phams Schulter. Waren ihre Augen geschlossen? Ich trug das Tablett mit dem Kaffeeservice hinein, auf dem ganzen Weg bis in die Küche blickte ich auf das klirrende Porzellan.

Lan Pham hatte wirklich ordentlich saubergemacht. Sogar im Flur hatte sie staubgesaugt, die Schuhe zurück ins Schuhregal gestellt, alles weggeräumt, was herumgelegen war, sie hatte abgewaschen, die Geschirrtücher zusammengefaltet.

Draußen war es dunkel.

Má und Lan Pham standen vom Lehnstuhl auf und kamen zu mir in den Flur. Wir zogen uns die Schuhe an, umarmten einander kurz und dann gingen Má und ich die Treppe hinunter.

Wir traten auf die Straße, gingen sehr langsam – ein beherrschter Spaziergang –, bis wir hinter uns hastende Schritte hörten und uns umdrehten und Lan Pham in Morgenmantel und Hausschuhen vor uns stand und Má sich ihr um den Hals warf. Wir alle waren sommerlich gekleidet, standen mit unserer dünnen, flatternden Kleidung mitten auf der Straße: ich im Hemd, Má im Kleid, Lan Pham im Morgenmantel. Die Straße war vollkommen leer. Wir standen nah beieinander: Má und Lan Pham, die Arme umeinander geschlungen. Más Atem ging flach und schnell, sie wollte etwas sagen, und dann, als sie atemlos und flüsternd das Wort ergriff, blickte sie mir geradewegs in die Augen, aber es war, als spräche sie mit jemand anderem, denn das, was sie sagte, war nicht zu verstehen.

Ich musste an meinen Mann denken … Wir waren mit den Kindern spazieren … Wir blieben bei den Wollbäumen stehen … Wir sahen ihnen beim Schlafen zu … Ich war glücklich …

Von der Straße sah Lan Phams unwahrscheinlicher Balkon aus wie jeder andere: ein paar über das Geländer ragende Zweige, einzelne Farbkleckse zwischen den Streben. Lan Pham fragte, ob wir nicht noch einmal hinaufkommen wollten, sie könne uns einen Tee machen – aber es war zu spät, wir hätten ohnehin schon längst gehen müssen und ich hatte doch Schule, und Hieu auch.

KEIN KAFFEE

Wir hatten dort auf der leeren Gasse gestanden und Má war mit den Händen unter Lan Phams Morgenmantel geschlüpft. Unter dem blauen Seidenstoff hatten sich Más Finger in Lan Phams Schulterblätter gegraben.

Ich musste an meinen Mann denken … Wir waren mit den Kindern spazieren … Wir blieben bei den Wollbäumen stehen … Wir sahen ihnen beim Schlafen zu … Ich war glücklich …

Ich stand so nah bei ihnen, ich konnte sie atmen hören.

Sie umarmten sich dort auf der Straße und wir gingen nach Hause. Dann wurde es still. Lan Pham ließ nichts mehr von sich hören. Má stellte Lan Phams Kaffeeservice weit hinten in den Schrank. Má hatte Lan Pham ins Ohr geflüstert und ich hatte alles gehört, aber danach: keine Spazierfahrten mehr in ihrem Fiat, keine spontanen Besuche, kein Kaffee. Sie hatte Hieu und seinen Freund vor dem Supermarkt getroffen. Sie hatte ihnen Tipps gegeben, wie man Mädchen rumkriegt, hatte gesagt, sie müssten sich nehmen, was sie haben wollten.

Ich stellte mir Lan Pham draußen im Wald vor. Lan Pham im Wald: stumm und, tatsächlich, völlig farblos.

Der erste richtige Arbeitstag. Sie bleiben nahe beieinander. Hieu hat einen eigenen Becher, er hat einen in Kindergröße bekommen, den er schnell, noch vor der ersten Essenspause, gefüllt hat. Er läuft eifrig auf den Laderaum zu. Er tut es, ohne zu fragen: geht zu den großen, leeren Plastikeimern, leert vorsichtig die ersten Beeren hinein, Blau auf Weiß, und die Beeren bilden eine dünne Schicht auf dem Eimerboden. Er springt aus dem Auto, zieht die Seitentür zu, und mit einem Plumps klettert er hinaus in den Kies. Má, Lan Pham, Tante Tei Tei, alle sind in Sichtweite: verschwindend kleine Punkte in der unfasslich hellen Landschaft.

Má stellt den Eimer mit dem Beerenkamm auf die Erde. Mit den nun freien Händen erschlägt sie die Mücken auf ihren Armen, eine nach der anderen. Sie ärgert sich über ihre Kleiderwahl. Sie trägt ein langes Faltenkleid und eine Strumpfhose, die für die Mücken leicht zu durchstechen ist. Sie hat eine Arbeitshose mitgebracht, die ist im Auto in ihrem Rucksack, keinem würde es auffallen, wenn sie jetzt zum Auto ginge, um sich umzuziehen, alle sind beschäftigt, sind mittendrin, jeder an seinem Ort, aber sie ziert sich, zögert, hockt sich hin. Rund um sie türmen sich die Heidelbeerbüsche, sie betrachtet sie aus der Nähe, die rotgelb schimmernden Blätter, die sich zur Sonne drehen, ein Anblick, der sie an Mandarinenbäume erinnert. Sanft nimmt sie eine Beere zwischen die Finger. Es ist ein ausgezeichnetes Exemplar – symmetrische Kugel, glatte Oberfläche –, das sie zwischen den Zähnen zermalmt und dann langsam auf der Zunge zergehen lässt. So bleibt sie sitzen, in der Hocke, offensichtlich zerstreut.

Es ist dieser flammende Puls.

Die Heidelbeersträucher. Die violetten, dunklen, leuchtenden Beeren.

Dort ist Hieu. Dort ist Lan Pham. Mit gleichmäßigen Abständen schauen die beiden in Más Richtung. Wenn irgendetwas passieren soll, dann muss sie es zulassen, denkt sie. Von der Sonne geblendet – bereits rot, hoch am Himmel, gefiltert durch die Zweige der fremden Bäume – beschließt Má, aufzustehen und sich umziehen zu gehen.

Wie sich herausstellt, ist sie zu groß, die Arbeitshose. Má bindet sie sich mit einem Band um die Hüfte, krempelt die Hosenbeine hoch, wiederholte Male tut sie das, krempelt die Hosenbeine hoch, die wieder herunterfallen und über die Erde schleifen und im stacheligen Gestrüpp des Fichtenwalds hängenbleiben.

Lan Pham hat irgendwo gehört, die Heidelbeeren hätten dieses Jahr bereits im Mai geblüht, die Frühjahrswärme sei so konstant gewesen, dass die Beeren keinem Nachtfrost ausgesetzt gewesen seien. Frühjahrswärme, ein paar milde Nächte im Mai, und jetzt das hier … Wie ist es dazu gekommen? Lan Pham wird nicht recht klug daraus. Es ergibt keinen Sinn, und das ist etwas, das sie, tatsächlich, frustriert, sie ist frustriert von diesem Nicht-Wissen. Womit haben sie es hier zu tun? Können ein paar milde Mainächte ihnen all dies geschenkt haben? Ein paar milde Mainächte … Sie sucht über die Sprachgrenzen hinweg. Es gibt kein besseres Wort, jedenfalls nichts, was ihr jetzt einfallen würde: womit sie es hier zu tun haben, ist eine »Flut«, wie in »überfluten«.

Má kann sich dank ihrer Arbeitshose endlich frei und leicht bewegen. Die Hose ist grün, mit tiefen Taschen. Sie hält Ausschau nach den anderen, sie erblickt Lan Pham und sie vergleicht Lan Phams Kleidung mit ihrer eigenen und ihr wird klar, dass alle, sogar Tante Tei Tei und Hieu, lange Hosen und Steppjacken tragen, sodass man es fast eine Uniform nennen könnte. Das mit den uniformen Klamotten findet sie höchst unterhaltsam. Unbeschwert bückt sie sich und zieht den Beerenkamm durch die Heidelbeeren, füllt ihren Eimer rasch bis zum Rand. Es geht wie von selbst, sie muss kaum hinsehen.

Hieu bewegt sich über den sumpfigen Untergrund. Er hält nach dem nächsten Wasserloch Ausschau. Es gibt mehrere, das weiß er, denn eines hat er gerade gefunden. Er ist einfach darauf gestoßen, fast wäre er hineingetreten, es war versteckt, tief und dunkel von den Schatten der Bäume, die sich über das graue Wasser beugten, das so still war, dass man sich darin spiegeln konnte. Er hat gefunden, ohne zu suchen. Das Spiegelbild: sein Gesicht zwischen den Baumstämmen; der graue Glanz. Jetzt sucht er. So ist es leichter, denkt er, zu finden, wenn man sucht.

BIOLOGIE

So wie sich manche im Schwimmbad nicht in die Nähe der tiefen Becken wagten, so fürchteten wir uns vor dem Wald. Beim Orientierungslauf konnte man laufen – man bekam eine Karte, man trug Turnschuhe und konnte das Ganze als eine Art Spiel betrachten. Wenn wir Biologie hatten, standen wir in einem Halbkreis und Malin redete lange über dies und das, wir sollten lernen, verschiedene Pflanzenarten an ihrem Geruch und Geschmack zu erkennen, und uns merken, wie sie im Herbst, Winter, Frühling und Sommer aussahen. Es war keine akute Angst. Der Lockanberg, die Fichten im Hamnskogen … Nach unzähligen Ausflügen war uns der Ort mehr oder weniger vertraut. Ich fixierte die ausgeschalteten Flutlichtlampen an den Spitzen der Masten entlang des Sportpfads. In gleichmäßigen Abständen ermahnte uns Malin zur Aufmerksamkeit. »Hört mal« und »seht her« und »jetzt hört mal zu«. Es war schwer zu gehorchen.

Malin, neben einem Baumstumpf: Jahresringe.

Malin, neben einer umgestürzten Fichte: Windbruch.

Malin, neben einem Ameisenhaufen hockend: Königinnen.

Wir blickten umher, ich und noch ein paar andere, über uns lag eine Art zwanghafter Unruhe.

Die ganze Klasse ging in einem gesammelten Trupp zurück. An der Ampel kam ich neben Malin zu stehen. Der Himmel färbte sich grau. Sie drehte sich zu mir und fragte, ob ich Interesse hätte, in der Naturschule Kvarken mitzumachen. Sie erwähnte irgendwelche Frühlingsausflüge und ein Sommerlager. Nachdem mir nicht klar war, ob die Frage ernst gemeint war, lächelte ich ein freundliches Lächeln zur Antwort, eines von der Sorte, die alles bedeuten kann.

MALINS TIRADE

Ja hört mal … Jetzt stehen wir also hier … Und wir können wohl sagen … Ich möchte, dass ihr über eine Sache nachdenkt … Es ist nämlich so … Man glaubt, alles zu wissen, aber eigentlich tut man das gar nicht … Einerseits gibt es über Tiere und Insekten jede Menge Vermutungen … Übrigens auch über Pflanzen … Durchaus … Aber jetzt wollen wir mal bei den Tieren und Insekten bleiben … Ich weiß, viele von euch haben Haustiere … Hunde und Katzen … Kaninchen … Papageien … Ja … Hamster … Und manchmal fragt man sich, oder nehmen wir mal mich selbst als Beispiel, mit unserem Hund, manchmal frage ich mich einfach … Also … Was denkt der eigentlich? Manchmal … Also … Wenn wir Augenkontakt haben und so … Auf dem Sofa … Aber jetzt, wo wir hier stehen … Dieser Vogel da zum Beispiel … Das ist ein Spatz, würde ich jetzt mal behaupten … Dass man sich fragt … Woran denkt der eigentlich? Warum schaut er so um sich? Nun ja … Ich sagte ja, Tiere und Insekten, und heute sind wir tatsächlich hier, weil ich mich mit euch über ein Tier unterhalten möchte, das vielleicht nicht jeder von euch kennt … Und zwar die Zecke … Für diejenigen, die nicht wissen, wie eine Zecke aussieht, habe ich eine in einem Gläschen mitgebracht … Die könnt ihr euch später ansehen … Die Zecke ist jedenfalls ein Spinnentier … Über ihre Entwicklung möchte ich gar nicht viel erzählen, die läuft ab wie immer: Larve, Puppe, Nymphe, Weibchen, Männchen … Ja … Ihr wisst schon … Das habt ihr alles schon gelernt … Vielleicht habt ihr an euren Haustieren schon mal Zecken gesehen … Oder an euch selbst!

Und das kommt daher, dass die Zecke Blut von Säugetieren und Vögeln saugen muss, um sich fortpflanzen zu können ... Dabei kann sie Krankheiten übertragen ... Das kann vorkommen, man kann einen ziemlich ernsten Hirnschaden davon bekommen ... Aber das ist es nicht, worüber ich heute reden möchte ... Ich habe ja vorhin schon gesagt ... Dass man eben bestimmte Dinge weiß, oder glaubt, sie zu wissen, aber dann weiß man doch nichts ... Also wenn wir uns heute auf die Zecke konzentrieren ... Die hat man ziemlich genau studiert ... Das haben wir in Deutschland gemacht, als ich dort gearbeitet habe ... Wenn wir also wieder meinen Hund als Beispiel nehmen ... Also wenn man ihn so auf dem Schoß liegen hat und im Bett schläft und ... Ja ... Man kuschelt ... Dann denkt man doch, dass das Liebe ist ... Man liebt seinen Hund und der Hund liebt einen ebenso... Aber manchmal denkt man auch ... Also ... Also dass der wohl einfach will, dass man ihm was zu fressen gibt... Und dass das vermutlich das Einzige ist, was er will ... Ja aber so ist es doch ... Aber als ich in Deutschland gearbeitet habe, haben wir die Zecke studiert ... Und wir haben quasi versucht, rauszufinden ... Nicht, was sie denkt, denn so schrecklich viel denkt die wohl nicht ... Aber was sie will ... Oder: Was sie dazu bringt, das zu tun, was sie tut ... Und da haben wir herausgefunden, dass es auf dieser Welt tatsächlich nur drei Dinge gibt, die für sie von Bedeutung sind ... Drei Dinge, sonst nichts ... Und die werde ich jetzt kurz mit euch durchgehen ... Das ist nicht so schwer ... Das Erste, was die Zecke interessiert, ist der Geruch von etwas, das man Buttersäure nennt ... Und das ist ein Geruch, den alle Säugetiere von sich geben ... Das ist das Erste ... Das Zweite ist die Temperatur ... Also eine ganz bestimmte Temperatur, die muss genau stimmen ... Sonst ist es der Zecke egal ... Und das sind 37 °C ... Die Temperatur von Säugetierblut ... Also sowohl die von meinem Hund als auch meine eigene... Unser

Blut hat dieselbe Temperatur … Das Dritte, für das sich die Zecke interessiert, ist der Hauttyp des Säugetiers … Mit den Blutgefäßen unter der Haut und so … Und das ist alles! Also das Einzige, was sie in ihrem Zeckenleben macht, ist warten … Wenn sie Glück hat, dann findet sie ein Säugetier, in das sie ihren Kopf reinbohren kann … Und dann fängt sie an, Blut zu saugen … Das ist übrigens auch der Anfang vom Ende der Zecke … Denn danach fällt sie ab und legt Eier … Richtig viele Eier … Wir sind auf 4000–10 000 gekommen … Das wars über die Zecke … Aber was ich euch von alledem mitgeben möchte … Also … Ihr wisst … Mein Hund … Wenn ich die Leine nur anschaue, wird er ganz unruhig … Und wenn ich sie dann hole und damit im Flur stehe, dann wird er so … Ja … Ganz unglaublich … Wedelt mit dem Schwanz und flitzt herum und heult … Das kommt daher, dass er gelernt hat, die Leine mit dem Spazierengehen zu verbinden … Die Leine und der Spaziergang … Die gehören ganz einfach zusammen … Stellt euch mal einen schönen Sommertag vor: Die Sonne scheint und es ist windstill, man sitzt in einem Park, Vogelgezwitscher und summende Bienen und schöne Blumen … All die Farben und Laute … Die Zecke hat keine Ahnung, dass das alles existiert … Es kümmert sie einfach nicht … Die wartet nur auf ihre drei Zeichen … Man möchte glauben, dass ihr wenigstens am Geschmack warmen Blutes was gelegen wäre … Oder dass sie zumindest merken würde, dass es Blut ist, was sie trinkt … Nachdem sie ja nur darauf wartet … Aber im Labor hat sich herausgestellt, dass sie absolut alles trinkt, solange es die richtige Temperatur hat … Also 37 °C … Igitt … Das war richtig eklig … Die hat alles Mögliche getrunken … Also ich weiß nicht … Man fragt sich doch … All die Lieder, die ich meinem Hund vorgesungen habe … Warum sollten die ihm irgendwas bedeutet haben … Aber ich liebe ihn trotzdem … Na ja … Eine letzte Sache noch, die ich vergessen habe … In

Deutschland … In dem Labor dort … Als ich dorthin kam, hatten sie eine Zecke 18 Jahre lang am Leben erhalten … Versteht ihr … Das ist fast mein halbes Leben … 18 Jahre lang hatte sie ohne Nahrung gelebt … Ohne irgendwas … Und gewartet … Das ist doch einmalig … Aber da fragt man sich doch schon … Was sind das für 18 Jahre gewesen … Ja … Schwierige Fragen … Was will ich mit alledem sagen … Es ist, als würde sich jeder in seiner eigenen Blase bewegen … Versteht ihr … Jeder in seiner eigenen Blase, die einfach vor sich hinschwebt … Man kann es fast sehen … Seifenblasen, die herumwirbeln … An und für sich zerplatzen die ja … Na ja … Ich wollte nur sagen … Die Buttersäure und so … Das ist das Leben der Zecke … Wenn wir uns alle den schönen Sommertag noch einmal vorstellen … Vielleicht sind wir in einem Park … Oder auf einer Wiese … Mit Hummeln … Hasen und Vögeln … Man denkt vielleicht, wir befinden uns alle in derselben Welt, in derselben Luft … Aber so ist es nicht … Für die Zecke gibt es nur die drei Dinge, von denen ich euch erzählt habe … Für die Hummel ganz andere Dinge … Und auch wir befinden uns in unserer eigenen Seifenblase … So ist es wohl … Darüber könnt ihr mal nachdenken … Über eure Seifenblasen …

Wir schauten keine Filme mehr an, aber das Filmplakat in Más Zimmer war immer noch da. An manchen Morgen, wenn die tiefstehende Sonne mit ihrem fahlen Licht in die Wohnung schien, kam es vor, dass das Plakat sich auf ganz besondere Weise von der Wand abhob, glänzend, als ob Má es nachts poliert hätte. *Tokyo Story*! Ich dachte an die Vietnamesen, wie ungeduldig sie da unten an der Tür gestanden hatten, an das Lächeln, das sich auf Más Lippen ausgebreitet hatte, wenn sie sie durch das Fenster erblickt hatte, und ich erinnerte mich an die langen abendlichen Telefongespräche, in denen Má über Regisseure und Schauspieler gesprochen hatte, über Japan und Vietnam, über die bitteren Schicksale der Liebespaare.

Jetzt gab es Fußball im Fernsehen. Musikvideos. Rufe und Lachen vor unserem Fenster. Einmal, an einem frühen Abend, als ich die Kinder draußen auf dem Hof einander hinterherjagen sah – im Zickzack zwischen den frisch gepflanzten Bäumen –, musste ich an Jürgen und Besnik und Juri denken. Ich stellte mir vor, dass sie abends immer noch machten, was wir gemeinsam gemacht hatten: dass sie auf ihren Fahrrädern umherstreiften, irgendwann bei Korsgrundet anhielten, um Langpässe quer über das Mittelfeld zu schießen, Takedowns zu üben und gerade, perfekte Langpässe, die mitten auf der Brust des Anderen landeten. Einmal war uns ein Mann aufgefallen, der uns vom Spielfeldrand aus beobachtete. Er trug ein zu großes Jackett, saß auf seinem Fahrrad, auf dem Gepäckträger, den Ellbogen auf den Sitz gestützt. Er kam mehrmals, ein und derselbe Mann, er sagte niemals ein Wort, saß einfach da und rauchte und sah uns dabei zu, wie wir Langpässe übten. Wir machten Witze und stellten uns vor, er wäre ein ausländischer Agent, der sich hier nach österbottnischen Talenten umsah, und obwohl wir wussten, dass keiner von uns das Zeug hatte, ein Profi zu werden – und dieser Mann höchstwahrscheinlich einfach eine ganz normale Person war –, kam es mir vor, als ob wir uns an den Tagen, an denen er dort auf seinem Fahrrad saß und seine Zigaretten rauchte, ein klein wenig mehr anstrengten als sonst.

Es war nicht Nostalgie, was mich an sie denken ließ. Ich hatte all das hinter mir gelassen, aber ich erinnerte mich an Jürgen und Besnik und Juri als an meine Teamkameraden, wir waren ein Team gewesen.

An diesem Abend, als ich am Fenster saß und an meine alten Teamkameraden dachte, war es, als wüsste ich, was mich erwartete: Sobald ich mich zum Schlafen hinlegte, würden sie kommen, die Bilder, und ich würde mich nicht vom Fleck rühren können, es würde unmöglich sein, einzuschlafen oder aufzustehen, in der betäubenden Dunkelheit der Nacht würde ich daliegen und an die Menschen da draußen im Wald denken, Hieu mit Heidelbeeren um den Mund, Tante Tei Tei, die niemals schlief… Ein ununterbrochener Strom von Bildern, sie würden stoßweise zu mir kommen, wie Quallen im Wasser, unter meinen Augenlidern.

DER LEOPARD

Eines Tages erzählt Tante Tei Tei, sie habe einen Leoparden gesehen. Es ist der dritte Tag im Wald und ihre Enthüllung, der Bericht ihrer Begegnung mit dem Leoparden, kommt ohne jede Vorwarnung. Es ist Nachmittag. In der Essenspause sitzt Tante Tei Tei unter einer hohen Fichte, sie reißt die Plastikfolie von ihrem Baguette und wirkt verlegen, fuchtelt mit dem Arm vor ihrem Gesicht herum, als wollte sie es verstecken. Schließlich kommt ihre listige Miene zum Vorschein: ein Zucken in ihren Mundwinkeln, und Má fragt sie, was los sei. Zuerst gibt Tante Tei Tei keine Antwort, nimmt einen Bissen von ihrem Baguette, kaut konzentriert. Auch Lan Pham macht einen Versuch, raus mit der Sprache, sagt sie, aber nichts geschieht. Erst als Hieu dahergestolpert kommt und Tante Tei Tei in die Augen blickt und sie fragt, was denn *eigentlich* Sache sei, sagt sie, dass sie am selben Morgen, vor nur wenigen Stunden, gar nicht weit entfernt, kaum mehr als ein paar Steinwürfe, einen Leoparden gesehen habe, und zwar nicht bloß gesehen, sondern wirklich auf das Genaueste betrachtet, und er zurückgeblickt habe, ihr direkt in die Augen. Darüber müssen sie selbstverständlich lachen, Má und Lan Pham, sogar Tante Tei Tei lacht über das, was sie selbst gesagt hat. Nicht aber Hieu. Er will den Abstand wissen, wie viele Meter sie, Tante Tei Tei, und den Leoparden voneinander getrennt hätten, also fragt er: *Wie nahe?* Tante Tei Tei lacht.

In Finnland gibt es keine exotischen Tiere. Deswegen lachen sie.

Es wird nicht weiter darüber geredet, für mehrere Stunden nicht, aber Tante Tei Tei kann man immer noch lachen hören, hier und da tut sie es, lacht vor sich hin, es ist ein klingendes Lachen, das sich ausbreitet, sich gleichsam weiterschlängelt, hinein in die dichte Vegetation, es hätte unheimlich wirken können, hätte man nicht gewusst, dass es sich dabei um Tante Tei Teis klingendes Lachen handelt. Sie arbeiten zusammen, aber jeder für sich, jeder bewegt sich in seiner eigenen Sphäre. Jedes Mal, wenn Tante Tei Tei lacht, runzeln Má und Lan Pham die Stirn. Jedes Mal, wenn sie lacht, ist es auch, als rückte Hieu näher zu ihr, es ist eine langsame Bewegung, mit der sich die Sphären von Hieu und Tante Tei Tei nach und nach nähern, bis sie schließlich miteinander verschmelzen.

Es ist der dritte Tag im Wald. Sie arbeiten von morgens bis abends. Dass die Ernte so üppig ist, wie sie nun eben ist, will sagen: unerhört, überwältigend üppig, hat zur Folge, dass sie nichts anderes im Kopf haben müssen als das Pflücken selbst, und an diesem Tag pflücken sie wie besessen. Trotz dieses fokussierten Zustands kann Má immer noch nicht umhin, sich zu wundern, wie viele Beeren sie bereits gesammelt haben, in nur zweieinhalb Tagen. Jedes Mal, wenn sie zum Auto geht und den Inhalt ihres Bechers in den Eimer leert, kann sie kaum einen klaren Gedanken fassen. Es ist der Anblick dieser schier unerhörten Menge an Beeren, der diese Verwirrung hervorruft: all die vollen, mit

Deckeln verschlossenen Eimer, an der Wand gestapelt, fast bis unters Dach. Sie beschließt, das erste Nickerchen des Tages zu machen. Sie macht die Türen zu und hofft – fast betet sie darum, still für sich, während sie die Seitentür zuzieht –, dass während ihres Schläfchens keiner von den anderen zum Auto kommt, um seinen Becher zu leeren, sondern dass sie erst auftauchen, wenn Má gerade wieder aufgewacht ist, damit sie dann irgendetwas über das Wetter sagen oder kommentieren kann, was sie hier gerade erleben. Ein solcher Überfluss – *besser kann es ja wohl nicht werden, oder?*, würde sie fragen und hinzufügen, was sie doch für ein Riesenglück hätten, eine solche Stelle gefunden zu haben. Sie legt sich hin und schließt die Augen und schläft ein.

Tante Tei Tei arbeitet seit 24 Stunden, ohne ein einziges Mal geschlafen zu haben. Sowas kommt bei ihr manchmal vor, aber sie weiß, dass die anderen es befremdlich finden würden und dass man solche Dinge nicht ohne weiteres ausplaudern kann. Sie behält es für sich. Sie sieht ein, dass sie vermutlich die meisten Dinge für sich behalten sollte, im Interesse aller, und sie ärgert sich, dass sie die Sache mit dem Leoparden erzählt hat. Sie hat sich nicht zurückhalten können, auch wenn es ihr gar nicht ähnlich sieht, denkt sie, sich zu verraten, sie ist ja nicht gerade der Typ Mensch, der das Herz auf der Zunge trägt.

Hieu hat Hunger. Diese Baguettes, die sie in den letzten Tagen gegessen haben … Er kann sich nichts Besseres vorstellen, man könnte durchaus sagen, dass Baguette seine Lieblingsspeise ist. Am liebsten mag er sie so: wenn sie schon eine Weile gelegen haben und das Äußere des Brots sich zu einer

Schale verhärtet hat, die beim ersten Bissen in Flocken zerbröselt. Er denkt an dieses harte Brot, die saftige Gurke, die sauren Karotten und den Kohl und das gummiartige Fleisch, und dann dieses herrlich Klebrige ganz innen, er hat immer gedacht, das gehöre zum Brot selbst, sei eine der Qualitäten des Brots, aber jetzt, als er an sein letztes Baguette denkt, das er zwischen den Bäumen sitzend verspeist hat, wird ihm auf einmal klar: es kommt von der Pastete. Er denkt an den Tag vor der Abreise, als Má die Zutaten in einer Plastikschüssel hastig zusammengeworfen hat – Schweineleber und Eier und Milch – und mit einem Stabmixer daraus eine Paste gemacht hat, in nur wenigen Sekunden, und dass das Ergebnis eigentlich nicht besonders gut ausgesehen hat: eine grünbraune, an Erbrochenes erinnernde Masse. Aber in einem Baguette, in das Innere eines knusprigen Brots gestrichen … Diese Baguettes sind sein Lieblingsgericht, möchte er denken, aber irgendwas fühlt sich nicht ganz richtig an, es lässt ihn nicht los. Er hat das Kauen satt, das ist das Problem, er hat das Kauen einfach so satt. Die Beeren, die sie sammeln, verschluckt er mittlerweile im Ganzen. Der Geschmack kommt immer noch durch, der sitzt in der Schale, an der Farbe sieht er ihnen an, wie sie schmecken werden, und dann schluckt er sie, wie sie sind. Baguette ist sein Lieblingsgericht. Trotzdem denkt er an etwas Anderes. Es sind unvermeidliche Gedanken, er lässt sich von ihnen mitreißen, er weiß, dass er nichts dagegen tun kann, er weiß, dass es keinen Sinn hat, sich zu beklagen, aber er sehnt sich nach etwas Anderem als diesem harten, herrlichen Brot.

Hieu und Má kamen von dem Gespräch in der Gemeindekanzlei nach Hause, wo sie Hieus Kontaktperson kennengelernt und über die Sozialstunden gesprochen hatten, zu denen Hieu verurteilt worden war. Sie redeten weiter über das Gespräch, den ganzen Abend versuchte Hieu Má zu erklären, was für die nächste Zeit zu erwarten war. Sozialstunden. Insgesamt 50 Stunden verteilt auf drei Monate. Er würde arbeiten, wo genau, war noch nicht entschieden, es waren verschiedene Betriebe, es konnte alles Mögliche sein. Putzen, backen … Jede Woche sollte er seiner Kontaktperson, Jesper, einen Bericht darüber abliefern.

Verschiedene Betriebe …

Manchmal abends unter der Woche, aber zumeist am Wochenende. Während dieser Zeit durfte er keinesfalls, unter keinen Umständen, die Schule vernachlässigen.

Es war kompliziert. Má nickte mit großen Augen.

Den ganzen Abend saßen sie über die Papiere gebeugt, starrten sie an, und Hieu versuchte, zu übersetzen und auf Vietnamesisch zu erklären. Die Tatsache, dass er 50 Stunden arbeiten musste, und das völlig gratis, würde Má erstmal verdauen müssen. Vor dem Schlafengehen erwähnte Hieu noch eine weitere Sache. Sie war der letzte Punkt des Gesprächs gewesen, Jesper hatte es nur beiläufig angemerkt, und als Hieu es nun Má erzählte, klang es wie ein Angebot: wenn er wolle, könne er zu einer Psychologin in der Stadt gehen und mit ihr reden, völlig gratis.

Má hatte immer noch viele Bekannte. Hier und da telefonierte sie mit irgendeiner Freundin in Vietnam, auf der Straße blieb sie manchmal stehen und unterhielt sich mit irgendwelchen Vietnamesen, und es kam immer noch vor, dass Gunnel auf einen kurzen Besuch vorbeikam. Má hatte also mehrere Freunde und Bekannte, aber keiner von ihnen brachte sie auf dieselbe Weise zum Strahlen, wie Lan Pham es getan hatte.

An manchen Tagen schien Má, bevor sie aus dem Haus ging, einfach das Erstbeste anzuziehen, was ihr in die Hände kam. Andere Male, vor besonderen Anlässen, konnte sie Stunden mit ihrer Aufmachung verbringen.

Eines Tages dauerte es besonders lang. Sie trug ihre Kleider und Blusen und Pullis ins Wohnzimmer, verteilte sie mitsamt Kleiderbügeln über das ganze Sofa. Dann ging sie methodisch Kleidungsstück für Kleidungsstück durch. Sie zog jedes einzelne an, betrachtete sich im Spiegel, lief im Flur auf und ab, blickte über die Schulter, trat näher heran, begutachtete das Kleid, begutachtete ihr Gesicht; sie stand dicht vor dem Spiegel und starrte, als suchte sie etwas, das nur beim allergenauesten Hinsehen zu erkennen war. Sie trällerte leise vor sich hin. Als sie sich schließlich entschieden hatte, wischte sie mit dem Arm über das Sofa, sodass alle Kleider und Blusen und Pullis in einem ungeordneten Haufen landeten, den sie dann zurück in ihr Zimmer trug und auf das Bett warf.

Sie trug ein dünnes, rotes Kleid und dazu den Strickpullover, den sie von Lan Pham geschenkt bekommen hatte.

Prada.

Sagte sie, ehe sie aus der Wohnung und die Treppen hinuntereilte.

Nach einer Stunde kam sie zurück.

Lan Pham hatte nichts von ihr wissen wollen.

Má hatte an der Tür geklingelt und in der Wohnung hatte

sich etwas geregt, dann aber war alles still geworden, und niemand war gekommen, um die Tür zu öffnen.

Má schloss sich in ihrem Zimmer ein, und Hieu kam spät nach Hause.

Er hatte ein Mädchen geschlagen …

Es war nicht im Schulpark passiert, wie in den Gerüchten behauptet wurde. Irgendjemand hatte gehört und gesehen, wie Hieu das Mädchen beschimpft und sie an den Haaren zum kleinen Trinkbrunnen am Teich gezerrt habe. Das wurde in den Gerüchten behauptet, aber später wurde bekannt, dass das, was passiert war, bei ihr zu Hause passiert war. Die Eltern waren fort gewesen und das Mädchen und Hieu hatten vorgehabt, einen Film auf TV4 anzuschauen. Sie war gerade vom Tennistraining nach Hause gekommen. Sie wollten Hamburger essen. Er sollte einmal bei ihr übernachten, aber daraus wurden zwei Nächte. Es war ein Mädchen aus der Nachbarstadt, ihre große Leidenschaft war Tennis, sie spielte bei den Bezirksmeisterschaften, sie waren seit zwei Wochen zusammen, als er sie schlug, sie hatte ihre Eltern im Hotel anrufen müssen und die waren sofort nach Hause gekommen, sie hatten ihre Sachen gepackt, mitten in der Nacht.

Hieu und ich auf dem Postamt. Wir sollten für Má ein Paket abholen und im Wartebereich kamen wir hinter einem vietnamesischen Mann zu stehen, der sich umdrehte und anfing, mit uns zu reden.

Was solle man denn nur tun …

Wartenummern …

Für solche Dinge fehle ihm die Geduld …

Ich stehe einfach hier und denke.

Da wollte ich ihn fragen, worüber er denn nachdenke – etwas Lustiges vielleicht, um sich abzulenken, nachdem er das Warten mit Wartenummern ja so sehr hasste –, aber noch ehe ich die Frage stellen konnte, hatte er es bereits gesagt, er denke an *Handel: Import und Export.*

Auch in der Schule erlebte ich seltsame Dinge. Am Anfang des Herbstsemesters ereignete sich etwas, woran ich noch lange denken sollte. Es war an einem dieser grauen Herbsttage, an denen man nur lernen und danach nach Hause gehen wollte, an denen es so sehr stürmte, dass man es in den Pausen kaum im Freien aushielt. Kurz vor Beginn einer Unterrichtsstunde war Matti zu mir an mein Pult gekommen. Aus der Innentasche seines Jacketts holte er ein Heft und beugte sich über mich, einen Ellbogen auf das Pult gestützt. Es war ein Heft mit Plastikeinband, nicht viel größer als seine Hand, mit roten Blumen und grünen Blättern, die über den glänzenden Umschlag verteilt waren. Er blätterte darin und schlug eine Seite auf, es war eine der letzten Seiten, mit zwei Fingern, Zeige- und Mittelfinger, fuhr er von oben nach unten über die ganze Seite. Es war eine Liste der in Finnland heimischen Säugetiere.

»Keine Affen … Und keine Leoparden, wie ich ja schon gesagt habe …«

Er ging zurück zu seinem Katheder und begann mit dem Unterricht.

Hatte er ein Problem?

Warum hatte er das getan?

Ich überlegte lange, aber es ergab sich keine Gelegenheit, ihn danach zu fragen, und schließlich verlief sie im Sand, die Sache mit den Affen und Leoparden. Hatte ich etwa im Unterricht behauptet, es gebe Affen in Finnland?

Hatte ich ein Problem?

OHNE DRAMATIK

Die ersten Wochenenden arbeitete Hieu im *Tobaksmagasinet*. Nach ein paar Wochen fing er bei Prisma an. Dort arbeitete er in der Lagerinventur, aber manchmal, im Notfall, erzählte er, durfte er an der Kassa sitzen. Darüber denkt man normalerweise nicht nach, aber wenn man in Jakobstad im Service arbeitet, muss man alles sowohl auf Schwedisch als auch auf Finnisch sagen, jeden einzelnen Satz, so lange, bis die Kunden in einer der beiden Sprachen antworten. Sagt der Kunde oder die Kundin überhaupt nichts, ist man also verpflichtet, alles, jede Zahl und jede Höflichkeitsphrase, auf Schwedisch und Finnisch zu sagen. Eines Abends saßen wir vor dem Fernseher und Hieu fing an, Preise, Waren und Angebote herunterzuleiern, Danke und Auf Wiedersehen, alles durcheinander auf Schwedisch und Finnisch, es war, als stünde er auf einer Bühne und läse irgendein seltsames Gedicht, und Má lachte laut.

Es war ein Leben ohne jede Dramatik. Hieu hatte sich um die Schule zu kümmern und zugleich seine Strafe abzuarbeiten. Oft kam er spät nach Hause, todmüde, und ging sofort ins Bett.

Má hatte sich zusammengerissen und war wieder zur Arbeit gegangen.

Die Tage vergingen – Má ging zur Arbeit, Hieu ging zur Schule – und nichts schien passieren zu können. War es diese Einförmigkeit, die mich an die Menschen im Wald denken ließ? Ich suchte sie, die Bilder, ging in ihnen auf: Hieu und Má und Lan Pham und Tante Tei Tei, schweigend, über die Heidelbeeren gebeugt.

Sie haben sich eingearbeitet, da draußen im Wald, so richtig eingearbeitet, geht es Má durch den Kopf, während sie dort mitten im Dickicht steht und hier und da eine Mücke totschlägt, die sich auf ihrem Nacken oder Hals niedergelassen hat. Es sind nur noch wenige Tage bis zum Markttag und sie hat den Verkauf bis ins letzte Detail geplant. Gunnel hat ihr alles über die Verkaufslizenzen erklärt: Es gibt teure Verkaufsplätze; gut erreichbare Stände, wo immer viel los ist, und dann gibt es die billigen Plätze. Am Markttag füllt sich die gesamte Fußgängerzone mit Imbiss- und Süßigkeitenständen, Krimskrams, selbstgemachten Kuriositäten. Gunnel und sie haben die verschiedenen Phasen des Marktgeschehens besprochen, die Wechsel in der Dichte des Menschenstroms, wann es leer ist und wann viel los ist, wann es sich lohnt, mehrere Verkäufer am Stand zu haben, um Warteschlangen zu vermeiden. Sie haben über alles geredet, worüber man reden kann. Sogar über das Wetter.

Má hat kalkuliert: Sie hat Berechnungen angestellt und die Ergebnisse weitergeleitet. Sie ist etwas aus dem Häuschen, der Gedanke an Warteschlangen gefällt ihr – alle haben darüber geredet, wie man Warteschlangen vermeiden könne, aber für Má haben sie etwas Hoffnungsvolles, sie sind ein Zeichen von etwas: sie sorgen für, wie soll man das nennen, Spannung. Vielleicht, denkt sie, sollte man es umgekehrt machen, die Warteschlangen willkommen heißen, statt sie zu verhindern. Sie denkt darüber nach, sie überlegt, wie man es am besten ausdrücken könnte, sie denkt an bestimmte Worte, sie formuliert Sätze, von denen sie meint, dass sie gut klingen, aber es bietet sich einfach keine Gelegenheit, sie möchte die anderen nicht in ihrer stillen Arbeit unterbrechen, und so wartet sie, und während dieses Wartens hat Hieu eine geniale Idee. Es ist am vierten und vorletzten Tag des Beerenpflückens. Sie stehen mitten im Nirgendwo, vor ihnen offenes Terrain: einzelne Bäume, Moos. Es ist der schlimmste Sumpf seit Menschengedenken. Lan Pham sagt irgendetwas über Moltebeeren, die seien zwar selten, aber eigentlich müsse man die ja ebenfalls pflücken, nun, wo man schon mal im Wald sei, und dass man dafür einen Kilopreis bekäme, der fünfmal höher sei als der für Heidelbeeren. Was sie über die Moltebeeren erzählt, ist faszinierend, vor allem die Sache mit dem Preis ruft Reaktionen hervor – fünfmal so teuer! –, aber bisher haben sie kaum eine Moltebeere gesehen. Hier und da sieht man sie aufschimmern, aus der Ferne sehen sie aus wie kleine, niedliche Orangen, aber die Mengen sind kaum der Rede wert. Die Moltebeeren bleiben ein Traum. Sie trotten weiter und bleiben an einer guten Stelle stehen. Ein blaues Blinken. Somit ist die zweite Übersiedlung des Tages abgeschlossen.

Sie haben gerade ihre Rucksäcke abgestellt und angefangen, sternförmig von innen nach außen zu arbeiten, Hieu und Má und Lan Pham und Tante Tei Tei, jeder bewegt sich in seine eigene Richtung, als Hieu, mitten in der Stille, das Wort ergreift.

Sollen wir Wasser in die Beeren tun?

Er sagt es einfach so. Nichts passiert. Niemand antwortet ihm, niemand sagt etwas, es könnte ein ganz gewöhnliches Schweigen sein, eines von vielen in der großen Menge langer Schweigeperioden zwischen ihnen, aber gerade dieses Schweigen schlägt seine Wurzeln von Anfang an in dem, was Hieu gesagt hat, das mit dem Wasser und den Beeren: Schweigend denken sie darüber nach. Vielleicht sollte man es wirklich tun, die Beeren vor dem Verkauf in Wasser legen. In Más Beinen kribbelt es. Sie hat Lust, nach Hause zu fahren und es sofort zu tun, die Beeren in Wasser zu legen und sie dann gerade lange genug abtropfen zu lassen, dass man nichts merkt, wenn die Beeren in ihren glatten Plastikschalen auf dem Marktstand liegen. Das ist das Erste, was sie machen wird, wenn sie nach Hause kommen. Nur noch ein Tag. Jedes Mal, wenn sie an Hieus Idee denken muss, wird ihr schwindlig, und es schwant ihr bereits: Die Sache mit dem Beerentränken wird wieder zur Sprache kommen, sobald sich die Gelegenheit ergibt, sobald sie Zeit zum Nachdenken gehabt haben.

LARSMO

Am Freitag fuhren Má und ich mit dem Bus nach Larsmo, etwas außerhalb der Stadtgrenze. Má würde mit den Vietnamesen bei Herrn Tèo Karten spielen. Wir würden zwei Nächte bleiben. Zu Hieu hatte Má gesagt, er könne jederzeit anrufen.

Herr Tèo lebte allein in einer Zweizimmerwohnung. Sein erwachsener Sohn war nach Vasa gezogen. Außer Má und Herrn Tèo war eine jüngere, mir unbekannte Frau gekommen, und Herr Chim, der die ganze Strecke von Tampere hergefahren war. Xuan – Xuan mit den grünen Augen – war mit dem Rest der Familie zu Hause geblieben.

Sie spielten Tag und Nacht.

Die meiste Zeit saß ich im ehemaligen Zimmer von Herrn Tèos Sohn und las. Seine Möbel und Geräte waren immer noch hier. An der Decke über dem breiten Bett klebten Fußballplakate. Litmanen, Kanu, Brolin, Rivaldo. Es gab einen Fernseher. Am Abend zappte ich rastlos zwischen den Kanälen hin und her. Es gab die normalen – SVT, TV4, MTV3, MTV, YLE, Eurosport –, aber auch einen, den wir zu Hause nicht hatten, mit verschwommenen Bildern in merkwürdigen Farben – eine seltsame Mischung aus Grau und Grün – und mit abgehacktem Ton. Ich tat mein Bestes, um mich zu konzentrieren, aber ich konnte einfach nicht folgen – ich wechselte den Kanal, mehrmals, merkte dann aber jedes Mal, dass ich gleich wieder zum Kanal mit den merkwürdigen Bildern zurückgekehrt war – hin und wieder sah man etwas aufblitzen und ein Gesicht huschte vorbei, es waren Menschen mit leuchtenden, grünen Gesichtern, im grau-trüben Rauschen des Bildes konnte ich ihre nackten Körper erkennen, ich wechselte den Kanal, ich wechselte zurück, sie waren auf gewisse Weise anziehend, diese nackten Menschen in den sonderbaren Farben, ich schaute ihnen bis spät in die Nacht zu.

Ich erwachte auf der kühlen, flauschigen Decke im Bett von Herrn Tèos Sohn. Ich blieb lange liegen und sah mich im Zimmer um. Im Laufe des Tages, im milden Nachmittagslicht, richtete ich meine Aufmerksamkeit allmählich immer mehr darauf, wie es eigentlich bei Herrn Tèo aussah. Es war schick eingerichtet, anders als bei uns, die Wände waren mit Filmplakaten geschmückt und in den Türöffnungen waren Vorhänge aus langen, hohlen Bambusrohren, die beim Hinein- oder Hinausgehen rasselten. Im Wohnzimmer gab es ein Regal voller Filme, die meisten japanisch. An der Wand neben dem runden Spieltisch, wo die Erwachsenen vom Abend bis zum Morgen gesessen hatten, hing ein Plakat, auf dem Hidetoshi Nakata abgebildet war, blondgefärbt, im dunkelroten Dress von AS Roma, zu seinen Füßen der Ball, mitten in einer Bewegung. Es war ein stilvolles Plakat, das sich mit seinen matten Farben perfekt in die restliche Einrichtung einfügte, es hing da, wo es hing, aber sein Anblick verblüffte mich: Hatte sein Sohn es aufgehängt oder interessierte sich Herr Tèo ebenfalls für Fußball?

Entspannte Atmosphäre im Wohnzimmer. Herr Tèo kochte das ganze Essen selbst, er machte Kaffee für die Erwachsenen und grünen Tee für mich – schwachen Tee, mit einer kaum merklichen Bitterkeit –, sodass sogar ich im Wohnzimmer bei den Erwachsenen sitzen konnte. Die Deckenlampe hing tief über dem Tisch. Unsere Gesichter waren halb beschattet, halb beleuchtet.

Japanische Orte …

Japanische Filme …

Herr Tèo schwatzte drauflos, es war viel von Japan die

Rede, aber wenn man genau hinhörte, konnte man auch das eine oder andere über andere, ganz normale Dinge hören.

Larsmo war ein so trostloser Ort. Kein Verkehr, keine Plätze, wo man irgendjemandem begegnen konnte. Herr Tèo wohnte in einem der wenigen Hochhäuser der Stadt, im Zentrum, wo es gerade mal einen Supermarkt gab, von der Landstraße, die nach Kokkola und Jakobstad führte, einmal abgesehen. Unten im Hof fand ich einen Fußball, ich dribbelte zwischen den Johannisbeersträuchern hindurch, übte unter dem grauen Himmel, den Ball in der Luft zu halten. Sogar das Wetter war trostlos. Die meiste Zeit war ich im Haus und beschäftigte mich mit meinen Schulbüchern. Ich sollte lernen, ich versuchte es, aber meine Konzentration reichte nicht. Ich schlug die Bücher zu. Nichts war verlockend genug. Ich saß da und wartete. Ich wollte, dass Má mit mir redete, aber die Pausen in ihrem Spiel waren selten. Sie spielten die ganze Nacht durch.

In einer der seltenen Pausen kochte Herr Tèo Nudelsuppe zum Abendessen. Für Má schien es gut zu laufen. Ein listiges, kleines Lächeln, die Blicke, die sie mir zuwarf, wenn gerade keiner hinsah.

Ich setzte mich immer öfter zu ihr an den Spieltisch.

Ich fing an, mich für das Spiel zu interessieren, ich lernte, welche Wege man einschlagen konnte, welche Konsequenzen die Entscheidungen hatten, die man traf. Teils galt mein Interesse dem Spiel selbst, teils dem, was rundherum vor sich ging.

Einmal versuchte die unbekannte Spielerin, die junge Frau, Má zu provozieren.

Auf der Spüle stand Herr Tèos CD-Spieler. Seit unserer Ankunft hatten wir Musik aus Herrn Tèos CD-Sammlung gehört. *Jetzt brauchen wir*, hatte er gesagt, *atmosphärische Musik.* Zu den Tönen von Herrn Tèos atmosphärischer

Musik hatte die junge Frau mittlerweile drei Mal hintereinander verloren. Sie beschwerte sich lautstark. Das könne man wohl Pech nennen. Wie sei es nur möglich, wollte sie wissen, dass sie jedes Mal so schlechte Karten bekam? Sie sei keine religiöse Frau, doch nun frage sie sich langsam, ob dies nicht eine *Strafe Gottes* sei! Sie erinnerte mich an Lan Pham damals in Tampere, als sie wieder in unserem Leben aufgetaucht war.

Es wurde mucksmäuschenstill. Die Frau wandte sich an Má. Sie erkundigte sich, wie es ihr eigentlich so gehe, ob zu Hause in Jakobstad alles in Ordnung sei. Es war eine höflich gestellte Frage, aber das Schweigen, das darauf folgte, war dumpf, geladen. Wie es zu Hause so liefe? Má blickte in ihre Karten.

Doch doch, alles fein.

An diesem Abend hatte sie viel gewonnen. Es war ihr Abend. Sie lächelte, und manchmal ging ein Zucken durch ihren Körper, als müsse sie ein Lachen ersticken.

Die unbekannte Frau machte weiter.

Du hast zwei Söhne, nicht wahr?

Má glotzte auf ihre Karten, sie hatte einen Lauf, zwei Söhne, das stimmte.

Denn über den Älteren hat man ja das eine oder andere gehört … Scheint ja nicht gerade ein Gentleman zu sein …

Má hatte wieder gewonnen. Sie würdigte die unbekannte Frau kaum eines Blickes, lächelte einfach vor sich hin, ins Zimmer hinein: ins kühle, geräumige Wohnzimmer mit seinen Plakaten und den Regalen voller Videokassetten. Ich saß an sie geschmiegt und sie fasste sanft nach meinem Arm, es war, als wollte sie dadurch gewissermaßen zeigen, dass wir zusammengehörten. Die junge Frau blickte geradewegs auf Má.

Bei allem Respekt, aber das ist schon richtig widerlich … Sich auf diese Weise an einem Mädchen zu vergreifen … Das sage ich als Mutter einer Tochter …

Als die Runde zu Ende ging und es an der Zeit war, die Hände aufzudecken, warf die unbekannte Frau ihre Karten in einer Weise auf den Tisch, dass die Kombinationen kaum noch zu erkennen waren. Sie hatte wirklich schlechte Karten, unglaublich schlechte, *um Himmels willen*, murmelte jemand, *was für schlechte Karten …*

Ich wusste es bereits, als ich dort an Má geschmiegt am Spieltisch saß: früher oder später würde sie aufstehen und gehen. Vielleicht war es der angestaute Zigarettenrauch, den sie den ganzen Abend lang über den Tisch geblasen hatten, Runde für Runde; der Rauch, der aufstieg und sich über die Wohnzimmerwände legte. Es war, als ob dieses Bild mich an etwas erinnerte. Es war, als wüsste ich es bereits.

Am nächsten Tag weckte mich Má frühmorgens. Wir würden mit dem ersten Bus nach Hause fahren. Es war zu früh, um zu gehen, sie tat es einfach, ohne weiteres, stand auf und hielt meine Hand krampfhaft fest und ging hinaus. Eine hastige Verabschiedung. Herr Tèo blickte vom Spieltisch zu uns. Dann hörten wir ihn hinter uns die Treppe herunterlaufen, wir traten hinaus in die taunasse Morgenluft und beeilten uns zur Bushaltestelle, ich drehte mich um und sah Herrn Tèo in Shorts und Hausschuhen, aus dem offenen Eingangstor gleichsam heraushängend – ich sah ihn lange an –, bis der Bus um die Ecke kam und Mà mich mit einem festen Ruck hinter sich herzog. Wir stiegen ein und sie fing sofort an zu flüstern: Es sei sehr gut gelaufen, sie habe über 3000 Mark gewonnen. Da kam mir die Idee, mich an sie zu lehnen, sie ihre Arme um mich schließen zu lassen, während sie mir die frohe Botschaft ins Ohr flüsterte, doch als sie fertig geflüstert hatte, schauten wir beide geradeaus, Má und ich, jeder auf seinem Sitz, ganz hinten im Bus. Ich wusste, dass Herr Tèo immer noch dort am Treppenabsatz stand und uns nachschaute. Mà würdigte ihn keines Blickes.

JA, UM DEN HALS

An dem Tag, an dem Hieu zur Psychologin gehen sollte, wurde ihm plötzlich sehr übel. Er war vom Sofa aufgestanden und mit seinem leeren Wasserglas in Richtung Küche gegangen, und genau da, in der Türöffnung, fasste er sich plötzlich an die Stirn und stützte sich am Türrahmen ab, lehnte sich dagegen wie ein Sack. Má fragte, was er da tue, und er antwortete mit angestrengter Stimme, sehr tief, schnarrend, dass er Kopfschmerzen habe und es vielleicht am besten sei, die Psychologin anzurufen und den Termin abzusagen. Fast hätte er sich an Ort und Stelle hingesetzt, direkt auf die Türschwelle, als Má ihm einen langen Blick zusandte. Mit zusammengebissenen Zähnen fragte sie ihn, ob er den Verstand verloren habe, sie zeigte auf unser Zimmer, da solle er hineingehen und sich ins Bett legen und ausruhen und sie würde ihm Tee bringen, aber anzurufen und irgendetwas abzusagen komme nicht in Frage.

Ich saß still auf dem Fernsehsofa, mein ganzer Körper angespannt, wie in Erwartung, ich erwiderte ihren starren Blick, und schließlich fing sie an, mit mir zu reden. Sie sagte, ich solle mit ihm gehen. Hieu und ich sollten gemeinsam in die Stadt gehen, die Praxis liege im Zentrum, wirklich mitten in der Stadt, im Holländerhaus oberhalb des Kiosks, dort sollte ich mit Hieu im Wartezimmer sitzen, bis jemand hinauskommen und seinen Namen aufrufen würde. Dann würde er mit dieser Psychologin hineingehen und ich sollte sitzen bleiben und warten, einfach im Wartezimmer sitzen und warten, und Hieu würde etwa eine Stunde lang mit der

Psychologin reden, ich könne mir ein Buch mitnehmen oder in irgendeiner Zeitschrift blättern.

Má ging mit einer Tasse dampfenden Jasmin-Ingwertees zu ihm ins Zimmer.

Es ging ihm bereits besser. Es seien nur Kopfschmerzen gewesen und die seien vergangen, ich brauche nicht mitzukommen, das sagte er ganz deutlich, er sagte es viele Male, und schließlich war sogar Má davon überzeugt, dass ich nicht mitzukommen brauchte, dass es auch so gutgehen würde.

Er ging allein.

Die Zeit, während er weg war, verging schnell.

Má fing an zu erzählen, dass in ihrer Arbeit alle so täten, als wäre nichts, sie wisse jedoch, sie sei davon überzeugt, dass, sobald sie aus dem Raum sei, über nichts anderes geredet würde als über die Sache mit Hieu. Sie erzählte, dass es andere Jobs gebe, die sie sich vorstellen könne, Jobs, die Stärke erforderten, Jobs, die ein Auto erforderten, viele Vietnamesen würden auf Nerzfarmen arbeiten, das sei zwar eine harte Arbeit, aber dafür werde man besser bezahlt als in der Wäscherei. Sie redete und redete.

Als Hieu nach Hause kam, sang er, dass es durch das Treppenhaus hallte. Er ging ins Zimmer und legte sich angezogen ins Bett, er lag auf dem Rücken und blickte an die Decke, kein einziges Mal blinzelte er, er blieb liegen, bis Má uns in die Küche rief. Wir würden gemeinsam Tee trinken, sie hatte nichts gebacken, nichts gekocht, es gab nur Tee, und wir würden zusammensitzen und reden.

Hieu fing von selbst an. Die Psychologin sei eine ältere Frau mit kurzen grauen Haaren gewesen. Überall im Raum hätten Bilder gehangen, und man habe einander gegenübergesessen, sehr nah. Es dauerte nicht lange, ehe Má ihn unterbrach. Sie wollte wissen, ob die Psychologin eine von denen sei, die einen Schal trügen.

Ja, um den Hals.

Má brach in ein hohles Lachen aus. Sie stand vom Tisch auf und ging aus der Küche, ihr Lachen erfüllte die ganze Wohnung.

Schal!

Sie hatte es gewusst.

Wie naiv die sind… Die Weißen… Die glauben, man kann über alles reden…

In der Schule hänselten wir Joakim. Wir hatten es schon die ganze Woche lang getan, seit seinem Referat über Euphrat und Tigris.

Er hatte vor der Tafel gestanden, ruhig und gefasst. Euphrat und Tigris seien früher regelmäßig über ihre Ufer getreten, erzählte er, doch die alten Mesopotamier hätten dies als einen Segen betrachtet.

»Es gab Überschwemmungen, aber das war kein …«

Es war kein …

Er blickte von seinem Zettel auf und blickte zur Rückwand des Klassenzimmers. Er suchte nach einem bestimmten Wort …

Es war kein …

Désaster.

Désaster! Irgendjemand in den vorderen Reihen äffte ihn nach, aber niemand lachte. Eine Sekunde lang war es im Klassenzimmer mucksmäuschenstill, dann fuhr er mit seinem Referat fort und erzählte, wie die blühenden Kulturen des Alten Mesopotamien dank der Überschwemmungen entstanden seien, die das Land fruchtbar gemacht hätten.

In der Pause schob dann irgendjemand einen Kommentar über seine merkwürdige Aussprache, und damit ging es los. Auf einmal war es unmöglich, es zu ignorieren.

Désaster …

Es war eine spezielle Betonung, immer auf der ersten Silbe, wie im Finnischen: *mékaniker*, *réstaurang*. Es war ein Spaß, der sich lange hielt, man brauchte nicht mehr zu tun, als Joakim nachzuäffen, um ein lautes und langes Gelächter hervorzurufen.

In den Pausen, mitten im Unterricht.

Mírakel!

Élefant!

Auch Joakim lachte, alle lachten.

Es war eine seltsame Zeit. Nicht nur wegen Joakim. Diese Woche – die ganze Woche, von Montag bis Freitag – kam es mir vor, als ob die anderen Schüler auch mich beobachteten. Sie redeten miteinander und schauten dabei in meine Richtung, und das lockte mich an, es ging gewissermaßen nicht anders: In einer Pause hörte ich, wie Mattias' Schwester und ihre Freundin darüber schwatzten, was passiert war. Es ging um die blauen Flecken. Als das Mädchen wieder in der Klasse aufgetaucht war, seien die Klassenkameraden erschrocken, es habe schrecklich ausgesehen; sie habe eingesehen, dass die Spuren in ihrem Gesicht etwas waren, das versteckt werden musste, überschminkt, aber die restlichen blauen Flecken habe sie gelassen, wie sie waren, und so hätten sie dort auf ihren Armen die Farbe gewechselt, von blau zu grün und gelb, dann braun. Sie seien mehrere Wochen geblieben, sie hätten sich verfärbt und seien schließlich ganz verblichen. Das erzählte Mattias' Schwester mit großen Augen. Ich hörte alles. Dann ging ich.

WAR SIE JUNG?

Bei uns zu Hause herrschte ein Durcheinander. Wir putzten oft, aber trotzdem lag immer alles Mögliche herum. Kleider, Zeitschriften, Fotos, als hätte jemand sie hingelegt, um sie herzuzeigen.

Einmal fand ich ein Foto von Má, als sie jung war.

In der Hand hält sie ein Weinglas; die Finger locker um den Fuß des Glases gelegt, hält sie das Glas in die Luft, prostet jemandem zu. Sie befindet sich in der Mitte des Bildes, es ist hell, aber sie blinzelt nicht, der Lichtschein legt sich über das ganze Gesicht, sie blickt direkt in die Kamera, fixiert sie, ihr Mund ist halb geöffnet – sie ist gerade mitten in einem Satz. Im Vordergrund sieht man die Umrisse von Menschen in Bewegung, allesamt festlich gekleidet: weiße Hemden, lange Kleider. Man kann das Lächeln eines Mannes erkennen, man sieht seine Zähne, aber nicht die Augen.

Bäume und Schatten von Bäumen; breite Streifen über den herausgeputzten Menschen. Darüber hängen rote Papierlaternen. Má trägt ein langes, blaues, an Taille und Armen enganliegendes Kleid.

Das Foto lag im Wohnzimmerregal, neben dem Stapel aus Behördenbriefen und Rechnungen. Ich hielt es in der Hand, betrachtete es genau.

Was war es?

War sie sanft?

War sie jung?

In der Nacht, vor dem Einschlafen, legte ich das Foto auf den Schreibtisch, aber am nächsten Tag sah ich es wieder draußen im Wohnzimmer liegen, bei den Reklamezeitschriften auf dem Couchtisch.

Menschen in Bewegung. Die Laternen im Hintergrund, die Obstbäume; die jungen Rambutans, die in dicken, grünen Büscheln am oberen Bildrand hängen. Má steht mitten im Gewimmel.

Im Geografieunterricht erzählte uns Veikko über Kontinentalplatten, Erdbeben, Überschwemmungen. Ich hatte die Angewohnheit, nach Ende des Schultags das Allerwichtigste noch einmal durchzugehen; alles, was an der Tafel stand, alles, was die Lehrer mit Nachdruck gesagt hatten. Nach Schulschluss stürzten meine Klassenkameraden zusammen mit allen anderen hinaus auf den Korridor – ich konnte hören, wie sie da draußen lachten und schrien, wie sie mit den Jacken unterm Arm die Treppe hinunterrannten –, doch ich blieb sitzen, nahm mir die Zeit, die ich brauchte.

Ich las genau. Ich schloss die Augen und wiederholte. Als ich fertig war und hinausging zu den Garderobebänken, waren alle anderen Schüler bereits nach Hause gegangen. Meine Jacke hing als einzige noch da. Es gab nur mich und das Schulpersonal: Putzfrauen in ihrem stillen Trott, Lehrer auf dem Weg ins oder aus dem Lehrerzimmer.

Zu Hause lernte ich wie immer. Ich saß dort zwischen unseren Betten am Schreibtisch, beim Fenster zum Innenhof mit dem Baum und seinen schwerelos schwebenden Ästen. Diese langen Herbsttage in Hieus Abwesenheit. Man konnte nicht wissen, wo er sich herumtrieb. Ich hörte Más Stoffpantoffeln über den Fußboden gleiten. Sie bewegte sich langsam, sie tat alles, um mich nicht zu stören, und ich nutzte die Gelegenheit. Ich lernte ununterbrochen. Manchmal verlor ich die Konzentration, aber sobald ich mich dabei ertappte, an etwas anderes gedacht zu haben, holte ich mich gleich wieder zurück, als könnte ich mit der Kraft meines Verstands meine Aufmerksamkeit kontrollieren. Ich blieb auf dem Stuhl sitzen, ich blickte ab und zu über die Schulter, um mich zu vergewissern, dass Má sich da draußen immer noch bewegte, kaum sichtbar, kaum hörbar, in der Küche, im Wohnzimmer, am Schminktisch – ich sah sie kurz, sie war wie auf der Flucht, ständig unterwegs – und schnell lenkte ich meinen Blick zurück, richtete mich auf. Ich durfte mich nicht, unter keinen Umständen, ablenken lassen … Aber die Bilder kamen zurück. Es war, als ob diese beiden Dinge zusammengehörten, das eifrige Lernen und das eifrige Tagträumen.

In mondhellen Nächten lag ich wach und horchte auf die Geräusche von draußen. Ich setzte mich auf und betrachtete die leere, erleuchtete Straße. Kein Verkehr, keine Schatten. Selbst wenn meine Augen nicht geschlossen waren, konnte ich sie vor mir sehen, Má und Hieu im finsteren Wald. Sie drängten sich auf, wollten erinnert werden, jene Erinnerungen, die im Begriff waren, meine eigenen zu werden. Waren sie wiedergekommen, weil ich diese Fotos betrachtet hatte? Sobald ich mich nicht mit irgendetwas anderem beschäftigte, verlor ich mich in ihnen. Das Licht und die Laute, die Insekten. Es war wie eine Notwendigkeit, unausweichlich: Ich musste mit ihnen gehen, sie wieder erleben, etwas nötigte mich, sie weiterzutreiben, die Bilder von Má und Lan Pham und Hieu und Tante Tei Tei, weiter voran in der Zeit, tiefer hinein ins unbegreifliche Surren, in die dichten, unsichtbaren Schwärme im Dunkel und Licht des Waldes.

Zuerst hatten sie sich nur an den Abenden und in den Nächten gezeigt, dann aber auch bei Tageslicht, wenn ich es am wenigsten erwartete: an der Ampel auf dem Weg zur Schule, am Küchentisch an einem stillen, lauen Tag. Manchmal reichte es schon aus, dass ich zu lange auf dieselbe Stelle schaute. Má und Hieu, Lan Pham und Tante Tei Tei, sie kamen und gingen, scharf, wie gemeißelt, traten sie aus der dunklen Landschaft hervor.

Am vierten Abend waschen sie sich in einem Bach. Sie lassen sich Zeit. Lan Pham leiht allen ihr Shampoo. Der Schaum färbt sich rosa, es ist Shampoo mit Preiselbeerextrakt, es fließt in einem rosa Streifen den Bach hinunter. Lan Pham und Tante Tei Tei gehen jede ihrer eigenen Wege, die eine stromabwärts, die andere stromaufwärts. Má und Hieu baden gemeinsam. Es plätschert, es ist wunderschön zu sehen, wie die Steine kleine Muggel bilden, über die das Wasser hinwegrauschen kann. Hieu steigt aus dem Wasser, er wischt sich mit den Füßen die Baumnadeln von den Sohlen. Er zieht sich an und geht zu den Rucksäcken. Er nimmt eine volle Plastikflasche heraus. Er trinkt. Má ist in ihr Handtuch gewickelt, Hieu sieht sie, eine nur halb erkennbare Gestalt, mitten im Bach, das Wasser reicht ihr bis über die Waden, sie hockt da und blinzelt der hochstehenden Sonne entgegen.

KUDZU

Eines Tages fiel die letzte Schulstunde aus, da die Lehrerin angeblich Migräne bekommen hatte. Ich ging gleich nach dem Mittagessen nach Hause. Má hatte gelüftet, die Luft war frisch, der Fußboden blank, und es duftete nach frischgebackenen Plätzchen.

In der Küche saß Herr Tèo. Seine Jacke hing im Flur an einem Kleiderbügel aus Más Kleiderschrank. Má rührte Zucker in ihren Tee und die beiden unterhielten sich über das Wetter, wie es in der letzten Zeit gewesen sei, welches Wetter sie sich für die nähere Zukunft erhofften. Das ganze Jahr über habe es kein Gewitter gegeben. Sie redeten über gemeinsame Bekannte, alle möglichen Vietnamesen, Vietnamesen in Jakobstad, Vietnamesen in Vietnam. Herr Tèo erzählte Má eine Episode aus seiner Kindheit, von einem Tag, den er mit seinem Großvater auf dessen Maisfeld verbracht hatte. Sie redeten über Chefs und Gehälter.

Als ich in die Küche kam, fragte er mich, wie es mir in der Schule ginge. Ich murmelte irgendetwas zur Antwort. Má legte ein paar Plätzchen auf einen Teller. Es waren runde Plätzchen mit dunkelroter Marmelade in der Mitte.

Ein einziges Mal hörte ich die beiden über Japan sprechen. Da erzählte Herr Tèo vom japanischen Wald und wie sich dieser vom vietnamesischen unterscheide … Er redete von einer japanischen Schlingpflanze … *Kudzu* … Irgendjemand habe sie in den 30er Jahren in die USA gebracht, um der Bodenerosion entgegenzuwirken … Aber sie habe sich aggressiv ausgebreitet … Habe große Landschaftsgebiete überwuchert und andere Pflanzen und Bäume getötet, indem sie sie umrankt und auf diese Weise erstickt habe … Sie könne Autos und Häuser verschlucken, ja ganze Städte mit ihren aufgeschwollenen Tentakeln … Sie habe keine natürlichen Feinde …

Má saß die meiste Zeit schweigend da, aber mitten in Herrn Tèos Ausbreitungen über die Kudzupflanze fragte sie ihn, ob er denn wirklich irgendeine Ahnung von Japan habe, *so richtig, eigentlich*. Er riss die Augen auf. Machte sie Witze? Es sei ihr doch wohl nicht verborgen geblieben, dass er das eine oder andere über Japan wisse. Er lehnte sich in seinem Stuhl zurück.

Japanische Architektur …

Japanische Filme …

Er könne sogar ein wenig japanisch sprechen.

Má meinte, dass er für jemanden, der das Land sein Lebtag nie betreten habe, enorm viel über Japan redete …

Sie wechselten das Gesprächsthema.

Herr Tèo und Má saßen den ganzen Nachmittag in der Küche, während ich lernte. Kurz bevor er ging, blieb er hinter mir in der Türöffnung stehen. Er sagte etwas, aber ich hörte ihn kaum, ich hatte nicht gemerkt, dass er im Gehen war, ich saß mit den Plätzchen und dem Buch am Schreibtisch und schaute hinaus. Es war bereits Abend geworden, als ich Hieu mit seinem schwer hängenden Rucksack über den Hof kommen sah.

Wir aßen schweigend zu Abend. Hieu schlang das Essen und die restlichen Plätzchen hinunter, in Windeseile und hoch konzentriert.

Was hatte Herr Tèo bei uns zu Hause gemacht? Es war, als wäre die Sache in Larsmo niemals passiert, damals, als er uns hinterhergelaufen war wie ein Hund, die Treppen hinunter, bis zum Treppenabsatz, und Má ihn keines Blickes gewürdigt hatte. Im Gespräch mit Má hatte Herr Tèo Wörter benutzt, die ich noch nie gehört hatte, und Má offenbar ebenso wenig, denn manchmal hatte sie gefragt, was sie bedeuteten. *Freelancer*. Dass er diese seltsamen Wörter benutzte – *Freelancer, Magazin* –, hatte aus irgendeinem Grund eine beruhigende Wirkung auf mich. Ich war zufrieden. Ich merkte es an meinem Atem; an diesem Nachmittag, noch bevor er gegangen war, atmete ich aus.

GEH NACH HAUSE UND SCHREIB EIN GEDICHT

Hieu kam von seinem zweiten Gespräch mit der Psychologin nach Hause und Má konnte nicht stillsitzen. Sie stand auf und blieb neben dem Küchentisch stehen, und Hieu fing an zu erzählen und Má lief hin und her, man sah ihren Rücken im Flur verschwinden. Sie kam zurück, mit zusammengebissenen Zähnen.

Sie schien weitaus weniger daran interessiert, zu erfahren, was Hieu mit dem Mädchen gemacht hatte, als daran, was er der Psychologin gesagt hatte. Má wollte wissen, ob ihn die Psychologin nach den blauen Flecken auf den Armen gefragt habe. Da stand Hieu auf, sodass die Stuhlbeine über den Boden kratzten. Ohne ein Wort verließ er die Küche. Das Gespräch war zu Ende. Später lag er grinsend in seinem Bett. Ich lag in meinem und tat so, als ob ich läse, ich schaute ihn an, blinzelnd: seine Schultern und seinen Oberkörper, die Rundung seiner Hüfte, die vor der kahlen Wand eine Linie bildete.

Die Stunden vergingen. Schließlich konnte er sich nicht länger zurückhalten. Er ging ins Wohnzimmer und ließ seinem Redeschwall freien Lauf. Es gebe ein paar Dinge, die bei der Psychologin gesagt worden seien und von denen er noch nichts erzählt habe. Er erklärte, dass die Psychologin ihn nach dem ersten Gespräch ermuntert habe, entweder zum Strand zu gehen oder in einen tiefen Wald. Das, habe sie gesagt, würde ihn *beruhigen*. Der Strand oder der Wald. Er sollte dastehen und die Wellen oder die Bäume anschauen. Und noch etwas anderes hatte Hieu zu berichten: In ihrem zweiten Gespräch habe die Psychologin ihn aufgefordert, nach Hause zu gehen und ein Gedicht zu schreiben. Das mit dem Gedicht war das Letzte, was er uns mitteilte, ehe er in unser Zimmer ging und Má und mich auf dem Sofa zurückließ, schweigend vor dem Fernseher.

OHNE UNTERBRECHUNG

Ich machte keine Pausen mehr beim Lernen. Das war meine wichtigste Angewohnheit. Ich fasste ganze Abschnitte zusammen, ich studierte und lernte Wort für Wort auswendig. Ich redete mir ein: wenn ich keine Pausen machte, würden die Bilder aufhören, zu mir zu kommen; kein flackerndes Licht, keine Tiere, die sich durch die kühle Finsternis bewegten.

Nachts, als er aufsteht und aus dem Auto steigt, bemerkt Hieu das flirrende Licht in den Bäumen. Es ist weit weg, zuerst sieht es aus wie ein blinkender Stern tief unten am Himmelsrand, er hält es für eine Art Himmelsphänomen, eine Sternschnuppe vielleicht, doch als er näher herangeht, fällt ihm auf, dass sich das Licht vor allem über den Waldboden bewegt, in einem seltsamen, regelmäßigen Rhythmus: zuerst ruht es auf Sträuchern und Unterholz, dann flackert es in den Baumwipfeln. Er entfernt sich weiter vom Auto.

Es ist Tante Tei Tei.

Und da, als er sie da draußen erblickt, Tante Tei Tei, den einzigen Lichtblick in all der Schwärze, wird ihm mit einem Mal klar, dass sie in all diesen Nächten nicht eine Sekunde geschlafen haben kann, dass sie es deshalb geschafft haben, in dieser kurzen Zeit all diese Beeren zu sammeln, über deren Menge sowohl Má als auch Lan Pham ihre Verwunderung ausgedrückt haben.

Als Tante Tei Tei Hieu hört, erstarrt sie. Sie blickt in seine Richtung, das Licht der Stirnlampe folgt ihren Kopfbewegungen, sie blickt ihn direkt an, fixiert ihn.

Hieus Gedanken rasen auf und davon, er denkt an den nächsten Tag; bereits im Morgengrauen wird er Má erzählen, unter den tauglänzenden Fichten wird er es ihr sagen, dass Tante Tei Tei nicht geschlafen hat, keine Sekunde. Er stellt sich Más Reaktion vor, wie sie sich die Hand vor den Mund halten wird, er denkt, wie auch immer ihre Reaktion ausfällt, wird das, was er sagen wird, den ganzen nächsten Tag prägen, die ganze Heimreise. Tante Tei Tei hat nicht geschlafen, wird er sagen, *keine Sekunde*, und im selben Augenblick, in dem Má diese Worte hört, wird sie einsehen müssen, dass es die volle und ganze Wahrheit ist, dass die Dinge genau so liegen: Tante Tei Tei hat tatsächlich keine Sekunde geschlafen, seit sie hierhergekommen sind.

Hieu ist auf dem Weg zurück. Er hat sich davonstehlen können, er ist auf dem Weg zum Auto, als in seinem Blickfeld plötzlich etwas aufblitzt, völlig unerwartet: Tante Tei Teis Lampe ist ihm gefolgt, sie beleuchtet seinen Rücken, mitten im kühlen Dunkel der Nacht. Er findet zurück zum Auto, öffnet vorsichtig die Seitentür. Im Laderaum ist es stickig. Er hört Más und Lan Phams ruhigen Atem, er kann sie nicht sehen, aber er hört sie. Er schaltet die Taschenlampe an der Decke ein und das, was er sieht, lässt ihn zusammenzucken: wie unschuldig sie aussehen, Má und Lan Pham in tiefem Schlaf, in dicken Kapuzenpullis, Schals um die Hälse gewickelt. Sie machen Schlafgeräusche, vom Licht halb geweckt, drehen sich um, schlafen weiter. Hieu rollt sich zwischen den beiden zusammen, auf dem Boden ist jede Menge Platz, er macht das Licht an der Decke aus und legt sich auf den Rücken, zieht sich die Decke übers Gesicht und denkt an einen Leoparden, der über einen kahlen Hang streift.

Es ist ein Leopard, der im Dunkeln wandert, tiefer hinein in den dichten Wald. Im Dunkel einer einsamen Fichte breitet er sich aus, warm und schwer wie ein Samtvorhang, schläft ein, wacht auf, lässt die Augen auf den schemenhaften Baumkronen unter ihm ruhen.

Es ist ein Leopard, der aufsteht und in den Hain zurückkehrt: der finstere, klare Hain, tagsüber war er ein offener Garten, ehe die Finsternis die Hitze vertrieben und alles in Schatten und Wind verwandelt hat. Die kühle, scharfe Finsternis, die bereits warnend vom kommenden Morgen kündet.

Es ist ein Leopard, der seine langen Hinterbeine streckt.

Die gelben Augen. Senkrechte, reglose Pupillen.

Das Moos zerfällt unter den schweren Pfoten.

Es ist ein Leopard, der zum Wasserloch geht.

Unter Wasser, während das Blut weggespült wird: eine sonderbare, dumpfe Lautlandschaft, langsam gegeneinanderschlagende Steine.

Triefendes, goldbraunes Fell. Die dunklen Flecken. Nur die Farben des Leoparden bleiben zurück.

Er geht zurück zu den warmen, toten Leibern. Eine Hirschkuh und ihr Kalb im Mondlicht. Es ist ein Leopard, der das Fleisch in Stücke reißt, der mit geschlossenen Augen kaut. Schwärme frisch geschlüpfter Insekten. Die Blutspuren sind anziehend: weit und nass.

Es ist ein Leopard, der ihn wachhält. Er weiß, auf ihn wartet eine schlaflose Nacht, er hat es schon oft erlebt, manchmal lohnt es sich gar nicht, es überhaupt zu versuchen, er könnte tun, was er immer tut: die Augen schließen und auf nichts warten, sich durch die hohle, nächtliche Dunkelheit treiben lassen. Aber diese Nacht ist etwas Besonderes. Da draußen ist Tante Tei Tei, das flirrende Licht geht ihm nicht aus dem Sinn, es dringt in sein Blickfeld, blitzt, sobald er die Augen schließt, unter seinen Lidern auf, sogar in der Dunkelheit unter der Decke. Er horcht auf Más und Lan Phams Schlaf, horcht auf den leeren Raum zwischen Einatmen und Ausatmen, in dem nichts wirklich geschieht: der Klang stetigen, tiefen Schlafs, denkt er. Er horcht genau, um sicher zu sein, und dann beschließt er zum zweiten Mal in dieser Nacht, sich hinauszuschleichen. In dieser Nacht kann er nicht liegen bleiben, ein magnetisches Sehnen versetzt ihn in Bewegung. Er öffnet die Seitentür, vorsichtig. Mit sich nimmt er einen Eimer, das ist eine Art Zeichen: er wird ihn vor sich hertragen, gut sichtbar, mit beiden Händen, wenn er auf Tante Tei Tei trifft.

DIE BILDER VON LAURA

Jedes Mal, wenn ich vor der geschlossenen Tür unseres Zimmers stand, der blass gestrichenen Tür, die, wenn das Sonnenlicht darauf fiel, einen grausilbrig glänzenden Ton annahm, konnte ich hindurchsehen – das Holz wurde durchsichtig und legte das Bild offen: Hieus Rücken, leicht gerundet, über Laura gebeugt, ihre bebenden Arme, die Finger, die über die Wirbel seines Rückens strichen, seine Schulterblätter umfassten und an ihnen zogen, ihn öffnen wollten.

Die Bilder von Laura mit uns am Strand. Vor uns lag das Meer wie ein öliger Spiegel. Wir liefen uns müde und spielten ein seltsames Spiel, bei dem alle außer Má auf allen Vieren durch den lauwarmen Sand krochen, langsam, wie Schildkröten. Am Ende kroch Má auch mit. Unterdrücktes Kichern. Die Felsen, rund geschliffen von den Wellen.

Ein Selbstporträt: eine Nahaufnahme von Lauras Gesicht, von vorn: ein Schimmer der weißen Arme, die die Kamera halten, ein Kranz roter Haarsträhnen, Sommersprossen, sie schließt die Augen und lächelt mit rissigen Lippen.

In der Fußgängerzone, bei der Einweihung des neuen Springbrunnens. Der Conférencier mit Mikrofon vor der Menschenmasse rund um die gepflasterte Springbrunnenanlage. Kindergeschrei und Schimmer von Sonnenlicht. Laura … Laura im Gewimmel, weit weg: einen grauen Schal um die roten Haare gewickelt. Sie schob ihr Fahrrad zur Bürgersteigkante, immer noch weit weg, ihr reges Gesicht in der diesigen Luft, die Haare in wechselndem Rot; orange, korallenrot, leuchtend, golden schimmernd, fast gelb, und dann, im Schatten: mandelfarben, braun wie Rost. Ihre grünen Augen im Schatten. Es war Laura …

Hieu stand ganz vorn, dem Sprecher am nächsten, und ich neben ihm. Wir waren von seinen Freunden umringt, eine ganze Gruppe, und überall: Familien und Pensionisten. Hieu unterhielt sich mit zwei älteren Damen. Er umschmeichelte sie. Er blickte ihnen geradewegs in die Augen, redete vom Springbrunnen, wie schön er ihn fand. Er drehte sich um und betrachtete ihn, von unten: Es war eine ovale, seltsam geformte Metallkonstruktion. Eine der Damen lachte verlegen, strich sich über die Wange, versteckte das Gesicht hinter ihren Fingern, und Hieu machte weiter. Und ein guter Name noch dazu, fand er: *Yhtyvät virrat / Ströme in Gemeinschaft*. Er hatte sie eingewickelt, das konnte man in ihren Augen sehen: Der Blick der Tante flackerte sanft hin und her, von seinem Mund zu seinen Augen, von seinen Augen zu seinem Mund.

Laura, immer noch weit weg: plötzlich in Panik, beide Hände auf dem Lenker und die Oberarme dicht am Körper. Ihr Blick auf uns gerichtet. Und dann: ihr Blick, der in alle Richtungen fuhr. Sie wandte das Gesicht von der Menge ab. Sie schob ihr Fahrrad über die Bürgersteigkante, und mit einer unerwarteten Schnelligkeit, geradezu zappelnd, schwang sie sich in den Sattel und raste in ihrem gelben Kleid die Rådhusgatan hinunter.

Nach Hieus drittem Gespräch mit der Psychologin wurde er wie immer von Má verhört. Er war gerade zur Tür hereingekommen, hatte sich kaum noch ausgezogen, als Má bereits ihre Fragen stellte. Hieu erzählte, er habe das Gedicht vorgelesen, das er geschrieben hatte, es sei gut gegangen, danach habe er den Zettel mit dem Gedicht der Psychologin gegeben, damit sie es später selbst lesen könne, wenn sie das wolle.

Má hatte angefangen, unter der Woche zu arbeiten. Der Chef rief sie an, wenn eine von den anderen Angestellten nicht zur Arbeit erschienen war und er kurzfristig einen Ersatz brauchte. Es war für alle eine hektische Zeit.

Als Hieu erzählte, dass er der Psychologin sein Gedicht vorgelesen habe, war es, als würde sich Má auf einmal eines verheerenden Fehlers bewusst, den sie begangen hatte. Sie riss die Augen auf und schlug die Hände vors Gesicht. Es war, als hätte sie ein Verbrechen verübt.

Es war nicht zu verstehen.

Ein Gedicht …

War sie beunruhigt, hatte sie Angst?

Sie hätte doch ganz normal darauf reagieren können, dass Hieu das Gedicht geschrieben hatte, aber sie war außer sich.

Es war ein Fiasko.

Wie hatte sie das vergessen können?

Hieu hatte ein Gedicht schreiben sollen.

Seit einer Woche hatte sie es gewusst.

Was die Psychologin hinterher mit dem Gedicht gemacht hatte, darauf konnte Hieu nicht antworten. Vielleicht habe sie es weggeworfen, vielleicht habe sie es mit nach Hause genommen. Má wollte wissen, ob ihm nicht irgendetwas von dem Gedicht in Erinnerung geblieben sei, *der Wortlaut*, und Hieu antwortete, klar könne er sich erinnern, aber jetzt, wo ihm das Ganze nicht mehr einfiel, wolle er auch keinen Teil davon aufsagen. Da könne er es, meinte er, gleich bleiben lassen.

Má hatte vergessen, dass Hieu ein Gedicht hatte schreiben sollen. Dieser katastrophale Fehler sollte nie wieder erwähnt werden, aber ich für mein Teil musste oft daran denken. Ich stellte mir Hieu beim Schreiben vor.

Hieu: beim Blättern in Schulbüchern, auf der Suche nach Worten.

Wie hatte er es gemacht?

Eines Tages fiel mir ein Kugelschreiber auf, der mit seinen Papieren auf dem Schreibtisch lag. Ich sah die Bissabdrücke.

Er hatte am Kugelschreiber geknabbert.

Blaue Finger.

Ich stellte mir seine tintenblauen Finger vor, im Licht der Leuchtstoffröhren in der Schulbibliothek, auf dem Lehnstuhl sitzend, den Blick auf seinen Schreibblock geheftet. Die Beine gekreuzt: er war ruhig; unermesslich, unerklärlich ruhig, er befand sich in einer neuen Art von Einsamkeit, seine Gedanken waren unerreichbar.

Ich stellte mir Hieu mit dem Stift im Mund vor.

Blaue Finger.

Endlich ruhig.

EIN FREUDENTAG

Má bereitete sich auf ein Telefongespräch vor. In Rock und Bluse gekleidet, trottete sie hin und her, vom Flur ins Wohnzimmer und wieder zurück. Als es so weit war, setzte sie sich auf den Hocker neben dem Telefon. Sie blickte es an, bis es klingelte.

»Ja ja«, »gut, gut.«

Ein kurzes Gespräch. Sie legte auf und sprang hoch, sie kam zu mir und nahm mich in den Arm, sie lief in unser Zimmer, wo Hieu gerade Liegestütze machte, mit nacktem Oberkörper, mitten im Zimmer auf dem Fußboden, sie unterbrach ihn mit einem Freudenschrei, ehe sie ihn umarmte und rasch wieder das Zimmer verließ, sie kniff mich in die Wange, als sie hinausging – zurück in den Flur und zum Telefon –, wo sie den Hörer abhob und voller Eifer eine Nummer wählte. Als die Person am anderen Ende der Leitung antwortete, flüsterte sie in den Hörer.

Ich … hab … den Job …

Es war ein Freudentag. Wir gingen zum Kiosk, Hieu und ich flankierten sie auf beiden Seiten, wir waren einander nah, als wir durch die schattigen, kühlen Alleen in Richtung Zentrum gingen, um Chips und Limonade zu kaufen. Sie hatte den Job. Jemand von der Zeitung *Jakobstads tidning* hatte angerufen. Alle Hausfotografen waren entweder bereits woanders eingesetzt oder krank. Der Abteilungsleiter hatte seine Aushilfen angerufen, darunter Herrn Tèo, der geantwortet hatte, er habe an diesem Tag leider keine Zeit, aber dass sie es bei Má versuchen sollten.

In der ganzen Stadt kein einziger verfügbarer Fotograf. Ein unwahrscheinlicher Zufall.

Er hatte ihnen Más Nummer gegeben.

In Fäboda hatte soeben ein Pferdestall eröffnet, wo jeder willkommen war. Sie sollte die Pferde fotografieren.

Má war ins Fotografieren versunken, sie merkte nicht, wenn wir ins Zimmer kamen, ehe wir nicht direkt vor ihr standen.

Pferde in Boxen, Pferde im Freien. Sie hatte die Person, mit der sie telefoniert hatte, nicht gefragt, welche Art von Bildern die Zeitung haben wollte. Das hätte, meinte sie, *ihre Chancen aufs Spiel setzen* können. Mit einem listigen Lächeln fragte sie Hieu, ob er nicht Lust habe, zu diesem Stall zu gehen und sich dort umzusehen, den Leuten ein paar Fragen über ihren Betrieb zu stellen. Da schnaubte er sie entrüstet an. Er antwortete, dass wir doch ohnehin zusammen hingehen würden. Was Má vorgeschlagen hatte, war, so schien es, völlig daneben.

Was macht man mit einem Pferd …

Sie fotografierte die Möbel und, durch das Fenster, die spielenden Kinder auf dem Hof.

IN EINER SZENE

Má erzählte von einem Traum, den sie diese Woche mehrmals geträumt hatte. Er handelte davon, dass wir alle wieder zurückgegangen waren nach Vietnam, sie und Hieu und ich, auch Lan Pham und Tante Tei Tei, ja selbst Gunnel war dort, mitten unter den Palmen und Pflaumenbäumen. *In einer Szene*, erzählte Má, stand Gunnel an einer Straßenküche, sie trug ein luftiges Kleid und bezahlte gerade für ihr *bánh bao*!

Sie erzählte auch von anderen Ereignissen aus ihrem Traum. Manche davon bezeichnete sie als *Szenen*.

MINOLTA 35MM SLR

Schwer zu sagen, wo Sie aufhören
und die Kamera beginnt

Eine Minolta 35 mm SLR ermöglicht es Ihnen, die Welt ringsum fast mühelos einzufangen. Oder Ihrer Innenwelt Ausdruck zu verleihen. Sie lässt sich bequem halten, und Ihre Finger finden sich ganz von selbst zurecht. Alles funktioniert so selbstverständlich, dass die Kamera Teil Ihrer selbst wird. Sie brauchen den Sucher nie vom Auge zu nehmen, um die Einstellung zu ändern. Daher können Sie sich ganz auf die Gestaltung des Bildes konzentrieren … Und mit einer Minolta können Sie die Reichweite Ihrer Fantasie erproben.

MINOLTA
Dann sind Sie die Kamera, und die Kamera ist Sie.

Am Samstag war es dann so weit. Wir gingen mit Má zum Stall. Der lag irgendwo am Ende der Welt, auf der anderen Seite der Stadt, weit außerhalb des Zentrums, auf halbem Weg zu Fäbodas Sandstränden. Lange liefen wir eine kurvige Landstraße entlang – Schotter, Wiesen, kleine Wälder –, bis wir zu einem Acker mit Pferden kamen. Má holte die Kamera hervor.

Schwarze Erde und Wald.

Drei schwarze Pferde standen rings um einen Heuballen in der Mitte des Geheges. Sie kauten gelangweilt und blickten zu Boden.

Klick, klick. Má machte ein Foto. Hieu und ich standen links und rechts neben ihr.

Irgendwo wurde mit dumpfem Knall eine Autotür zugeschlagen. Am Waldrand, unter den tiefhängenden Zweigen weiter vorn am Straßenrand, erschien ein Mann mit einer kantigen, schwarzen Brille. Er kam geradewegs auf uns zu. Má fotografierte weiter, sie blickte durch den Sucher, sie kniff das eine Auge zusammen, und erst als der Mann mit der Brille unmittelbar neben ihr stand, blickte sie auf.

»Sören Bäck. Ich bin Sportjournalist.«

Sie schüttelten die Hände.

Sören Bäck öffnete das Gatter und trat auf die Pferdekoppel, er ging an den Pferden vorbei, ohne sich umzusehen.

Die Stallbesitzerin hieß Judith. Sie hielt einen Wasserschlauch in der Hand, sie war gerade dabei, den Fußboden des Stallgebäudes zu putzen, sie sei fast fertig, jeden Tag komme so viel Schmutz zusammen, entschuldigte sie sich.

Sören und Má standen nebeneinander: Sören mit Schreibblock, Má mit Kamera, während Judith in ihren hohen Stiefeln über den Boden hastete. Sie zog zwei Plastikhocker herbei, auf denen Sören und sie Platz nahmen, und dann begann das Interview. Mitten im Raum, zwischen Regalen voller Helme und gefüllter Säcke stellte Sören seine Fragen und Judith antwortete. Gurte und Gerten hingen an Haken an den Wänden, überall lag seltsames Werkzeug herum, Heuballen in der Ecke, Schaufeln, Eimer. Er stellte Fragen zu Judiths Hintergrund, über den neuen Betrieb.

Wir gingen zu den Pferden, die immer noch beim Heuballen standen. Eine ganze Weile lang blieben wir, wie man so schön sagt, in einem gewissen Sicherheitsabstand stehen. Die Pferde kauten träge vor sich hin und blickten hinaus auf das leere Ackerland. Da fragte Hieu, ob Má nicht näher herangehen wolle. Er sagte, immerhin solle sie doch die Pferde fotografieren, und nicht die Bäume oder den Himmel.

Nach dem Interview bedankte sich Judith bei uns allen für den Besuch. Es sei ein Jammer, dass wir so früh gekommen seien. Heute sei Schnuppertag für Jugendliche, erzählte sie, es würde jede Menge Spaß geben, aber die Besucher kämen normalerweise immer erst am Nachmittag.

Ich blickte auf Sören Bäck und seinen krummen Rücken, als er zurück zu seinem Auto ging.

Ich sah mich um.

Die Pferde da draußen …

Die Heuballen …

Judith und ihre merkwürdigen Geräte …

Ich fand, dass all das unmöglich etwas mit Sport zu tun haben konnte.

Má dürfe bleiben, so lange sie wolle, sagte Judith. Bis sie das Gefühl habe, dass sie fertig sei. Wir gingen näher auf die drei schwarzen Pferde zu. Hieu und ich standen da und fröstelten in unseren Kapuzenpullis. Rasche Blicke. Klick,

klick. Má stellte sich auf die Zehen, in ihren ausgestreckten Armen die Kamera. Sie hockte sich hin.

Sie beklagte sich.

Alles ging schief.

Das größte Pferd ging mit ruhig schwingendem Kopf zum Straßenrand und wir folgten ihm.

Má machte viele Fotos. Hieu stand direkt neben ihr: jetzt fokussiert, gleichsam in Bereitschaft. Má holte gerade eine neue Filmrolle aus der Handtasche und Hieu streckte die Hände aus. Einen Augenblick lang durfte er die Kamera halten, er richtete sie auf das Pferd, wie um ein Foto zu machen. Má öffnete die Schachtel mit der Filmrolle. Hieu sagte etwas über das Licht und sie nickte.

Das glänzende Fell des Pferdes im Morgenlicht, die gemeißelten, blauschimmernden Konturen der schwellenden Muskeln. Den Kopf über den Zaundraht gestreckt, stand es da, die Mähne wehte im Wind.

Ich blickte auf Má, Má blickte auf Hieu. Er sagte etwas über die *Komposition*. Er riet ihr, sich in einem anderen Winkel aufzustellen, und sie nickte.

Es gab nur Má und Hieu und mich und die Pferde. Wo man auch hinsah, war es matschig und grau. Als die ersten Besucher auftauchten – eine Mutter mit mehreren Kindern in einem roten Auto –, machten wir uns endlich fertig zum Gehen. Judith kam gelaufen und fiel Má um den Hals, die sich ihrerseits bedankte, und wir brachen auf. Hieu ging voran. Ich betrachtete ihn, wie er mit ruckartigen Schritten vor uns herging.

Bereits am nächsten Tag sollte Má mit den Filmrollen in die Zeitungsredaktion gehen.

Die Komposition …

Es war ihr erster Auftrag als Fotografin gewesen und Hieu hatte ihr Ratschläge gegeben.

NACHSPIEL

Das letzte Bild von Laura. Laura und Hieu beim Mittagsschläfchen auf der anderen Seite des Zimmers. Die über die Bettkante hängenden Arme. Es ist eine Art Nachspiel. Die Plastikblume auf dem Fensterbrett. Hell, aber keine Sonne.

Ich ging aus dem Haus und lief stadteinwärts. Es war Sonntag, die meisten Läden waren geschlossen. Ich ging zur Bibliothek. Das Bild von Hieu, als er Má Ratschläge erteilt hatte – sie solle sich in einem anderen Winkel aufstellen, um die *Komposition* des Bildes zu verbessern –, stand mir deutlich vor Augen, als ich das Gebäude betrat und mich zu den brillentragenden Onkels und Tanten in den Zeitungslesesaal setzte. Alle blätterten in Zeitungen. Auch ich. Es dauerte nicht lange, ehe ich auf meinen Gedanken davontrieb. Die Tellushalle, Besnik und Juri, die Teamkameraden. Ganz klar sah ich sie vor mir, hörte ihr Lachen von den kahlen Betonwänden widerhallen. Die Scheinwerfer, all die Blicke, der Rausch, der sich einstellte, wenn ein Pass die Verteidigung durchbrach.

All dem würde ich widerstehen.

Die Herbstsonne durch die hohen Bibliotheksfenster.

In einem Fußballmagazin waren die besten Spieler der Veikkausliiga aufgelistet. Ich blätterte, bis ich Hunger bekam. Ich ging über den kahlen Platz und machte mich auf den Weg nach Hause. Längliche Bonbonpapiere lagen wie kleine fette Würmer auf dem Steinpflaster. Es wollte mir nicht aus dem Kopf gehen, was Hieu auf der Pferdekoppel zu Má gesagt hatte. *Die Bilder in einem Film …*

Er hatte ihr an diesem Tag mehrere Ratschläge gegeben. Den meisten schenkte sie keine größere Beachtung, aber bei einer Gelegenheit sagte er etwas, das ihr wirklich die Sprache verschlug. Es war dort vor dem Pferdegehege gewesen, wir hatten uns gerade verabschiedet – Judith hatte sich für unseren Besuch bedankt, sie war auf dem Weg zurück zum

Stall –, als er es sagte, geradeheraus, spontan, als wäre es ihm gerade eingefallen.

Wenn du fotografierst … Stell dir vor, es wären die Bilder in einem Film.

Má schien zuerst nicht gehört zu haben, was er gesagt hatte, aber nach längerem Schweigen schien der Sinn der Worte zu ihr durchgesickert zu sein, sie reagierte, als wäre das, was Hieu gesagt hatte, etwas Großartiges, ein Gedanke, der ihr selbst noch nie gekommen war. Sie löste die Finger von der Kamera und ließ sie um ihren Hals hängen. Sie umfasste mit den Händen seinen Kopf und küsste ihn auf die Stirn. Sie hielt Hieus Kopf in ihren Händen, die Stirnen berührten sich, sie blickte in seine Augen und er blickte zurück. Wir hatten uns verabschiedet; wir hatten gerade gehen wollen, aber nichts geschah, er hatte diese Sache über die Bilder in einem Film gesagt und Más Augen glänzten. Ich blickte hinaus auf die leeren Felder. Die Bilder in einem Film … Was für ein schlechter Rat … War das nicht das Erste, was einem einfiel – dass man sich Fotos vorstellen sollte wie die Bilder in einem Film?

Más Fotos konnten jederzeit im Druck erscheinen. Herr Tèo hatte die Zeitung abonniert und gesagt, er würde Má anrufen, sobald die Reportage über Judith und ihre Pferde erschien.

Die Bilder in einem Film …

Ganz beiläufig hatte er es gesagt, als wäre es ihm gerade eingefallen.

Warum sollte Má auf ihn hören?

Er schaute sich niemals Filme an.

Sie bedeuteten ihm nichts.

Er wusste nicht einmal, wie man sich mit Mädchen anstellte.

Má hatte einen Traum und ich war an ihn gebunden.

Sie lief mit geballten Fäusten durch die Wohnung. Herr Tèo konnte jeden Augenblick anrufen. Sie holte die Kiste mit Papieren und Fotos hervor.

Verwackelte Selbstporträts.

Ein Bild von Hieu und mir, wir stehen im Flur, seine Hand auf meiner Schulter.

Hieu hatte bereits eine neue Freundin.

Naturaufnahmen.

Sträucher.

Weiße Baumkronen. Krähenspuren im Schnee.

Schlief er bei ihr?

Die Blumenrabatten im Runebergpark.

Felsformationen.

Nachtaufnahmen. Die Augen einer Katze.

Verschwommene, unbegreifliche Bilder.

Sie würde üben müssen.

Má hatte einen Traum und ich konnte ihr helfen.

Als sie sich anzog, um hinauszugehen, zog ich mich ebenfalls an. Sie stand mit der Kamera um den Hals vor dem Flurspiegel und ich neben ihr, halb sichtbar im Spiegel. Wir machten einen langen Spaziergang, bis zum Industriegelände; zur Papierfabrik und zur Schiffswerft, weiter nach Vestersundsby und dann stadteinwärts, nach Skutnäs mit seinen hübschen kleinen Häuschen und schließlich wieder nach Hause. Ich wusste, dass sie, wenn ich meine Schritte verlangsamte, dasselbe tun würde, dass ich sie auf diese Weise zum Stehen bringen konnte. Lange vor einer Kreuzung wurde ich allmählich langsamer, ehe wir schließlich an der Kreuzung stehen blieben: Sie holte die Kamera hervor und richtete sie in die Richtung, in die ich blickte, als ließe sie sich von meinem Blick führen.

Ein rotes Auto auf einem leeren Parkplatz.

Krähen.

Zwei Jungen, ein älterer und ein jüngerer, Hand in Hand, an der Ampel.

Es lag an mir zu wissen, was schön war.

Das Schöne müsse nicht hervorstechen, hatte sie gesagt, aber es müsse *sich richtig ins Bild einfügen.*

Wir blieben stehen und wir gingen rasch weiter. Má konnte sich mit den merkwürdigsten Dingen aufhalten. Einmal hockte sie sich hin und stützte sich mit dem Ellbogen auf ihrem Knie ab, höchst fokussiert, um eine leere Dose am Straßenrand zu fotografieren. Ein anderes Mal blieb sie direkt neben einem Stoppschild stehen.

An der Kreuzung nach der Holzhäusersiedlung von Skutnäs bogen wir ab. Weiter vorne beim Kreisverkehr lagen die Pizzeria und die Bar, aber davor, in einem der Hochhäuser, die entlang der Straße in die Höhe ragten… Dort wohnte Lan Pham. Wir waren in Lan Phams Straße. Eine plötzliche Eile: Ich ging schneller, ich hastete Lan Phams Straße hinunter, ohne mich umzusehen, ich wusste, dass Má direkt hinter mir war, dass wir den schnellsten Weg nach Hause nehmen würden – ohne Unterbrechung, ohne ein Wort.

Ein paar Wochen später hatte Má die Bilder jenes Tages entwickeln lassen. Weite Ansichten von Jakobstads Straßen. Himmel und Wolken. Das rote Auto auf dem Parkplatz. Die Krähen. Die Bilder lösten einander auf vorhersehbare Weise ab. Die Jungs an der Ampel hatte ich bereits gesehen. Die leere Dose am Straßenrand, das Stoppschild. Unbekümmert blätterte ich bis zu den letzten zwölf Fotos. Ich habe sie später gezählt, diese zwölf Fotos am unteren Ende des Stapels, die Bilder, die mich daran erinnern sollten, dass wir an diesem Tag irgendwie in Lan Phams Straße gelandet waren und dass ich meine Schritte beschleunigt hatte und Má mir gefolgt war. Es war eine deutliche Erinnerung: Wie durch Zufall waren wir in Lan Phams Straße geraten und durch sie hindurchgeeilt, bis wir zum Kreisverkehr gekommen und in die Skutnäsgatan abgebogen waren. Es war eine deutliche

Erinnerung, die nicht mit dem übereinstimmte, was ich jetzt vor mir sah: denn nach den Fotos zu schließen hatte Má sich Zeit gelassen.

Zuerst, von der Straße aus: Bilder von Lan Phams Küchenfenster. Verschwommene, flüchtige Bilder, in aller Eile aufgenommen.

Dann: Bilder von Lan Phams Innenhof. Sie war in Lan Phams Innenhof gegangen.

Ein Bild von mir bei den Schaukeln. Ich war mitgekommen. Ich blicke in die Kamera und lächle. Zoomaufnahmen von Lan Phams Balkon. Die verblühten, zwischen den Geländerstäben herabhängenden Pflanzen. Welke, dunkle Blüten.

Ich saß da und blätterte in den Fotos und fing an zu schwitzen. Ich betrachtete mich selbst, an das Gestell der Schaukel gelehnt, ich war es wirklich: in grüner Windjacke, den Blick in die Kamera gerichtet. Ein Lächeln.

Was war das?

Ich versuchte die Bilder zu deuten, ich wollte irgendetwas in ihnen erkennen.

Sah ich jämmerlich aus?

Wir hatten gemeinsam diesen langen Spaziergang gemacht, Má und ich, und ich hatte ihr helfen wollen.

War ich *niedlich*?

Ich betrachtete mich selbst und ich sah es: Ich war vollkommen ahnungslos, ich sah aus wie ein Clown. Da stand ich in Lan Phams Innenhof, unter ihrem Fenster, und posierte! Má hatte mich reingelegt …

Ich musste weiterblättern. Ehe ich fertig war, kam mir der Gedanke, dass früher oder später auf irgendeinem Bild Lan Pham auftauchen würde, an irgendeinem Fenster stehend; die Umrisse ihres Gesichts, ihre weit geöffneten Augen hinter einem dünnen Vorhang. Ich war außer mir, ich starrte mich durch diese zwölf Bilder, doch nirgendwo war Lan Pham zu finden.

Hieu hatte ein Gedicht geschrieben, an dem Má, aufgrund ihrer Vergesslichkeit, nicht hatte teilhaben können. Hieu hatte das Gedicht der Psychologin vorgelesen. Er hatte die Seite aus dem Heft gerissen und es ihr geschenkt. Má hatte die Hände vors Gesicht geschlagen, als er das erzählt hatte, sie würde nie erfahren, was für ein Gedicht er geschrieben hatte.

Was für ein Gedicht hatte er geschrieben?

Hieu hatte nie für die Schule gelernt, nie mit voller Hingabe, so richtig, gelernt.

Ich schon.

Ich wusste, dass Má es wusste: dass ich der Auserwählte war.

Ich war derjenige, zu dem die Bilder kamen.

Ich war es, der von den Ereignissen heimgesucht wurde, und ich hatte Verstand genug, mich von ihnen abzuwenden.

Zum Unterschied von ihm.

Er war ein Nichtsnutz, der kaum die Schule schaffte.

Er hatte ein Mädchen geschlagen.

Er hatte in der Pause vor den älteren Schülern mit mir angegeben, hatte gesagt, ich sei gut im Fußball. Er hatte mich vor Más Ohrfeigen beschützt, die Schuld auf sich genommen, als ich vergessen hatte, das Fahrrad abzuschließen, und es gestohlen worden war.

Er hatte eine neue Freundin – das hatte sich bereits herumgesprochen, auf dem Schulhof wurde darüber gemunkelt.

Er hatte keine Ahnung, was man tun musste, um ein gutes Zeugnis zu bekommen.

Er verliebte sich in Isabella mit den runden Wangen.

Er verliebte sich in Laura und sie waren unzertrennlich.

Er hatte dieses Mädchen aus der Schule geschlagen.

Er hatte sich eine neue Freundin gesucht.

Die Psychologin hatte ihn gefragt, wie es ihm zu Hause ginge, wie es ihm in der Schule ginge, und mit Laura. Sie konnte das – drei Fragen auf einmal stellen. Das muss ein stiller Tag gewesen sein. Ich stellte mir vor, wie er zwischen den Füßen der Psychologin auf den Boden blickte, vielleicht wartete er auf ein Auto: Als es draußen unter dem Fenster vorbeifuhr, antwortete er, das mit Laura sei vorbei, und dass es er gewesen sei, der sie verlassen habe.

Normalerweise hatte man dort nichts verloren, aber eines Tages fuhr ich mit dem Fahrrad bis ans Ende der Querstraße, die unsere Straße kreuzte, bis zur Sackgasse bei den niedrigen Fabriksgebäuden. Von der Straße war die massive Metalltür der Wäscherei zu sehen. Man konnte den stickigen, beißenden Geruch ahnen: Rose und Lavendel und Zitrone. Das niedrige Plattengebäude hatte keine Fenster, man konnte nicht hineinsehen, aber ich wusste, dass es drinnen von Vietnamesen nur so wimmelte.

Zu Hause setzte ich mich, wie immer, ans Wohnzimmerfenster. Auch an diesem Tag hatte Herr Tèo nicht angerufen. Der letzte Bus kam um die Ecke gefahren, in der Dämmerung sah er aus wie ein Geisterbus: ohne Licht, ohne Fahrer.

Ich war einsam.

Ich konnte nicht lernen.

Ich hatte den ganzen Tag weder Má noch Hieu gesehen.

Ich dachte an die Pferde und ihre langen, schönen Mähnen, dort bei den Heuballen unter dem grauen Himmel.

Was konnte denn so lange dauern?

Hatte Sören Bäck seine Arbeit etwa nicht erledigt?

Gab es ein Problem?

Ich wusste, wo er wohnte. Ich hätte ihn anrufen können. Ich musste nur den Mut aufbringen, mich mit Vor- und Nachnamen vorzustellen, und er würde sofort an Má denken müssen. Ich wusste bereits, was ich sagen würde, ich hätte schreien können, direkt in sein dreckiges Ohr: Nimm die Bilder! – Nur die Fotos, keinen Text, kein Interview, nur die Fotos von den Pferden!

Jedes Mal, wenn das Telefon klingelte, dachte ich, es könnte Herr Tèo sein, wegen der Bilder. Oder Lan Pham. Wären die Bilder endlich veröffentlicht, dann könnten wir weitergehen. Endlich, ein für alle Mal. Wir würden die Heidelbeeren hinter uns lassen, die Filme, die Wäscherei. Wir wären ganz woanders.

SCHLEICHEND

Ich stellte ihn mir mit dem Eimer in der Hand vor, schleichend, immer weiter vom Auto weg.

ZIKADEN

Die Stirnlampe steckt noch in der Hosentasche. Er hat sich an die Dunkelheit gewöhnt. Er bleibt stehen, um die Socken zurechtzuziehen, die in seinen Gummistiefeln verrutscht sind, und da, im Hinunterbeugen, fallen ihm die Geräusche aus der Ferne auf. Irgendein Vogel. Ein Wind in den Baumwipfeln: ein sanftes, rhythmisches Rauschen, das an Wellen erinnert. Er geht weiter in den Wald, streift durch das Gelände, das wie ein unsichtbares Bett aus raschelnden Zweigen und Gestrüpp vor ihm liegt. Hier und da bleibt er stehen. Er versucht, auf Tante Tei Tei zu horchen, aber es ist jedes Mal dasselbe Geräusch: irgendein Vogel, der Wind.

Es ist eine erstaunlich stille Nacht. Er nimmt doch die Stirnlampe heraus, zieht sich das elastische Band, an dem sie befestigt ist, über den Kopf. Das ist fast wie Magie: Das Licht folgt seinen Kopfbewegungen. Er macht die Lampe aus, schließt die Augen. Er schaltet sie ein und schaltet sie aus. Das Licht macht ihn schwindlig. Er nimmt die Lampe ab und bereut es sofort, setzt sie wieder auf, versucht es noch einmal. Erleuchtete Ausschnitte der Landschaft. Die tiefgrünen Fichtennadeln scheinen sich im grellen Lichtschein wie Wellen zu bewegen. Surrende, unsichtbare Bienen. Er spürt die Feuchtigkeit im Gesicht. Den Schweiß am unteren Rücken, an der Innenseite der Arme. Andere Geräusche. Zikaden.

Zikaden?

Kröten?

Jetzt sieht er die Lianen, die die Bäume miteinander verschnüren.

Er geht schneller, tiefer in den Wald. Er ist schutzlos. Er stellt sich Ameisenhaufen vor, schlafende, auf dem Rücken liegende Reptilien, Affen, die in den Bäumen sitzen, Schlangen; eine Schlangenmutter mit ihren kleinen Schlangenjungen, Schutz suchend vor der Nacht. Als er Tante Tei Tei entdeckt, ist sie nur als schwacher Lichtfleck zwischen den Stämmen erkennbar, ein Blinken im dichten Geäst. Etwas zieht ihn zu ihr hin, er bewegt sich ungehindert, schwebt über den überwachsenen Untergrund. Er nähert sich und sie blickt in seine Richtung, während sie sich eine Hand vor die Augen hält.

Bitte, das Licht …

Es ist das erste Mal, dass sie ihn direkt anspricht. Er blickt hinunter auf den Boden und hinauf zum Himmel, er möchte sie nicht blenden. Und da, während sein Blick auf und ab irrt – hinabblickt, hinaufblickt –, ahnt er den Klang von Wasser: aus der Ferne, wie von einem undenkbaren Ort, er meint, das Geräusch von Wellen zu hören, von Brandung, von Seevögeln.

Er blickt hinunter, blickt hinauf. Schließlich macht er die Lampe aus. Er bleibt stehen und Tante Tei Tei kommt auf ihn zu. Langsame Schritte. Unter ihren Füßen brechen Zweige. Er kann ihren Atem an seiner Stirn spüren. Sie berührt mit den Händen seinen Kopf. Seine Lampe geht an und blendet sie, Tante Tei Tei blinzelt. Und das Licht wird schwächer. Nebelhaft, bleich – Tante Tei Tei dimmt die

Lichtstärke seiner Stirnlampe. Sie nimmt seine Hand und führt ihn hinter sich her. Sie lässt seine Hand los und er folgt ihr weiter, wie an einer Leine. Ein schwaches Licht folgt seinen Kopfbewegungen. Er beeilt sich, er ist auf der Hut, er darf Tante Tei Teis Silhouette nicht aus den Augen verlieren.

An einem sanft rieselnden Bach bleiben sie stehen. Dichter Wald umschließt sie. Sie sind verborgen. Dort stehen sie nebeneinander, Hieu und Tante Tei Tei, wartend, lauschend, die Stirnlampen auf das dunkle, purpurfarbene Wasser gerichtet.

Hieu schließt die Augen.

Tante Tei Tei steht immer noch neben ihm, er hört ihre kleinen Bewegungen auf dem weichen, moorigen Untergrund, wie sie ihr Gewicht von einem Fuß zum anderen verlagert.

Hieu schließt die Augen und nach einer Weile hört er, durch das Rieseln des Baches hindurch, wie sich vom Hang her etwas nähert. Es ist das Geräusch von Pfoten. Laub, Zweige und Baumnadeln, die unter den Pfoten knistern. Langsame Schritte. Es raschelt, es knackt – man hört, es ist ein schweres Tier.

Als Hieu schließlich die Augen öffnet, sieht er etwas davonhechten, er kann gerade noch einen Blick darauf erhaschen: eine ausgestreckte Gestalt in der Größe eines Mopeds – es ist eine Art Katzentier mit Quasten an den Ohrenspitzen –, die panisch mit ihrem fleckigen Fell im dichten Gebüsch verschwindet.

Tante Tei Tei ist ins Wasser gestiegen. Sie hat alles beobachtet, das sieht man daran, wie sie sich vorlehnt, die Hände unter der Wasseroberfläche, mit gestrecktem Hals, wie bereit zum Angriff, den

Blick auf den Hang gerichtet, wo das Katzentier gerade noch ausgestreckt gelegen hat.

Hieu ist müde.

Er wäre jetzt zu allem in der Lage.

Er könnte sich ins Wasser legen.

Er schwitzt.

Er stellt sich den moorigen Grund an seinen bloßen Füßen vor.

Er schließt die Augen.

Katzenaugen in der Finsternis.

Er sieht die erloschenen Straßen der Stadt, sogar die Fenster sind schwarz. Er stellt sich die Katzenaugen in der dunklen, blühenden Allee vor.

Trübe Flecken.

Er sieht das Katzentier den Hof überqueren.

Er streckt seine Hand aus und Tante Tei Tei nimmt sie.

Nachtschweiß.

Er steigt ins Wasser, während sie seine Hand hält.

Sie baden im kühlen Wasser.

Er öffnet die Augen.

Er wäscht den Schmutz von seinem Gesicht.

Es leuchtet.

Er sieht die Beeren. Er sieht Tante Tei Teis Gesicht über der Wasseroberfläche.

Er sieht ihren Mund, aber nicht ihre Augen.

Er geht im Wasser auf sie zu.

Er hört ihr hemmungsloses Lachen.

Sie lacht.

Er lacht, es klingt leicht und hell, er hört es hoch oben in den Baumwipfeln widerhallen, mit seinem Lachen beschwört er die Bilder herbei.

Er sieht Má, wie sie die Beeren in Wasser tränkt.

Er sieht, wie sie sie danach abwiegt, in der Küche, es ist ein blendend klarer Morgen.

Er sieht sie alle mit den aufgeschwollenen Beeren auf dem Markt stehen, Tante Tei Tei und ihre Cousinen, Lan Pham, Gunnel und ihr Mann. Er sieht sich selbst mit den Kunden reden, er sieht die Eltern seiner Schulkameraden herankommen und sie begrüßen, einander umarmen wie Freunde. Er sieht Más Bekannte, die Vietnamesen: vorsichtig, schleichend, ganz hinten in der Warteschlange.

Er sieht Má in einer weißen Bluse neben sich. Um ihr Haar ist ein Seidenschal gewickelt.

Zarte Wolken, wie an Fäden über den niedrigen Himmel gezogen.

Er sieht Isabella in einem geblümten Kleid.

Isabella und ihre Mutter; Isabellas Mutter, die an ihn herantritt und fragt, ob das denn nicht Hieu sei, aus Isabellas Klasse, ob der etwa mitgeholfen habe, all das zu pflücken.

Er blickt auf Isabellas schmale, weiße Arme.

Milde, blassrosa Sonne.

Er wäre jetzt zu allem in der Lage.

Er könnte sich auf den Asphalt legen.

UNGESTÖRT

Hieu ruht in Tante Tei Teis Armen. Als er die Augen öffnet, blicken die beiden in verschiedene Richtungen: sie nach oben zu den Bäumen, er seitwärts zum Hügelkamm, wo die Beerensträucher in fetten Büscheln über den Hang hängen. Er schließt die Augen. Er bewegt sich zwischen Schlaf und Wachen. Der Hinterkopf ruht an Tante Tei Teis Brust, er ist weich gebettet; seine Halsmuskeln glänzen im Mondschein. Er trägt seine Kapuze wie ein Kopftuch. Tante Tei Tei streicht ihm über die Stirn, über das Haar am Kapuzenrand, mit langen, pinselnden Bewegungen.

Sie nähert ihr Gesicht dem seinen, ihre Nasen berühren einander, er atmet sanft, er lächelt und sie lächelt, er wendet sich um und sie blickt hinauf in die Baumwipfel.

Er saugt seine Lungen voll.

Er ist vollkommen ruhig.

Ungestört.

Jetzt ist er hier.

Der Hall der Flügelschläge über dem Wasserloch; das seichte Wasserloch, gefüllt mit Schlamm und kleinen Kieselsteinen und grautrübem Wasser, in dem sich die niedrigen Wolken spiegeln.

Sie sind die ganze Nacht wach gewesen.

Sie tauchen ins Wasser, sie gehen an Land, das Moos knistert unter den Füßen.

Sonne.

Sie stehen da, jeder in seine eigene Richtung gewandt, nackt in dem durch das Astwerk sickernden Lichtschein, und sie fängt an zu erzählen, ihre Stimme ist hohl, wie die eines Roboters.

Einen Sommer lang war ich in Saigon, die Straßen waren klebrig, ich stand vor dem Hotel, in den Gassen, über allem lag ein sanfter Hauch von Blüten … Es war eine schreckliche Zeit, eine feuchte Hitze über dem ganzen Land, deine Mutter hatte sich die Haare abgeschnitten … Sie war nicht empfindlich … Aber sie hatte sehr spezielle Bedürfnisse …

Gleich werden sie die Heimfahrt antreten. Alles leuchtet im tauschimmernden Morgenlicht. Was für ein Ausflug. Hieu sitzt in der Mitte. Hin und wieder wirft er einen Blick nach rückwärts, in den Laderaum, auf die Eimer, die über den Boden verteilt sind und diesen fast ganz bedecken. Má fährt langsam. Sie scheint an etwas anderes zu denken. Tante Tei Tei erwähnt einen *Leoparden* und Lan Pham fährt zusammen, sie kann ihren Ohren nicht trauen, aufgebracht blickt sie sich um, holt Luft, wie um etwas zu sagen, bleibt aber schweigend sitzen, heftig atmend. Es ist der letzte Morgen. Zögernd haben sie alle auf die Sträucher geblickt, die Baumkronen, die Baumstämme, die Blumen, die Stängel und die Blätter, ganz aus der Nähe, die Bienen, die Ameisen in ihren großen Haufen. Sogar die Mücken haben sie extra lange angesehen, haben sich ein letztes Mal vor der Abfahrt das Blut aus den Armen saugen lassen. Als Má den Radiosender wechselt, erhöht sich die Lautstärke dramatisch. Hieu lacht, freut sich über die kurze Gelegenheit, ehe Lan Pham das Radio so leise stellt, dass man den Gesang kaum mehr hören kann, nur den Bass und das Schlagzeug und den gegen das Autoblech schlagenden Kies.

Später entsteht eine lebhafte Diskussion über das finnische Tierleben. Mehrere Tage hintereinander hat Tante Tei Tei die Sache beiläufig erwähnt, nämlich dass sie einen Leoparden gesehen habe, und auf der Heimfahrt, etwa auf halber Strecke, mitten im Schweigen, bringt Lan Pham es erneut zur Sprache. Sie bittet um allgemeine Aufmerksamkeit. Es gebe in Finnland keine Leoparden, also habe Tante Tei Tei auch keinen Leoparden gesehen, und so sei es nun mal. Ein glasklares Argument, findet sie, kinderleicht nachzuvollziehen.

Am Abend vor dem Markttag tränkt Má die geputzten Beeren in Wasser. Sie hebt die Eimer in die Dusche, einen nach dem anderen, und lässt den Duschkopf mit seinen gebeugten, schwachen Strahlen über ihnen kreisen.

Am Tag darauf stehen sie versammelt auf dem Marktplatz, unter dem Schirm, mit unerhörten Erwartungen. Alle sind da. Tante Tei Tei. Lan Pham. Gunnel, die vor ihrer Arbeit vorbeischaut, um viel Erfolg zu wünschen. Viele Kunden kommentieren den Preis: nicht gerade billig, aber ein »guter Preis«. Hieu ist, wie sich herausstellt, der geborene Verkäufer. Er steht am Verkaufstisch und bedient die Kunden. Noch ehe sie mit ihm reden, redet er mit ihnen. Ohne mit der Wimper zu zucken, erzählt er vom Beerenpflücken. Gute Ernte. Guter Frühling, guter Sommer. Süße Beeren. Er streicht mit der Hand über die Beeren, berührt sie, zeigt sie her. Es ist ein heißer Tag. Die Sonne brennt herunter. Manchmal zieht ein kühlender Windhauch über den Platz, Má bemerkt jedes Mal, wie es zieht. Es kann gar nicht kühl genug werden, denkt sie, während sie unter dem Sonnenschirm steht und die Beeren betrachtet, die da vorne glänzen, ja geradezu funkeln, als wäre es genauso geplant gewesen: dass nur die Beeren in der Sonne stehen sollten. Sie blickt auf und sieht sich um. Hieu ist tatsächlich ein wahres Talent. Er lockt die Kunden zu sich, verführt sie, er verkauft Kilogramm um Kilogramm. Das Ganze geht mit einer solchen Natürlichkeit vor sich, dass Má sich niemals Sorgen machen muss. So kann sie unter dem Schirm stehen und an anderes denken.

Die Kinder jagen einander zwischen den Marktständen. Würstchen und Zuckerwatte. Die Luft ist süß und stickig. Die Menschen setzen sich zum Ausruhen auf die Steintreppen unter dem Gewölbe des Rathauses. Má blickt hinauf zur Uhr auf dem Rathausturm. Die scharfen Zeiger. Vom Balkon im ersten Stock ragen die Fahnenstangen schräg in die Luft. Hier und da ein kurzes Aufflattern der finnischen Flagge. Es ist ein ewiger Nachmittag. Die Kasse wird schwerer und schwerer, aber bis sie zusammenpacken, nach Hause fahren und das Geld zählen können, wird es noch mehrere Stunden dauern. Und da, in diesem leeren Raum in der Zeit, während des Wartens, taucht ein junger Mann mit einer Plastikschale in der Hand auf. Er ist vorhin schon hier gewesen, es ist ein attraktiver, gepflegt aussehender Mann, Hieu erkennt ihn wieder. Er hat mit ihm über das Wetter geredet und der Mann hat drei Schalen mitgenommen, und nun steht er wieder da, unter dem Schirm, direkt vor dem Verkaufstisch. Er steht dicht vor Hieu, starrt ihn an. Der Mann wedelt mit der Beerenschale in der Luft; er drückt sie zusammen, dass es knackt, an der Innenseite der Schale sieht man den Beerensaft herunterrinnen. Er sei beschwindelt worden, sagt er, und sofort, wie aus einem Reflex, schnellt Hieu mit der Hand unter den Tisch, als würde er dort irgendetwas suchen. Er lässt den fremden Mann nicht aus den Augen, fragt ihn, ob er statt der Schalen lieber lose Beeren hätte, freundlich, aber als Hieu die schwere Waage hervorholt, langt der Mann über den Tisch und packt Hieu am Arm. Er hält Hieus Arm fest und sagt, er wolle sein Geld zurück.

Má hat ihre Aufmerksamkeit über den Platz schweifen lassen. So viele Menschen. Sie betrachtet ihre Gesichter. Sie sind bleich und zerknittert, obwohl es längst Nachmittag ist. Der Himmel mit der wehenden finnischen Flagge. Sie bemerkt die Wolke; da ist sie, eine einzige Wolke, körnig, kaum noch eine Wolke. Diese zerfallende, ausgelöschte Wolke: Für eine Weile lässt sie den Blick auf ihr verweilen, das Gesicht fast senkrecht nach oben gerichtet, während Lan Pham und Tante Tei Tei in Más Richtung schielen.

Das, was sie jetzt tun wird, passt nicht zu ihr.

Sie macht einen Fehler, sie ist unfokussiert.

In diesem sonderbar stillen Augenblick, als Má dasteht und in den Himmel schaut, scheint selbst der fremde Mann auf ihre Reaktion zu warten. Er steht da und hält Hieu fest, aber nichts passiert …

Als Má dann, endlich, darauf aufmerksam wird, was sich da gerade vor ihr abspielt – sie sieht ihn, Hieus Arm, genau vor sich, ganz weiß, dort, wo der Arm am schmalsten ist, an der hervortretenden Kugel des Handgelenks, und sie begreift, dass der fremde Mann wirklich dasteht und Hieu festhält –, tritt sie vor, und das, was sie dann tut, geschieht in einer einzigen Bewegung, wie aus einer Choreografie: Sie tritt vor, den Zeigefinger auf das Gesicht des

Mannes gerichtet, unerhört nah – der rotgemalte Nagel ist direkt vor seinem Auge, während sie die drei Wörter auf Vietnamesisch brüllt. Es ist ein Gezeter, man hört das Zerren in ihrem Hals. Die drei hässlichsten Wörter, die es im Vietnamesischen gibt, die schreit sie dem fremden Mann ins Gesicht.

Lan Pham hat Mühe, ihr Lachen zu unterdrücken. Sie stehen mitten in diesem gespannten, stillen Ernst – alle schauen auf den fremden Mann und warten, was er als Nächstes tun wird, dieser Mann, dem sie überteuerte Heidelbeeren verkauft haben – und Lan Pham ist knapp davor loszuprusten. Eine merkwürdige Reaktion, regelrecht unpassend, aber das, was Má da gerade gesagt hat … Das war wirklich hässlich …

Was macht Tante Tei Tei? Sie hat die Augen geschlossen.

Tante Tei Tei steht da, mit vor Schreck geschlossenen Augen.

Má reicht dem fremden Mann zwei Plastikschalen, mehr haben in ihren Händen keinen Platz; ein halbes Kilo Heidelbeeren, die sie ihm anbietet – das ist ein Geschenk! –, und als er kein Interesse zeigt, zwingt sie ihn. Sie zwingt ihn, das Geschenk anzunehmen, es geht schnell: Sie öffnet seine Hand und er lässt es geschehen, er löst seinen Blick von Hieu, dreht sich um und geht, er blickt nicht einmal über die Schulter, kein einziges Mal, und schließlich ist er mit seinen Schalen um die Ecke, außer Blickweite, und dann sind sie wieder allein.

Sie atmen auf.

Was für eine Person.

Und was für ein Glück, denkt Má, dass er gleich nachgegeben hat. Sie ist schlau gewesen und hat rasch gehandelt, sie hat sich als schlagfertig erwiesen, aber sie weiß, das hier war nur die erste Beschwerde von vielen. Sie hat die Beeren zu lange gewässert, sie wiegen zu viel, jeder wird das durchschauen.

Was hat sie sich vorgestellt?

Sie schielt hinüber zu Lan Pham, Lan Pham, die dasteht und nach Kunden Ausschau hält, sie wippt auf den Zehen, es sieht aus, als versuchte sie, ihren Blick in Richtung Rådhusgatan zu lenken, von wo die Menschen jeden Augenblick in Massen auftauchen und den Marktplatz bis zum Rand füllen könnten. Sie ist komplett ahnungslos, denkt Má, und mit jemandem, der derart naiv und ahnungslos ist, kann man keine Träume teilen. Diese Gedanken gehen ihr durch den Kopf, als sie von der hochstehenden Sonne gepeinigt dasteht, und sie ertappt sich beim Versuch, sich neue, boshafte Beschreibungen von Lan Pham auszudenken. Lan Pham – ihre einzige Freundin! –, die ihr bei so vielem geholfen hat!

Später sehen sie, wie sich ein kleiner Junge dem Verkaufsstand nähert und Má wird ganz aufgeregt. Sie ist aufgeregt und dann erleichtert, und als er abbiegt, atmet sie auf. Sie denkt an das Wetter und sie wünscht sich, wie sie sich eingestehen muss, dass es bald anfangen möge zu regnen: ein harter, wirbelnder Regen, der den Platz überschwemmt, herein unter den Schirm, über die Beeren, ein langer, wilder Regen, von dem sie weiß, dass er nichts ist als ein leerer Wunsch – nicht einmal eine Hoffnung –, denn sie haben Sonne angesagt, eine runde, hohe Sonne, 20 °C den ganzen Nachmittag.

Die Tage vergingen ereignislos. Die Augenblicke des Wartens zogen sich zusammen und auf einmal hatte sich der Himmel um die letzten bleichgrünen Strahlen der Herbstsonne geschlossen. Má klapperte in der Küche. Sie hatte für zwei gedeckt. Für sich und für mich. Durch einen kleinen Spalt im Fenster strömte die Musik vom Hof herein. Weißkohl, Fischsauce. Ein komischer Hunger: Sie kicherte, während ich das Essen hinunterschlang.

Das Telefon läutete. Sie stand vorsichtig auf und verließ die Küche, sehr langsam, um fertig kauen zu können. Sie hob ab und runzelte dann die Stirn. Irgendetwas stimmte nicht. Vielleicht war es jemand, dessen Schwedisch zu kompliziert für sie war. Sie stand einfach nur da und grinste. Ich stand auf und ging in den Flur, so wie sie es zuvor getan hatte, langsam, kauend. Sie reichte mir den Hörer und ich sagte, Hallo, sagte meinen Namen. Es war eine Frau, die finnisch redete. Eine freundliche Stimme. Sie redete unwirklich langsam, zog jede Silbe in die Länge. Es war Lauras Mutter. Sie sagte, Hieu sei wieder da gewesen, er habe vor dem Haus gestanden, spätabends, und mit einer Taschenlampe, »Taskulamppu«, hinauf zu Lauras Fenster geleuchtet. Wenn er nicht damit aufhörte, sagte sie, würden sie die Polizei rufen.

Má hatte Zeit für eine lange Dusche, ehe er nach Hause kam. Er kam herein und sie sagte nichts, ihre Lippen waren glatt und weich. Er hängte seine Jacke auf und sie fing an, ihn zu schlagen, zuerst mit der flachen Hand aufs Gesicht und dann, als er an der Flurwand kniete, mit dem Schaft des Staubwedels, sie schlug und schlug, mit kurzen Hieben auf die bloßen Arme, schrie ihn an, da lag er bereits auf dem Fußboden.

Eine lange Nacht. Erst, als sein Atem auf der anderen Seite des Zimmers tief und rhythmisch geworden war, konnte ich es vor mir sehen, wirklich deutlich: Hieu im Wind unter Lauras Fenster, halb im Schilf verborgen, vollkommen still in der Dunkelheit, bereit, die Taschenlampe anzumachen. Ich drehte mich im Bett um, kniff die Augen zu, und der Schlaf kam. Im Traum gehen Hieu und Má im Nebel auf der menschenleeren Straße, es ist eine rasch dämmernde, wolkenlose Nacht. Angekettete Tische und Stühle aus Plastik auf den leeren Terrassen der Straßenrestaurants. Mopeds, schlafende Hunde. Taunasse Blumen hängen von den Balkongeländern, schimmernd wie Fischschuppen. In der Morgendämmerung gelangen sie zur Bushaltestelle, der Bus kommt mit seinen türkisblauen Spiegeln angefahren und die Menschen stellen sich zum Einsteigen an. Es ist ein geräumiger Bus. Durch kleine, verschwommene Dörfer nähert sich die Landstraße der Küste, der Bus hält an einer Raststation, parkt hinter einem Lastwagen. Hieu und Má steigen mit den anderen Passagieren aus, setzen sich auf die kleinen Plastikstühle auf der Terrasse, essen und trinken im Schatten. Ein Fischerdorf: Sie blicken über die Hausdächer, können beinahe das Meer sehen. Sie zahlen und streifen eifrig durch die engen, modrigen Gassen, in denen es nach Putzmittel und Urin riecht. Sie kommen zu einem offenen Hafen, am Kai findet ein Markt statt, es gibt frischgefangenen Fisch und Seidentücher. Die Sonne beleuchtet ihre verschwitzten Gesichter. Sie waten hinaus, Hieu beugt sich nach vor und taucht die Hand ins Wasser. Dieselbe Hand, die linke, hält er wenig später mit einer triumphierenden Geste der Sonne entgegen, lässt ein paar Tropfen salziges Wasser auf seinen trockenen, gewölbten Lippen landen. Er watet weiter hinaus ins Tiefe, steckt den Kopf ins Wasser, hält die Luft an und taucht mit einem breiten Lächeln wieder auf. Er dreht sich um und blickt zurück zum Strand, betrachtet für eine Weile die Palmen vor dem seltsam gefärbten Himmel, ehe sie weitergehen, am Strand entlang bis zu den Obstgärten, die sich aus dem Sand erheben. Sie stehen unter einem Strohdach und ein junger Mann hält ihnen einen Teller mit bootsförmig aufgeschnittenen Stücken einer Wassermelone entgegen. Die zergeht im Mund, Má spuckt die Kerne vor Hieu in den Sand, ihrer beider Füße sind matt vom Sandstaub, auch die Beine, bis hinauf zu den Kniescheiben. Sie gehen weiter, sie laufen, jagen den Kindern hinterher, zum Klang ihres ungehemmten Lachens. Má und Hieu, beide gleich unermüdlich. Sie rennen zuerst und spazieren dann durch die ganze Bucht, das dauert, sie gehen langsam, sie betrachten, was die Wellen an den Strand geschwemmt haben: Plastiktüten, Glasscherben. Sie gehen wieder ins Wasser, waten hinaus, stehen dort unter der roten Sonne, sodass ihr Haar verbrennt und braun wird und gelb wie der Sand. Sie blicken hinunter ins Wasser, Má mit einem lustigen Funkeln in den Augen, sie steht da und spiegelt sich, wirft ihr Haar zurück, das ihr gegen die Schultern schlägt. Hieu beobachtet die durchsichtigen Quallen, die rings um seine Beine im Wasser treiben, er steht und schaut wie verzaubert … Bis Má sagt, dass sie giftig seien, und er aufspringt … Er lacht, aber der Körper windet sich wie vor Zorn, die Wassertropfen spritzen um ihn herum, verdampfen zischend im weißen Sand. Má wendet sich zu ihm – sie schüttelt ihr gelbes Haar und lacht, hebt mit bloßen Händen eine Qualle heraus, hält sie zwischen ihren ausgestreckten Armen, lässt sie von einem Handgelenk zum anderen und dann ins Wasser hinuntergleiten. Hieu: unter Hochspannung. Er steht im Sand und betrachtet die Fischerboote, die in der Sonne zu verdunsten scheinen. Ohne Vorwarnung rennt er zurück ins Wasser. Für eine Weile stehen sie nebeneinander, zwischen ihnen spielen die Wellen, er schließt die Augen und watet weiter hinaus: Er geht mit geschlossenen Augen, das Wasser reicht ihm bis über die Hüfte, umspült ihn mit sanftem Schwall. Má blickt ihm nach, blinzelnd, lächelnd. Sie steht unter den Palmen und den Pflaumenbäumen. Überall Vietnamesen. Rote Sonne, rosa Himmel.